Se

ele

estivesse

comigo

Se ele estivesse comigo

Laura Nowlin

Tradução
Isadora Sinay

Rio de Janeiro, 2023

Copyright © 2013, 2019 por Laura Nowlin
Copyright da tradução © 2023 por Casa dos Livros Editora LTDA. Todos os direitos reservados.
Título original: *If He Had Been With Me*

Publicado mediante acordo com 5 Otter Literary Inc.

Todos os direitos desta publicação são reservados à Casa dos Livros Editora LTDA.
Nenhuma parte desta obra pode ser apropriada e estocada em sistema de banco de dados ou processo similar, em qualquer forma ou meio, seja eletrônico, de fotocópia, gravação etc., sem a permissão do detentor do copyright.

Diretora editorial: *Raquel Cozer*
Gerente editorial: *Alice Mello*
Editora: *Lara Berruezo*
Editoras assistentes: *Anna Clara Gonçalves e Camila Carneiro*
Assistência editorial: *Yasmin Montebello*
Copidesque: *Thaís Carvas*
Revisão: *Suelen Lopes*
Design de capa: *Belle & Bird Design*
Imagens de capa: © *Helena G.M./Arcangel*
Adaptação de capa: *Douglas Watanabe*
Diagramação: *Abreu's System*

Dados Internacionais de Catalogação na Publicação (CIP)
(Câmara Brasileira do Livro, SP, Brasil)

Nowlin, Laura
    Se ele estivesse comigo / Laura Nowlin ; tradução Isadora Sinay.
– Rio de Janeiro : HarperCollins Brasil, 2023.

    Título original: If he had been with me
    ISBN 978-65-5511-504-8

    1. Romance norte-americano I. Título.

23-142232   CDD-813

Índices para catálogo sistemático:

1. Romances : Literatura norte-americana   813

Inajara Pires de Souza – Bibliotecária – CRB-PR-001652/O

Os pontos de vista desta obra são de responsabilidade de seu autor, não refletindo necessariamente a posição da HarperCollins Brasil, da HarperCollins Publishers ou de sua equipe editorial.

HarperCollins Brasil é uma marca licenciada à Casa dos Livros Editora LTDA.
Todos os direitos reservados à Casa dos Livros Editora LTDA.
Rua da Quitanda, 86, sala 218 — Centro
Rio de Janeiro, RJ — CEP 20091-005
Tel.: (21) 3175-1030
www.harpercollins.com.br

Para o meu marido, Robert.
Sem você, eu não saberia como escrever sobre amor verdadeiro.

um

EU NÃO ESTAVA COM FINNY NAQUELA NOITE DE AGOSTO, MAS MINHA imaginação marcou a cena na minha cabeça de um jeito que parece uma memória.

Estava chovendo, é lógico, e o carro vermelho em que ele estava junto com a namorada, Sylvie Whitehouse, deslizava pela chuva. Havia ganhado o carro de presente do pai no aniversário de dezesseis anos. Em algumas semanas, Finny faria dezenove.

Sylvie e ele estavam discutindo. Ninguém nunca diz o motivo da discussão. Na opinião de muitos, esse detalhe não é importante para a história. O que não sabem é que existe uma outra história. A história espreitando pelas frestas e por sob os fatos da narrativa que eles conhecem. Justamente o que não sabem, o motivo da discussão, é crucial para a minha história.

Eu consigo ver a cena: a estrada escorregadia por causa da chuva e as luzes piscantes de ambulâncias e viaturas cortando a escuridão da noite, alertando os passantes: "Há uma catástrofe aqui, por favor, vá devagar". Eu vejo Sylvie sentada de lado no banco de trás do carro do policial, os pés batucando no asfalto molhado enquanto ela fala. Eu não consigo ouvi-la, mas vejo Sylvie contando a eles o motivo da discussão e eu sei, eu sei, eu sei, eu sei. Se ele estivesse comigo, tudo teria sido diferente.

Eu consigo vê-los no carro antes do acidente: a chuva pesada, o mundo e o asfalto molhados e escorregadios, como se alguém tivesse passado óleo neles para receber Finny e Sylvie. Eles deslizam pela noite, infelizmente juntos, e discutem. Finny está emburrado. Distraído. Ele não está pensando na chuva ou no carro ou na estrada molhada. Está pensando na discussão que acabou de ter com a namorada. Está pensando no motivo da discussão, e então o carro desvia subitamente para a direita, despertando-o dos devaneios. Eu imagino que Sylvie tenha gritado e que ele tenha tentado recuperar a direção virando o volante rápido demais.

Finny está usando cinto de segurança. Ele é inocente. É Sylvie que não está. Quando o impacto acontece, ela voa pelo para-brisa noite adentro, e de forma improvável, miraculosa, sofre apenas alguns cortes inofensivos nos braços e no rosto. Embora isso seja verdade, é difícil de imaginar, tão difícil que nem eu consigo formar essa imagem. Tudo que consigo ver é o momento seguinte, o momento em que ela está flutuando pelo ar, os braços se debatendo em câmera lenta, o cabelo, um pouco ensanguentado e agora molhado da chuva, ondulando atrás dela como o de uma sereia, a boca formando um O em um grito de pânico, a noite escura e úmida cercando-a em uma silhueta perfeita.

De repente, Sylvie está no chão de novo. Ela cai no asfalto com um estalo alto e fica inconsciente.

Permanece deitada no asfalto, contorcida. Finny está intocado. A respiração dele é pesada e, em um misto de choque e espanto, ele olha para a noite lá fora. Esse é o momento dele de flutuar. A mente está em branco. Ele não sente nada, não pensa em nada; ele existe, perfeito e ileso. Ele nem sequer escuta a chuva.

Fique. Eu sussurro para ele. *Fique no carro. Fique nesse momento.*

Mas é óbvio que ele nunca fica.

dois

———

Phineas Smith é filho da tia Angelina. Ela não é minha tia; é a melhor amiga de infância da minha mãe — e vizinha de porta. As nossas mães engravidaram na mesma época, durante uma primavera e um verão muito tempo atrás. A minha mãe de forma mais tradicional, casada há mais de um ano com o namoradinho de escola e com diversas fotos da festa de casamento espalhadas pela casa com quintal e cerquinha. Meu pai nunca estava — nunca está — por perto por causa do trabalho, mas a minha mãe não se importava; ela tinha Angelina. Tia Angelina engravidou do amante. Ele era casado, rico e velho demais para ela. Ele também se recusava a acreditar que o filho era dele. Seria necessário que um juiz exigisse um teste de DNA algumas semanas depois do nascimento de Phineas para que o pai fizesse a coisa honrada: comprar o imóvel ao lado da casa da minha mãe para tia Angelina e fingir que ela e o bebê não existiam durante os intervalos entre cada cheque mensal da pensão.

A minha mãe não trabalhava, e tia Angelina dava aulas de artes na Escola de Ensino Fundamental Vogt, na frente do seu apartamento, então o verão era só delas. Elas me contaram que, quando estavam grávidas, tia Angelina andava do seu apartamento na rua Church — com a barriga enorme e pesada, protuberante como se estivesse apontando o caminho — até a nossa grande casa vitoriana na rua Elizabeth, e elas passavam o dia na varanda dos fundos com os pés para cima. Bebiam limonada ou chá gelado e só entravam à tarde para assistir a *I Love Lucy*. Sentavam-se próximas para que Finny e eu pudéssemos chutar um ao outro como gêmeos.

Elas fizeram grandes planos para nós dois naquele verão.

Phineas nasceu primeiro, no dia 21 de setembro. Uma semana depois, provavelmente sentindo falta de quem vinha me chutando, eu cheguei.

Em setembro, as pessoas dizem que a estação favorita delas é o outono. Não dizem isso em nenhuma outra época do ano. As pessoas esquecem que setembro é, na verdade, um mês de verão no hemisfério Norte. Em St. Louis isso deveria ser evidente. As folhas ainda estão verdes nas árvores e o tempo continua quente, mas mesmo assim as pessoas penduram espantalhos sorridentes nas portas. Quando as folhas e o tempo de fato começam a mudar, no fim de outubro, elas já se cansaram do outono e estão pensando no Natal. Nunca param; nunca se perguntam se já têm tudo.

A minha mãe me deu o nome de Autumn, outono em inglês. As pessoas me dizem "ah, que bonito", e então o nome parece escapar delas, que não entendem tudo que essa palavra deveria simbolizar: tons de vermelho, mudança e morte.

Phineas entendeu o meu nome antes de mim. O nome tinha o que faltava no dele: associações, significado, uma história. A decepção dele quando a nossa turma do quarto ano folheou o livro de nomes me surpreendeu. Cada obra dava ao nome dele um significado e uma origem diferentes: cobra, núbio, oráculo, hebraico, árabe, desconhecido. Meu nome significava exatamente o que era, não havia nada a ser descoberto sobre ele. Eu pensava que não dava para se decepcionar com um nome se ele tivesse uma origem e um significado desconhecidos. Eu não entendia naquela época que um menino sem um pai de verdade ansiava por uma origem e um significado.

Houve tantas coisas que eu não entendi sobre ele ao longo dos anos, mas claro, claro, claro, claro que todas elas fazem sentido agora.

Nós crescemos em Ferguson, uma pequena cidade no subúrbio de St. Louis composta de casas vitorianas, antigas igrejas de tijolos e um centro comercial charmoso com lojas que pertencem às mesmas famílias há gerações. Acho que foi uma infância feliz.

Eu era peculiar e esquisita e não tinha nenhum amigo além de Finny. Ele poderia ter tido outros amigos próximos se quisesse; era bom em esportes e não era nem um pouco esquisito. Era um garoto doce e tímido, e todo mundo gostava dele. As meninas eram apaixonadas por ele. Os meninos o escolhiam primeiro na aula de Educação Física. Os professores esperavam que ele desse a resposta certa.

Eu queria aprender a respeito dos julgamentos das bruxas de Salem nas aulas de História. Eu lia livros escondidos embaixo da carteira durante as aulas e me recusava a comer o canto inferior esquerdo dos sanduíches. Eu acreditava que ornitorrincos eram uma conspiração do governo. Eu não sabia dar estrelinha, ou chutar, bater ou sacar nenhum tipo de bola. No terceiro ano, anunciei que era feminista. Durante a semana das profissões no quinto ano, eu disse à turma e à professora que o meu objetivo profissional era me mudar para Nova York, usar blusas pretas de gola rulê e passar o dia todo sentada em cafés, tendo pensamentos profundos e criando histórias na minha cabeça.

Depois de um momento de surpresa, a sra. Morgansen escreveu *escritora freelancer* embaixo da minha polaroid sorridente e a grudou na parede junto dos futuros professores e astros de futebol americano. Após consultá-la, concordei que aquela era uma opção próxima o suficiente. Eu acho que ela ficou satisfeita de ter encontrado algo para mim, mas às vezes me pergunto se ela teria se importado tanto se eu fosse feia além de esquisita.

Desde que me lembro, as pessoas me dizem que sou bonita. Eu escutava isso mais de adultos que de crianças. Eles me elogiavam assim que me conheciam; sussurravam uns para os outros quando achavam que eu não conseguia ouvir. E isso se tornou um fato que eu sabia sobre mim mesma, igual ao meu nome do meio ser Rose ou ser canhota: eu era bonita.

Não que me servisse de alguma coisa. Os adultos pareciam achar que sim, ou que pelo menos deveria servir, mas na infância a minha beleza agradava mais aos adultos que a mim mesma.

Para as outras crianças, a característica que me definia era um outro fato que eu tinha aceitado sobre mim mesma: eu era *estranha*.

Nunca tentei ser estranha e odiava ser vista assim. Era como se eu tivesse nascido sem a capacidade de entender se as coisas que eu estava prestes a dizer ou fazer eram esquisitas, então ficava presa sendo constantemente eu mesma. Ser "bonita" era um péssimo prêmio de consolação.

Finny era leal a mim; ele ameaçava qualquer um que ousasse me atormentar, esnobava aqueles que me desprezavam e sempre me escolhia primeiro para estar no time dele.

Todo mundo entendia que eu pertencia a Finny e que nós pertencíamos um ao outro. Éramos aceitos como uma excentricidade por nossos colegas de classe, e na maior parte do tempo eles me deixavam em paz. E eu era feliz, eu tinha Finny.

Nós quase nunca nos separávamos. No recreio, eu ficava sentada na colina lendo enquanto Finny jogava futebol com os meninos no campo lá embaixo. Fazíamos todos os trabalhos em grupo juntos. Caminhávamos juntos para casa e saíamos para pegar doces juntos no Halloween. Fazíamos as tarefas de casa lado a lado na mesa da minha cozinha. Com meu pai viajando o tempo todo, as Mães frequentemente jantavam juntas. Era comum que em uma semana Finny e eu só nos separássemos para dormir nas nossas próprias camas, e, mesmo assim, íamos dormir sabendo que o outro não estava longe.

Nas minhas lembranças de infância, é sempre verão primeiro. Eu vejo a luz dançando e as folhas verdes. Finny e eu nos escondemos sob os arbustos ou nas árvores. O outono são os nossos aniversários, as caminhadas para a escola e um aprofundamento daquela luz dourada. Ele e a mãe passavam os Natais na nossa casa. O meu pai dá uma passada. O dele manda um presente que é ao mesmo tempo caro e inimaginável. Um jogo de química. Tacos de golfe personalizados. Finny dá de ombros e os deixa de lado. O inverno é uma confusão de branco e mãos geladas enfiadas nos bolsos. Finny me resgata quando as outras crianças jogam bolas de neve em mim. Nós andamos de trenó ou ficamos dentro de casa. A primavera é uma pintura verde-clara, e eu me sento na arquibancada para ver Finny jogando futebol.

Todo o tempo que ficou marcado na minha mente como o Antes.

três

———

Eu caminho na direção do ponto de ônibus com a minha bolsa pendurada no ombro. Alguns garotos já estão lá, formando pequenos grupos, mas sem dar atenção uns aos outros. Olho para a calçada. Eu pintei as minhas botas com spray prateado. O cabelo e as unhas estão pintados de preto. Paro na esquina e fico de lado. Todos nós estamos quietos.

O ponto de ônibus fica no topo da grande colina na rua Darst. Finny e eu costumávamos descer essa colina de bicicleta. Eu sempre ficava apavorada. Finny nunca tinha medo.

Olho disfarçadamente para os outros adolescentes na esquina. Somos sete. Alguns deles reconheço do fundamental ou mesmo de antes; outros, não.

É o primeiro dia do ensino médio.

Volto a baixar os olhos e analiso a barra desfiada do meu vestido preto. Eu cortei a renda com um cortador de unha uma semana atrás. A minha mãe diz que posso me vestir como quiser, desde que eu continue tirando boas notas. Mas ela ainda não notou que eu não vou ser uma das meninas populares este ano.

No último dia de aula, Sasha e eu andamos até a farmácia e passamos uma hora escolhendo tinta de cabelo. Ela queria que eu pintasse de vermelho, por causa do meu nome. Achei aquilo meio nerd, mas não disse para ela;

desde a nossa recente expulsão da Panelinha, Sasha é a única garota que continua minha amiga. Na verdade, ela tem sido minha única amiga no geral.

— Ei! — diz alguém.

Todo mundo ergue os olhos. Finny está conosco agora, alto, loiro e arrumadinho o suficiente para estar em um catálogo de moda. Todo mundo desvia os olhos de novo.

— Ei. — Ouço uma voz de garota dizer. Ela está em algum lugar atrás de mim e não consigo vê-la.

Eu deveria ter dito oi de volta para Finny, mas estou nervosa demais para falar nesse momento.

Na noite passada, na casa dele, nós fizemos o que as Mães chamam de churrasco de fim do verão. Enquanto elas estavam na churrasqueira, eu me sentei na varanda dos fundos e fiquei vendo Finny chutar uma bola de futebol contra a cerca. Pensei em um conto que havia começado a escrever no dia anterior, a minha primeira tentativa de um romance gótico. Eu estava planejando um final bem trágico e aproveitei para elaborar os detalhes dos infortúnios da minha heroína enquanto o via jogar. Quando elas nos mandaram pegar pratos de papel lá dentro, ele falou para mim:

— Então, por que você pintou o cabelo?

— Sei lá.

Se alguém me perguntasse por que Finny e eu não éramos mais amigos, eu responderia que tinha sido um acidente. As nossas mães diriam que parecia que tínhamos crescido em direções opostas nos últimos anos. E não sei o que Finny teria respondido.

No início do ensino fundamental, éramos aceitos como uma excentricidade. Lá para o quinto ano, era estranho sermos amigos, e no começo tínhamos que nos explicar para os outros, mas então nós mal nos víamos e a necessidade de explicação ficou cada vez menos frequente.

Por algum acidente esquisito, a minha estranheza se tornou aceitável e eu virei uma das garotas populares no primeiro semestre do sétimo ano.

Nós nos chamávamos de Panelinha. Almoçávamos juntas todos os dias e depois íamos ao banheiro pentear os cabelos. Toda semana pintávamos as unhas da mesma cor. Tínhamos apelidos secretos e pulseiras da amizade. Eu não estava acostumada a ser admirada ou invejada ou a ter amigas e, embora Finny sempre tivesse sido suficiente para mim, engoli tudo aquilo como se estivesse sedenta há anos.

Finny se juntou a um grupo de caras que eram mais ou menos nerds, mas não sofriam bullying, e eu acenava para ele quando o via na escola. Ele sempre acenava de volta.

Nós tínhamos aulas diferentes, o que significava tarefas de casa diferentes. Depois de algumas semanas, nós paramos de estudar juntos e eu passei a vê-lo menos ainda. Ser uma das meninas populares tomava muito tempo. Depois da aula, elas queriam que eu fosse à casa delas assistir a filmes enquanto arrumávamos os cabelos umas das outras. Nos fins de semana, íamos fazer compras.

Quando eu via Finny, nós não tínhamos mais muito assunto. Cada momento que passávamos em silêncio era um novo tijolo no muro que estava se erguendo entre nós.

De alguma forma, nós não éramos mais amigos.

Não foi uma escolha. Não de verdade.

Eu estou olhando para as minhas botas prateadas e para a renda rasgada quando o ônibus encosta. Todo mundo dá um passo à frente, as cabeças ainda baixas. Nós fazemos uma fila silenciosa para dentro do veículo onde todo mundo *está* falando. Embora eu não tivesse motivo para achar que Sasha não estaria lá, fico aliviada ao vê-la sentada no meio do ônibus. Ela está usando uma camiseta preta e um delineador grosso e escuro nos olhos.

— Ei — digo, enquanto deslizo para o lado dela, colocando a bolsa no colo.

— Ei — responde ela.

Como eu me recusei a pintar o cabelo de vermelho, ela pintou o dela de uma cor não natural. Nós sorrimos uma para a outra. A nossa transformação está completa. Mais ou menos.

Sei dizer *exatamente* por que Sasha e eu não somos mais amigas de Alexis Myers ou qualquer uma daquelas garotas.

Eu não tentei ser líder de torcida.

Até pretendia. Queria ser líder de torcida. Queria ser popular e namorar com um jogador de futebol — eles são os mais populares na escola McClure, não os de futebol americano — e tudo mais que fosse necessário para me manter na Panelinha. Mas eu não consegui criar a minha coreografia e executá-la sozinha nos testes. Foi isso.

Alexis, Taylor e Victoria entraram na equipe, mas Sasha não. Nós duas não fomos oficialmente expulsas da Panelinha, mas no almoço elas só falavam do acampamento para líderes de torcida e das meninas mais velhas da equipe que pareciam tãããããão legais.

No último dia de aula, Alexis, Taylor e Victoria chegaram com os cabelos trançados. Elas não tinham dito pra gente que seria dia de trança. Sempre usávamos tranças no mesmo dia. No almoço, quando perguntamos por que não tinham nos avisado, elas apenas trocaram olhares e deram risadinhas. Imaginei que elas tinham finalmente descoberto a verdade que eu vinha mantendo escondida: eu era uma Garota Bonita, mas não era uma Garota Popular. Eu era diferente. Estranha. Então decidi desistir e virar a Garota Estranha de novo e Sasha me seguiu.

No ônibus, Sasha se inclina para mim e diz:

— Gostei da sua roupa.

— Também gostei da sua — comento.

Eu me viro para a frente e vejo uma menina descendo o corredor vestindo o uniforme azul e vermelho. O cabelo loiro dela balança de um lado para o outro em um rabo de cavalo. Ainda estou sentindo uma pontada de rejeição quando vejo que ela está sentada ao lado de Finny. No final do mês, eles estarão namorando e a minha mãe vai me dizer que Finny conheceu Sylvie Whitehouse na escola, enquanto ele estava no treino de futebol e ela no de líder de torcida.

— O que você acha que as pessoas vão dizer? — quer saber Sasha. Eu quase falo para ela deixar de ser tão preocupada.

— Sei lá — respondo.

quatro

Durante os primeiros dias, Sasha e eu almoçamos sozinhas no que eu tinha começado a chamar de Degraus para o Nada. Os degraus de cimento iam do pátio da frente até um campo de grama mal cortada que não era usado para nada.

Alexis e as outras usam os uniformes de líder de torcida e dão um sorriso de desdém toda vez que nos veem, como se o nosso novo visual as ofendesse. Sylvie, uma menina nova que veio da escola católica St. John's, se senta na mesa delas. Quase todos os calouros são da mesma escola pública de ensino fundamental, mas há um punhado desses novos estudantes católicos cujos pais não podiam pagar a mensalidade mais alta das escolas particulares de ensino médio. Eles estudaram com os mesmos colegas desde o jardim de infância e agora estão perdidos e espantados no vasto mar da Escola McClure. Os primeiros dias são estranhos, com todo mundo tentando se encaixar. Então, lentamente, novas alianças começam a surgir e um padrão que será seguido durante o resto do ano, possivelmente ao longo de todo o ensino médio, começa a se formar.

Sasha conheceu uma menina da St. John's que usa um crucifixo e uma caveira na mesma corrente. Elas fazem aula de Educação Física juntas e caminharam lado a lado pela pista durante alguns dias, antes de Sasha convidá-la para comer com a gente. O nome dela é Brooke, e ela traz o namorado,

Noah, e o primo, Jamie. No dia seguinte, mais gente aparece — os amigos de fulano, alguém da turma de alguém que parece legal. Logo formamos um grupo nos Degraus para o Nada. Alguns deixam de se juntar a nós depois de alguns dias, porque encontraram um novo grupo; outros ficam. No final da segunda semana, um grupo de amigos emerge dos Degraus para o Nada.

São quatro garotas e três garotos. Brooke e Noah já estão juntos e são devotados um ao outro. Eles até se parecem: cabelo castanho, sardas e, quando riem, os olhos ficam apertadinhos.

Isso deixa eu, Sasha e Angie para Jamie e Alex. Loira e gordinha, Angie ainda tem uma queda por um cara da antiga escola. Alex tem olhos bonitos, mas é baixo e do tipo pateta e bobão, ainda um pouco imaturo. Eu sei, pela forma como ela olha para ele, que Sasha é a minha concorrente por Jamie.

Eu senti um frio na barriga na primeira vez que vi o rosto dele; os olhos são verdes e emoldurados por cílios impossivelmente longos. Acima deles, o cabelo é escuro, um pouco encaracolado e muito bagunçado. Ele é alto, magro e pálido.

Jamie é animado, engraçado e dá sempre um sorriso irônico. Ele me lembra Puck, de *Sonho de uma noite de verão*. Jamie incentiva os outros meninos a fazerem palhaçada e as meninas ficam sentadas nos Degraus assistindo, dando risadinhas. Eles jogam futebol americano no campo com o sapato de Brooke, jogam bolinhas de papel para dentro de salas de aula com a janela aberta e cantam músicas imitando e zombando do grupo *a cappella* da escola. Jamie joga a cabeça para trás e ri quando a palhaçada tem o resultado planejado. Eu o observo e penso em Peter Pan dizendo a Wendy que ele precisa cacarejar quando está feliz.

Sasha e eu tentamos chamar a atenção de Jamie, cada uma a sua maneira. Sasha o provoca e exibe o charme de moleca. Eu alterno entre ser recatada e flertar. Ela corre escada abaixo e participa do jogo dos meninos. Eu sorrio para as piadas dele e lanço olhares tímidos por baixo dos cílios. Sasha ergue a mão para bater na dele. Eu torço por ele dos degraus. É uma batalha, mas nunca brigamos. Sasha e eu sabemos que quando isso acabar ainda precisamos ser amigas.

Lentamente, e também de repente, porque acontece em questão de dias, eu passo na frente de Sasha. Ela faz um esforço notável durante alguns almoços, mas se torna óbvio que Jamie está me paquerando. Ele se senta ao meu lado. Ele me oferece o resto das batatas fritas. Ele me faz cosquinha. Sorri para mim dos degraus enquanto está jogando e eu sinto borboletas no estômago. *Jamie. Jamie. James.* Jamie.

Em uma segunda-feira à tarde, nos Degraus para o Nada, Jamie pega a minha mão, como se já estivesse estabelecido há muito tempo que ele pode pegá-la quando quiser, e todo mundo age como se aquilo fosse normal. Eu seguro a mão dele e baixo os olhos para me impedir de sorrir, tentando relevar o que estou sentindo. Por dentro, sinto que estou tremendo; por fora, mantenho-me tão indiferente quanto ele. Óbvio que estamos juntos. Óbvio.

Naquele dia, Alexis e as outras me olharam com interesse quando Jamie e eu passamos por elas no corredor, então desviaram os olhos como se não se importassem nem um pouco. Mas com certeza notaram. Ele é inegavelmente lindo. Jamie é um Adonis de cabelo escuro, um príncipe gótico. E agora é meu.

cinco

JAMIE QUER PASSAR PARA O PRÓXIMO NÍVEL, E EU DIGO A ELE QUE não estou pronta. Nós estamos juntos desde a terceira semana de aula, mas é só início de novembro e estou surpresa por já estarmos tendo essa conversa. Alguns dias atrás, ao telefone, ele disse que me amava; eu respondi que ainda não estava pronta para dizer o mesmo. E agora, deitada ao lado dele encarando o teto, eu me pergunto se foi por isso que ele falou aquilo.

— Tá bom, então — diz, e segura a minha mão.

Nós dois ainda estamos completamente vestidos, usando o uniforme excêntrico adotado pelo nosso grupo. Não somos góticos nem hipsters, apenas estranhos. As meninas pintam o cabelo de tons coloridos e os meninos se esforçam para parecer que acabaram de acordar. Todos nós usamos botas e roemos as unhas. Eu sei que estamos apenas nos conformando de um jeito diferente, mas não ouso dizer isso em voz alta. O que une o grupo é a declaração conjunta de que somos diferentes de todos os alunos "normais" da escola — e, portanto, de alguma maneira, melhores. Especialmente melhores que os populares.

Agora que sei como realmente é o ensino médio, não desejo nem um pouco ser uma dessas meninas de rabo de cavalo e saia de pregas. Estou empolgada por finalmente poder ser eu mesma, ainda que dentro de certos limites. Com meus novos amigos, ser estranho é uma coisa boa, desde que seja o mesmo estranho deles.

— A sua casa é muito estranha — comenta Jamie.

Eu me viro e olho para ele. É a primeira vez que ele entra na minha casa. Os meus pais estão no festival de outono do trabalho do meu pai. Jamie ficou doente na noite da minha festa de aniversário e a minha mãe ainda não conseguiu me convencer a convidá-lo para jantar.

— Como assim? — pergunto.

— É tão perfeita. Até o seu quarto — responde ele. Isso não é um elogio.

Olho em volta para as paredes cor de lavanda e para mobília de palhinha branca. Dou de ombros.

— A minha mãe que decorou — digo, contando uma meia mentira.

Na verdade, ela decorou o resto da casa, que é perfeita, como ela. Tudo combina; tudo está exatamente onde deveria estar. A casa poderia ilustrar uma revista de decoração com a minha mãe sentada à mesa da cozinha com um vaso de tulipas brancas e sem um fio de cabelo fora do lugar, fingindo ler jornal. Nós decoramos o meu quarto juntas. Na revista, eu estaria vestindo um uniforme de líder de torcida. Estaria sorrindo.

— Você deveria colocar uns pôsteres ou coisas assim — sugere Jamie.

Eu me viro de lado e apoio a cabeça no ombro dele. Acho ele bonito daquela maneira tradicional, alto e moreno. Ele diz que quer colocar um piercing na sobrancelha e eu venho tentando convencê-lo a não fazer isso.

— É, acho que é uma boa ideia — respondo.

Eu gosto de verdade de Jamie, mesmo sem ter certeza se o amo. Ele é esperto e peculiar; é o líder do nosso grupo. Enquanto eu estiver com ele, não posso ser expulsa de novo. Jamie apoia a mão atrás da minha cabeça e entrelaça os dedos no meu cabelo.

— Eu te amo, Autumn — diz.

Lá embaixo, a porta dos fundos bate. Nós dois nos sentamos.

— A sua mãe chegou? — pergunta Jamie.

Eu não deveria ficar sozinha com ele em casa, sobretudo porque os meus pais não o conhecem. Eu ainda estou surpresa por ele ter me convencido a trazê-lo para cá. Olho o relógio. Eles ainda devem ficar fora por um bom tempo. Balanço a cabeça.

— Provavelmente é Finny.

— É sério?

— Sim — afirmo.

Eu contei a Jamie a respeito do meu passado sórdido, da popularidade e dos rabos de cavalo. Contei como se fosse uma história de fuga. Como por pouco não me tornei uma *delas*. Ele também sabe que a minha mãe é a melhor amiga da mãe de Finny. Contei a ele que nós brincávamos juntos quando éramos pequenos. Havia uma foto velha de Finny e eu na minha cômoda que de alguma forma tinha sobrevivido à nossa separação no fundamental. Durante quase dois anos, eu só falava com Finny quando era obrigada, mas nunca me ocorreu tirar a foto dali até esta manhã, quando estava me arrumando para receber Jamie. Eu a tinha escondido na primeira gaveta da cômoda, embaixo das meias.

Todo mundo conhece Finny agora, mas não o chamam assim. Na escola, o chamam de "Finn". Foi o único calouro a entrar no time titular de futebol. Ele e alguns dos amigos nerds de antes foram absorvidos na Panelinha, mas ela não se chama mais assim. Ter um nome para o grupo passou a ser imaturo demais. É estranho que apenas uns meses atrás eu considerasse essas meninas as minhas melhores amigas, e ainda mais estranho que Finny esteja se tornando amigo delas.

Nós quase conseguimos deixar de convidar um ao outro para nossos aniversários. No fundamental, não teria sido algo tão relevante, afinal, as minhas festas eram só para meninas e as dele só para meninos. Neste ano, as nossas mães acharam que se íamos ter uma festa mista, então deveríamos convidar um ao outro também. O que elas não entendiam era que Phineas e eu estávamos separados por algo muito maior do que só crescer em direções opostas. Nós nos movemos em planos completamente diferentes de existência, e levar um para o universo do outro causaria um estremecimento da realidade que bagunçaria toda a estrutura do universo. Finny era popular. Eu era uma desajustada que tinha encontrado outros desajustados com quem se encaixar.

Elas não falaram disso na nossa frente; a minha mãe conversou comigo sobre o assunto, e quando eu respondi que era impossível que ele viesse, ela suspirou e disse:

— O que está acontecendo com vocês dois este ano?

Então eu soube que ele estava tendo a mesma discussão com tia Angelina.

— Por que Finn Smith estaria na sua casa? — quer saber Jamie.

— Ele provavelmente veio pegar alguma coisa — respondo.

— Tipo o quê? — Dou de ombros. Não sei como explicar. — Vamos descobrir.

Eu não discuto com ele, embora sinta o estômago se revirar.

Jamie fica parado no corredor enquanto eu olho na cozinha. Finny está agachado na frente da geladeira aberta, a cabeça loira escondida.

— Oi — digo.

Ele olha para mim por cima do ombro. Até o quinto ano, nós sempre tivemos a mesma altura. Desde então, ele espichou e agora tem mais de 1,80 metro. É estranho vê-lo me olhando de baixo.

— Ah, oi. — Ele se levanta e me encara do outro lado do cômodo. Então cora de leve. — Desculpa, a porta dos fundos estava destrancada, mas achei que não tinha ninguém em casa.

— Eu não fui com eles — comento.

— Ah. Você tem ovos?

— Hum, sim. — Eu cruzo o cômodo e abro a porta da geladeira de novo. Finny se afasta de mim. Antes de me curvar, vejo os olhos dele se focarem fora do cômodo e sei que notou Jamie espreitando do corredor. — De quantos você precisa?

— Sei lá. Minha mãe só disse para ver se você tinha ovos.

Eu me levanto e entrego a caixa inteira para ele.

— Obrigado — agradece Finny.

— Sem problemas.

— Até mais — diz ele.

— Tchau.

Eu fico onde estou e o escuto descendo os degraus dos fundos antes de sair para o corredor de novo.

— Uau! — diz Jamie. — Vocês se conhecem.

— Eu já havia conta isso a você.

— É, mas foi estranho.

Dou de ombros de novo e volto na direção da escada.

— Ele faz muito isso? — indaga Jamie.

— Ele mora aqui do lado.

— É, mas… deixa pra lá.

Nós não dizemos mais nada até estarmos de volta no quarto. Eu me deito na colcha florida e ele desliza para o meu lado. Nós nos beijamos por muito tempo e depois de um momento eu afasto as mãos dele e ficamos deitados em silêncio. Eu me pergunto se essa é a sensação de estar apaixonada. Não tenho certeza. De repente, Jamie fala:

— É quase como se tudo conspirasse para você ser uma delas, mas de alguma forma você não é.

— Como assim? — pergunto.

— Eu não sei. O seu quarto. Ele.

— Bem, mas não sou — afirmo.

Começo a beijá-lo de novo. Eu o beijo para fazê-lo parar de pensar nisso. Mais uma vez, o quarto fica em silêncio exceto pela nossa respiração.

Mas *eu* estou pensando nisso. Estou pensando em ir com a tia Angelina buscar Finny no treino de futebol. Estou pensando nas líderes de torcida me perguntando se ele é o meu namorado. Estou pensando em me sentar ao lado de Finny no ônibus no primeiro dia de aula.

Nós poderíamos ter ficado juntos, percebo, quando Jamie começa a roçar a pelve em mim. Ele já teria dito que me ama a essa altura, mas não teria perguntado sobre sexo. Ainda não.

Eu consigo ver tudo isso como se já tivesse acontecido, como se fosse o que de fato aconteceu. Sei que é um pensamento verdadeiro até nos mínimos detalhes, porque, mesmo depois de tudo, ainda conheço Finny e sei como as coisas teriam acontecido.

— Eu te amo — digo para Jamie.

seis

A boneca está chorando de novo.

— Eu nunca vou fazer sexo — diz Sasha.

Ela se ajoelha por entre as araras de roupa e tira a boneca do carrinho. A vendedora dobrando roupas perto do caixa olha para nós. Sasha ergue a camiseta da boneca e insere a chave pendurada em sua pulseira nas costas dela. O bebê continua chorando.

— É isso que eles querem que você diga — falo mais alto que o barulho. Olho para a vendedora por cima do ombro. — Acho que ela está pensando que é um bebê de verdade.

Alguns momentos depois, o choro da boneca diminui. Sasha ainda a está segurando por cima do braço com a chave inserida. Se ela tirar antes de dois minutos se passarem, o bebê vai começar a chorar de novo, e se o chip dentro da boneca registrar que ela foi ignorada, Sasha vai tirar nota baixa no projeto e pelo menos um C- na aula de Ciência da Família.

Sasha olha para a vendedora e dá de ombros.

— Bem, se essa é a intenção, está funcionando. Eu nunca vou fazer sexo. — conclui.

— Alex sabe disso? — pergunto.

Volto para a arara de roupas em liquidação e continuo a examiná-las.

— Se essa coisa começar a chorar durante o filme, aí eu conto para ele — responde Sasha, e eu sorrio.

Os meninos devem nos encontrar mais tarde. Tem sido um bom semestre. Eu gosto dos nossos novos amigos e das minhas novas roupas. Vou ter apenas As e Bs no meu boletim quando chegarem as férias de Natal, e o acordo que eu havia feito com a minha mãe era de que ela não poderia falar nada a respeito de como eu me visto desde que as notas não caíssem.

Ergo um corpete preto com grossas alças de renda. Sasha ergue as sobrancelhas.

— Eu poderia usá-lo com um cardigã — digo.

Desta vez ela ri de mim, mas estou falando sério. Gosto da ideia de misturar uma peça sexy com algo mais certinho. Vou até a vendedora e digo:

— Quero experimentar esse corpete.

Ela me olha e assente. Noto o olhar dela indo para onde Sasha está ajoelhada, prendendo a boneca de volta no carrinho. Eu a sigo até o provador e a vejo destrancar a porta.

— Obrigada — digo.

— Quantos anos vocês têm? — pergunta ela, ainda de costas.

— Quinze. — O aniversário de Sasha é só em março, mas eu dou a minha idade para ela mesmo assim.

— Hum. — A vendedora se vira e vai embora.

Parte de mim odeia essa mulher e parte de mim quer agarrar o braço dela e dizer que, na verdade, eu sou uma boa garota.

— É uma boneca.

Ela se vira para me olhar.

— O quê?

— É uma boneca. Um projeto escolar — digo.

A mulher estreita os olhos e vai embora.

Uma hora mais tarde, estamos em uma loja de bijuterias baratas e, enquanto Sasha procura um colar para a irmã mais nova, eu vejo a tiara. Ela é prateada com pedrinhas transparentes, igual a que usaram para coroar a rainha do baile dois meses atrás. Nós rimos e reviramos os olhos para essa tradição, mas na época eu queria uma coroa, só não o que ela simbolizava.

Eu pego a tiara e deslizo o pente pelo cabelo para segurá-la no lugar. Eu a admiro, virando-a de um lado para o outro no espelho, então dou um passo para trás para ver como fica com calça jeans e camiseta. Eu gosto.

— O que você vai fazer com isso? — pergunta Sasha, chegando por trás de mim no caixa.

— Usar. Todo dia — digo.

— Olá, Vossa Alteza — diz Jamie para mim quando os encontramos mais tarde na frente do cinema do shopping.

Eu amei que ele aprovou. Pego a mão dele e ele me dá um beijo de oi.

Durante o filme, a boneca começa a chorar de novo, e Sasha e eu trocamos olhares e começamos a rir. Nós rimos tanto que preciso sair junto para o corredor quando ela sai para enfiar a chave na boneca. Ficamos juntas ali, rindo, ela com a boneca e eu com a minha tiara, e as pessoas que passam nos olham de um jeito estranho.

––––––––––––––

O primeiro semestre foi um bom momento para nós. Foi o tipo de felicidade que engana e faz você pensar que ainda há muito mais, talvez até o suficiente para rir para sempre.

sete

— Então, por que você anda usando aquela tiara? — O jeito que Finny fala me lembra da forma como ele me perguntou por que eu tinha pintado o cabelo, mas por algum motivo me irrita dessa vez.

— Porque eu gosto.

É véspera de Natal e estamos arrumando a mesa da sala de jantar com a porcelana de casamento da minha mãe. O meu pai está bebendo uísque na frente da árvore de Natal. As Mães estão na cozinha.

— Ok, desculpa — diz.

Lanço um olhar para Finny. Ele está vestindo um suéter vermelho que pareceria tosco em qualquer outro cara, mas que o deixa com cara de alguém que estuda em uma escola particular da Costa Leste e passa os verões praticando remo ou coisa assim. Ele dá a volta na mesa e coloca um guardanapo em cada lugar. Eu o sigo com os talheres.

— Desculpa — respondo.

— Tudo bem. — É difícil deixá-lo bravo.

— É só que me perguntam isso o tempo todo na escola.

— Então por que você usa?

— Porque eu gosto — digo, mas dessa vez sorrio, e ele dá uma risada.

Durante o jantar, as Mães nos deixam beber metade de uma taça de vinho. Eu estou secretamente feliz por ser tratada como adulta, e o vinho me deixa sonolenta. O meu pai passa um bom tempo falando com Finny sobre ele ser o único calouro no time titular do colégio. Ele parece feliz de ter assunto com um de nós, como se Finny e eu fôssemos intercambiáveis, como se o dever dele com nós dois fosse o mesmo. É fácil entender por que ele pensa assim. O único momento em que ele está em casa por um longo período é durante as festas, e Finny e tia Angelina sempre estão com a gente nessa época. Talvez ele pense que tia Angelina é a segunda esposa dele.

A minha mãe e tia Angelina falam de todos os Natais que conseguem lembrar e os comparam com o deste ano. Elas sempre fazem isso. Todo ano é o melhor Natal de todos.

Eu gostaria de acreditar que é mesmo o melhor Natal de todos, mas não consigo, porque sei qual foi. Foi quando tínhamos doze anos, o nosso último Natal do ensino fundamental I.

Naquele ano, nevou na noite anterior à véspera de Natal. Eu tinha um novo casaco de inverno e luvas que combinavam com o cachecol. Finny e eu fomos até o riacho e fizemos buracos no gelo da parte rasa. As Mães fizeram chocolate quente e nós jogamos Banco Imobiliário até o meu pai chegar em casa do escritório, e nada importava além de que era Natal.

Desde então, faz muitos Natais que não neva, e cada ano há mais e mais coisas que importam e tenho cada vez menos a sensação natalina.

Jamie foi passar o feriado com a avó em Wisconsin, e eu estou feliz de ficar com saudade dele. É uma dor que eu gosto de cutucar.

Jamie, penso, *Jamie, Jamie, James,* e me lembro da língua dele na minha boca. Não gosto tanto da sensação quanto achei que gostaria, mas estou me acostumando. Eu falo que o amo o tempo todo agora, e ele não disse mais nada sobre sexo. Jamie me deu um diário novo de Natal e, embora eu ainda não tenha terminado o antigo, vou começar a usá-lo no ano novo. Jamie já terá voltado até lá e nós vamos passar a virada juntos. *Jamie, Jamie, James.*

— Autumn, você é a Fada Açucarada este ano? — pergunta o meu pai.

Um silêncio toma a mesa enquanto tento entender o que ele quer dizer. Então eu vejo a minha mãe morder o lábio e entendo que ele está falando da tiara. Ele não notou que eu usei essa tiara todos os dias durante as últimas três semanas. Inspiro.

— Sim — respondo. — Pensei em deixar o jantar um pouco mais festivo.

Ele sorri para mim e dá uma mordida no tender. Está contente consigo mesmo. A minha mãe diz algo para Finny e lentamente a conversa à mesa recomeça. Depois de alguns minutos, eu peço licença e vou para o quarto.

Comprei alguns pôsteres: Jimi Hendrix no palco com a guitarra, Ofélia afogada e olhando para o céu, uma foto em preto e branco de uma árvore sem folhas. Eu gosto do efeito que eles causam no quarto lavanda e branco, como o corpete com o cardigã, como a tiara com a calça jeans rasgada. Mas não olho para os pôsteres. Eu me deito na cama e encaro o teto.

Quando alguém bate à porta, finjo que estou dormindo. Um momento depois, a porta se abre mesmo assim e Finny enfia a cabeça dentro do quarto.

— Ei, eles disseram para te avisar que terminamos de comer.

— Tá bom — respondo, mas não me movo.

Estou esperando ele ir embora. Mas ele não vai, continua ali como se eu devesse fazer alguma coisa. Eu não faço. Olho para o teto até ele falar de novo.

— É uma droga ele não ter notado — diz Finny, enfim.

— Pelo menos o meu pai aparece no Natal — retruco. A expressão dele muda só por um instante. Então é como se uma porta tivesse se fechado de novo. Tento consertar: — Eu não quis dizer isso.

— Tudo bem. Estão esperando lá embaixo.

Depois que ele sai, fico mais um tempo deitada na cama. Penso em contar a Finny como dói e como não importa de verdade para mim, mas eu queria que importasse para o meu pai. Imagino que, de repente, Finny está me abraçando e me dizendo que vai ficar tudo bem, e está dizendo que é possível sentir coisas diferentes por uma pessoa. Nós descemos e ele segura a minha mão enquanto assistimos a *A felicidade não se compra* juntos no sofá. Quando tia Angelina e ele vão embora, ele me dá um beijo de boa-noite na varanda e nós percebemos que está começando a nevar.

Eu jogo as pernas para fora da cama, seco os olhos e desço as escadas.

oito

A FESTA É NA MINHA CASA, PORQUE ELA É GRANDE E ASSIM OS MEUS pais podem conhecer Jamie antes de irem para a festa de Ano-Novo do trabalho do meu pai.

Jamie se deu bem com eles. Apertou as mãos, fez contato visual e não cheirava a nenhum tipo de fumaça. O meu pai ficou satisfeito. A minha mãe ficou feliz e eu tenho a sensação de que é porque Jamie é muito bonito, como se agora ela pudesse ter certeza de que eu não sou tão excluída na escola.

Sasha, Brooke e Angie vão dormir aqui. A mãe de Alex vai buscar os meninos depois da meia-noite. Até lá, estamos sozinhos.

Brooke roubou uma garrafa de espumante da festa dos pais. A bebida está enrolada no saco de dormir e nós só vamos notar que era seguro colocá-la na geladeira quando já for tarde demais.

Comemos pizza e vemos um filme. O filme não é lá essas coisas. Os meninos fazem piadas e disputam para ver quem faz as meninas rirem mais. Jamie está ganhando, lógico. Eu me recosto no sofá de couro e me sinto uma rainha consorte.

Depois, ficamos conversando e todo mundo tenta ser engraçado. No geral, nós falamos do pessoal da escola. Eventualmente, a conversa passa a ser sobre sexo, e descubro que toda conversa alguma hora acaba chegando a esse ponto. Nenhum de nós já fez sexo e somos novos o suficiente para isso não ser uma vergonha; é simplesmente um fato que o tempo vai remediar. Nós provocamos uns aos outros e trocamos histórias sobre quem na escola fez o quê e onde. Rimos e jogamos travesseiros uns nos outros. Sexo é motivo de piada. Sexo é algo que parece tão possível, tão real, quanto o mundo acabar à meia-noite.

Meia-noite. Estou tão ansiosa para beijar Jamie que é como se fosse a primeira vez. Eu só fui beijada à meia-noite uma única vez antes, e estou animada para esse beijo substituir o outro, para que esse seja um beijo de que eu vou me lembrar para sempre.

Às 23h50, nós vamos para a cozinha em busca de frigideiras e panelas. Às 23h55, paramos diante da porta da frente e perguntamos que horas são a Jamie a cada trinta segundos. Por algum motivo, decidimos que o celular dele é o mais confiável.

E então, como sempre, o momento vem e vai, e mesmo que parte de mim esteja mais uma vez surpresa por eu não me sentir diferente, corro pelo gramado com os meus amigos, batendo na panela e olhando para cima, para as estrelas e os fogos de artifício ilegais que os vizinhos estão soltando. Nós gritamos como se tivéssemos recebido notícias maravilhosas. Gritamos "feliz Ano-Novo" uns para os outros, para as árvores e para as pessoas que não conseguimos ver na rua e que estão gritando para o céu como nós. Gritamos como se essa demonstração de alegria fosse espantar todos os nossos medos, como se já soubéssemos que nada de ruim vai acontecer este ano e estamos felizes por isso.

— Jamie, vem me beijar! — grito.

Jogo a panela e a colher de madeira na grama e estendo os braços para ele. Jamie vem até mim e me puxa pelos quadris. Os outros batem nas suas panelas. É um beijo bom, como todos os nossos. Os outros largam as panelas e trocam os próprios beijos. Eu pego uma panela e uma colher de novo e, durante o relativo silêncio antes de começarmos a batucar outra vez, noto que não estamos sozinhos.

A uns dez metros de distância, Finny e Sylvie, Alexis e Jack e todos os outros também batem nas panelas e riem para o céu. Finny e eu trocamos olhares, e ele olha para os lados antes de acenar discretamente para mim. Eu aceno de volta, a mão na altura do quadril, aterrorizada que algum dos amigos dele possa pensar que estou acenando para eles. Neste momento, todos parecem estar cientes da presença dos outros, porque imediatamente entramos em uma competição que ninguém nunca vai admitir em voz alta. Nós estamos nos divertindo mais do que eles. Nós nos amamos mais. Somos mais barulhentos. Temos mais coisas a esperar deste ano do que eles. Gritamos, berramos e beijamos um pouco mais. Os meninos começam uma imitação de grupo *a cappella* e nós abrimos os braços e giramos na rua.

E, lógico, estamos nos divertindo tanto que nem notamos que eles estão ali.

Então Jamie faz algo que prova mais uma vez por que ele é o nosso líder.

— Hora do espumante! — grita, e nós berramos em um coro que afoga a rua em nossa empolgação.

Corremos pelo gramado, rindo, antes que eles possam retaliar. Nós cansamos de bater panelas; temos coisas bem mais legais para fazer lá dentro.

Bebemos o espumante quente em copos de água e fingimos que não é nada demais.

Bêbados pela primeira vez na vida, começamos a desafiar uns aos outros a se beijarem. Brooke e Angie se beijam. Eu beijo Noah. Sasha beija Jamie. E então decidimos que cada um de nós precisa beijar todos os outros para selar nossos laços eternos de amizade. Rimos e nos agrupamos. Eu beijei você? Nós já nos beijamos? Ah, meu Deus, eu beijei Alex duas vezes.

Depois, lavamos todos os copos. Jamie e os meninos assumem a tarefa máscula de quebrar a garrafa na entrada da garagem e varrer os cacos. Quando voltam pra dentro, todos nós chupamos balas para esconder o hálito de bebida e ficamos juntos na cozinha. As meninas ficam com os namorados, se preparando para a separação iminente. Damos as mãos e apoiamos as cabeças nos ombros deles, suspirando, sonolentas.

Os namorados sorriem com condescendência para nós. Angie se senta na mesa da cozinha e tolera a cena, como sempre.

— Ei, Finn Smith acenou para a gente? — pergunta Noah.

Brooke abre os olhos, ergue a cabeça e diz:

— É, eu vi isso.

— Ele provavelmente estava acenando pra Autumn — comenta Sasha.

— Por quê? — Angie e Noah falam ao mesmo tempo.

— Eles eram tipo melhores amigos — responde Sasha, e todo mundo me olha.

— Ele é meu vizinho. Nossas mães são amigas. Amigas bem próximas.

— Eles passam o Dia de Ação de Graças e o Natal juntos todo ano. — acrescenta Sasha.

— Ah, meu Deus, que estranho! — exclama Brooke.

— Nós somos tipo primos — explico. — Se Jamie fosse um dos garotos populares, você ainda teria que se encontrar com ele, não é, Brooke?

— Eu? — diz Jamie. Todo mundo ri.

— Ainda assim, é estranho — continua Sasha. — Por um tempo, no final do fundamental, vocês ainda saíam juntos às vezes, não era? Quer dizer, vocês ainda podiam ser amigos, mesmo...

— Ei, não fui eu que fiz teste pra ser líder de torcida. — Mudo de assunto para não ser mais o centro das atenções.

— Você fez o quê? — indaga Alex, como se ela o tivesse traído.

Sasha implora por piedade, justificando que era jovem, inexperiente, ingênua.

— Eu não sabia o que estava fazendo — afirma, as mãos unidas em frente ao peito.

Nós ouvimos as explicações e, depois que ela foi melodramática o suficiente, Jamie a perdoa e todos nós a abraçamos. Nesse momento, a mãe de Alex bate à porta.

O nosso passado é deixado de lado por esta noite e nós desenrolamos os sacos de dormir e nos juntamos no chão da sala. Conversamos sobre os nossos namorados e sobre qual das garotas populares é a mais metida. Todas discordamos, cada uma escolhendo aquela que considera seu oposto.

— Sylvie sempre tem uma cara tão convencida — digo. — Eu *odeio* isso.

— Mas Victoria me olha feio. — Angie justifica a escolha dela. — É sério. Tipo assim.

Todas nós rimos da imitação, que parece mais com Popeye do que com Victoria. Sasha e eu achamos tudo ainda melhor porque sempre pensamos que a cara de brava dela era engraçada, mesmo quando ela ainda era nossa amiga.

Os meus pais chegam em casa antes de pegarmos no sono. Eles estão discutindo e tentando fazer isso baixo, e as meninas fingem não notar. Depois de alguns minutos, escuto o meu pai subir. Um momento depois, a minha mãe enfia a cabeça para dentro da sala.

— Se divertiram no Ano-Novo, meninas? — pergunta, alegre. Todas as meninas fazem que sim e dizem "Sim, senhora". Ela olha diretamente para mim. — Se divertiu, querida? — Eu faço que sim, mas ela me olha estranho e vai embora.

Sasha provavelmente teria dito, se eu não a tivesse impedido, que Finny e eu costumávamos passar todas as noites de Ano-Novo juntos também.

nove

O INVERNO É SEMPRE UM PERÍODO MORTO PARA MIM. EU QUERIA ser como as árvores. Queria poder fingir que estou morta ou pelo menos hibernar durante o inverno. A minha tiara continua o reinado como um acessório fixo da minha cabeça. Ninguém mais me pergunta sobre ela.

No segundo semestre, troco a aula de Educação Física pela de Saúde. No primeiro dia, a professora, sra. Adams, nos conta que era atleta profissional de esqui aquático e pula a parte sobre como se tornou professora de Saúde. Fica claro, depois do primeiro mês, que ela sempre conhece alguém que foi acometido pela doença que estamos estudando. A maior parte dessas pessoas estava na equipe de esqui aquático. Angie faz a aula comigo, e a sra. Adams se torna um assunto frequente das nossas conversas no almoço.

Caminhar e esperar pelo ônibus agora é o meu inferno pessoal. Eu bato o pé, mantenho a cabeça baixa e os ombros curvados, e silenciosamente odeio o mundo por ser tão frio. Tomo cuidado para sempre ficar de costas para Sylvie e Finny. Eu nunca contei a ninguém o quanto odeio ver os dois juntos, eles achariam que isso é grande coisa e pensariam que tem algum significado idiota. Só não gosto dela e eles me irritam.

Em algumas manhãs, acho que talvez Sylvie esteja falando alto só para eu escutar. Quando está muito frio lá fora, penso que essa ideia é ridícula e que sou estúpida por sequer pensar nisso. Está frio e nada mais importa, exceto entrar no ônibus e chegar até Jamie.

— Então, eu estava pensando que nesse fim de semana a gente deveria ir naquela festa, você sabe qual.

— É.

— Quer dizer, todo mundo vai estar lá, então a gente realmente deveria ir.

— Jack vai?

— *Todo* mundo vai, Finn.

— Classe — começa a dizer a sra. Adams —, não se deve fazer piada com transtornos alimentares. Eu já vi o que eles podem fazer com alguém. Uma menina na minha equipe de esqui aquático tinha anorexia. Outra era bulímica. As duas eram muito bonitas, mas essas não são doenças bonitas.

Jamie e eu nos falamos por telefone toda noite antes de dormir. Nós conversamos sobre nos casarmos um dia, em que tipo de casa moraríamos e quantos filhos teríamos. Sempre fico surpresa com o quanto ele quer essas coisas, coisas tão normais, e mais nada.

Às vezes, o amor me decepciona. Eu achava que quando você está apaixonada, o sentimento sempre estaria bem ali, encarando você, o lembrando a todo momento de que você ama essa pessoa. Mas parece que nem sempre é assim. Às vezes, sei que amo Jamie, mas não sinto isso, e me pergunto como seria estar com outra pessoa.

Eu o amo mais quando brigamos, e tenho medo de que ele vá me deixar. Depois de brigarmos, eu quero muito ficar perto dele, e no dia seguinte eu quero a mão dele na minha a todo minuto. Às vezes, ele me ama mais do que eu o amo e quer que eu preste atenção nele, mas eu só queria que Jamie me deixasse em paz para que eu pudesse voltar a ler ou conversar com Angie a respeito da sra. Adams. Às vezes, nós dois nos amamos muito e é difícil desligar à noite. Eu queria que pudesse ser sempre assim.

———————————

— Classe, eu também já fui jovem um dia — diz a sra. Adams. — Sei das pressões para fazer sexo. Não apenas por parte do seu parceiro, mas dos amigos, da mídia e até mesmo do próprio corpo. Pode ser difícil. Mas, por favor, tenham cuidado. Eu sei que vocês acham que ninguém que vocês conhecem tem uma IST, mas é assim que elas se espalham. Eu me lembro de ter que segurar a mão de muitas das minhas colegas de equipe depois que descobriram que tinham uma IST. Uma mulher pegou herpes e, como descobrimos, essa doença não tem cura. Imagine conviver com isso para sempre.

———————————

Certa manhã, tenho a impressão de que Sylvie e Finny estão brigando. Eles sussurram sem parar e Finny de repente está falando bem mais do que só: "É".

Agora que quero ouvir o que eles estão dizendo, não consigo. Olho por cima do ombro. Finny está parado ao lado dela, olhando feio para o chão. Sylvie o encara e agarra a lateral do corpo dele. De longe, seria difícil notar que eles estão brigando.

— Por favor. — Consigo ver mais do que escutar ela dizendo. Ele balança a cabeça e não responde.

Jamie me dá uma aliança de compromisso no Dia dos Namorados. O dia inteiro, sempre que vejo alguém que conheço, eu corro para mostrar a minha mão e contar que tenho o melhor namorado do mundo. Ele me dá outra tiara também. Essa é dourada e tem mais detalhes.

Para a surpresa de todos, a primavera chega cedo este ano.

dez

———

Assim que chego na porta, noto que esqueci as chaves de casa no armário. É quinta-feira, o dia que a minha mãe vai à terapia e depois à academia. Ela só vai chegar em casa às 17h30. São 14h30. É início de março e a neve já se foi, mas ainda está frio e prestes a chover.

Fico encarando a porta por um momento. Tenho duas opções. Uma é ficar na varanda, torcer para não chover e mais tarde tentar explicar para a minha mãe por que eu não escolhi a segunda opção.

———

— Eu fiquei trancada pra fora — digo quando ele abre a porta. Mesmo assim, um lampejo de confusão passa pelo rosto dele.

— Ah, ok — responde Finny.

Ele se afasta para eu entrar. Estou usando Doc Martens e uma nova tiara cor-de-rosa. Ele está vestindo calça cáqui e um suéter. Já tirou os sapatos. As meias são verdes. Eu quase faço um comentário. Que tipo de garoto usa meias verdes?

— Que horas a sua mãe chega? — pergunto.

— Quatro — responde. A mãe dele tem uma chave extra. — Aonde a sua mãe foi?

— Terapia.

Eu o sigo até a sala, onde ele se senta no sofá. A casa da tia Angelina está sempre um pouco bagunçada, aquela bagunça com cara de que alguém vive ali, com livros que acabam empilhados nos cantos, almofadas e sapatos por toda parte. Além disso, tia Angelina nunca terminou de decorar; na parede acima da cabeça de Finny, há três amostras diferentes de tinta aplicadas em manchas grandes. Estão lá desde que me lembro.

— Você quer ver alguma coisa? — pergunta ele enquanto pega o controle remoto e olha para mim.

— Eu vou ler.

Quando cheguei em casa, o plano era editar um poema que eu tinha começado durante a aula de História, mas de jeito algum vou pegar o caderno e começar a escrever aqui, na frente dele.

Sento-me na poltrona do outro lado da sala. Ela é de um tom vibrante de azul e faz anos que tia Angelina diz que vai mandar estofá-la, assim que escolher uma paleta de cores para o cômodo. Quando escuto Finny passando os canais, pego o livro na bolsa e olho para ele.

Finny parece uma pintura renascentista de um anjo, ou é como se fizesse parte de alguma família real moderna. O cabelo dele permanece loiro o inverno inteiro e parece ouro no verão. Ele cora bastante, em parte porque é muito claro, em parte porque é tímido e fica envergonhado com facilidade. Tenho certeza de que foi Sylvie que chegou nele primeiro e o chamou para sair.

Finny nunca conta a ninguém como está se sentindo; você só precisa conhecê-lo bem o suficiente para entender quando ele está triste ou assustado. Hoje, a expressão dele não me diz como ele se sente a respeito de eu estar aqui. Ou não se importa, ou está irritado.

Nós nos vemos com frequência, mas raramente ficamos sozinhos. E mesmo que às vezes a gente ainda se alie contra as Mães em alguma situação, nunca temos algo a dizer um ao outro que não seja superficial.

Anos atrás, Finny e eu amarramos um barbante e dois copos nas janelas dos nossos quartos para podermos conversar à noite. Depois que paramos de nos falar direito, nunca tiramos os copos, mas um dia o barbante apodreceu.

O celular de Finny toca e ele sai da sala sem falar nada.

Eu baixo os olhos para o livro e recomeço a ler. A chuva começou e eu me distraio com o som dela. No passado, Finny me chamava para ir lá fora com ele salvar as minhocas na calçada. Ele se incomodava de vê--las ressecando e agonizando no dia depois da chuva. Odiava a ideia de qualquer um — qualquer coisa — estar triste ou ferido.

Quando tínhamos oito anos, nós ouvimos a mãe dele chorando no quarto depois de um término, e Finny passou lenços de papel por baixo da porta. Quando tínhamos onze anos, ele socou Donnie Banks na barriga por me chamar de aberração. Foi a única briga em que ele entrou e eu acho que a sra. Morgansen só o colocou na detenção porque era obrigada. Tia Angelina nem o deixou de castigo.

— Autumn já está aqui. — Eu o escuto dizer do cômodo ao lado. Há uma pausa. — Ela ficou trancada fora de casa. — Há um silêncio mais longo. — Tá bem — diz ele, e então: — Eu também te amo.

Dessa vez, ele me olha quando volta para a sala.

— Vocês vão jantar aqui hoje, então a minha mãe disse que é melhor você ficar.

— Mas o meu pai ia estar em casa hoje — argumento. Finny dá de ombros.

O meu pai cancela jantares de família com tanta frequência que acho que nem vale a pena dizer isso. Dou de ombros também e volto para o livro.

Quando eu levanto os olhos outra vez, é porque escutei tia Angelina entrando pela porta dos fundos.

— Olá? — chama ela.

— Aqui — grita Finny de volta.

Ele coloca a TV no mudo e a mãe dele entra na sala.

— Oi, crianças.

A longa saia de patchwork dela ainda está ondulando em volta dos tornozelos mesmo quando está parada. Ela traz um aroma de óleo de patchuli para a sala com ela.

— Oi — respondemos.

Tia Angelina me olha e sorri com o canto esquerdo da boca. É o mesmo sorriso torto que Finny tem quando está brincalhão.

— Autumn, por que você está usando uma camiseta de campanha de Jimmy Carter? — pergunta ela.

— Sei lá. Por que o seu filho está usando meias verdes?

Ela olha para Finny.

— Phineas, você está usando meias verdes?

Ele observa os pés.

— Bem, sim.

— Onde você arranjou meias verdes?

— Elas estavam na minha gaveta de meias.

— Eu nunca comprei meias verdes para você.

— Elas estavam lá.

— Tudo isso parece muito suspeito — digo.

— Concordo. Finny, Autumn e eu vamos para a cozinha e, quando voltarmos, é melhor você ter uma explicação para as meias. — Finny e eu nos olhamos, surpresos.

Eu desvio o olhar e abaixo o livro. Tia Angelina espera por mim na porta. Quando chego lá, ela coloca uma mão no meu ombro enquanto me guia para a cozinha.

— Querida, a sua mãe não está num bom dia. O seu pai precisou cancelar o jantar hoje e isso a deixou bem chateada — murmura.

Para outras meninas, isso poderia não parecer grande coisa. Mas quando a sua mãe já foi internada duas vezes por causa da depressão, você aprende a ler nas entrelinhas.

— Tudo bem.

Na última vez que a minha mãe esteve no hospital, eu estava no sexto ano. Passei duas semanas morando com tia Angelina e Finny. Na época, foi divertido. Todo mundo ficava me dizendo que a minha mãe ia ficar bem. Eles me falavam de desequilíbrios químicos e de como era uma doença como outra qualquer, e que a minha mãe iria melhorar. Então eu aceitei, e toda noite Finny entrava escondido no quarto de hóspedes e nós desenhávamos nas costas um do outro com os dedos, então tentávamos adivinhar que figura era.

Eu duvidava que seria assim desta vez. Tudo. Para começar, eu perguntaria como poderia se tratar de um desequilíbrio químico se sempre parecia ser causado pelo meu pai.

— Ela vai ficar bem. Nós só precisamos ser muito compreensivos esta noite, tudo bem?

— Eu entendo — digo.

Ela está me dizendo para não encenar uma revolta adolescente na mesa de jantar.

— Sua mãe te ama muito, muito, muito — continua Tia Angelina.

— Eu entendo — repito. — Tudo bem.

— Certo. — Ela aperta meu ombro.

Apesar da promessa de descobrir mais sobre as meias misteriosas, tia Angelina não me segue de volta até a sala. Quando retorno, Finny coloca a TV no mudo mais uma vez e observa eu me sentar de novo.

— Tudo bem? — pergunta.

— Sim — respondo. — Não está sempre bem?

Ele ri, uma exalação rápida pelo nariz, então o rosto fica sério de novo e ele inclina a cabeça para o lado. Está me perguntando se quero falar sobre isso. Eu balanço a cabeça e ele desvia os olhos rapidamente. O som da TV volta e eu pego o livro.

———————

No sexto ano, ele tinha que entrar escondido no quarto de hóspedes porque não podíamos mais dormir na mesma cama. Nós raramente quebrávamos as regras e eu ficava nervosa toda vez que ele vinha, mas nunca lhe disse para não fazer isso. A verdade é que, se elas não tivessem sugerido, jamais teria me ocorrido que as coisas poderiam ser diferentes entre nós só porque estávamos mais velhos. Nós nos deitávamos de bruços lado a lado e só nos tocávamos para desenhar nas costas um do outro. Eu desenhava flores, corações e animais. Finny desenhava foguetes e bolas de futebol.

No meu último dia lá, a tia Angelina veio e ficou parada na porta. A silhueta dela era marcada pela luz que entrava do corredor. Acho que ela conseguia nos ver melhor do que nós conseguíamos vê-la.

— Phineas, o que você está fazendo aqui?

— Autumn está triste — respondeu ele.

Foi só quando ele disse que eu percebi que era verdade. Houve um longo silêncio. Finny ficou imóvel ao meu lado. Eu observava a forma escura dela no corredor.

— Quinze minutos — ponderou tia Angelina, e então foi embora.

Era a vez de Finny desenhar nas minhas costas. Eu fechei os olhos e me concentrei nas formas que ele traçava em mim. Sempre fazia cócegas, mas eu nunca ria.

— Duas casas — falei. — E quatro pessoas.

— São as nossas casas. E a nossa família.

A minha mãe pula a academia e chega mais cedo. Tia Angelina pede pizza e nós comemos na frente da TV, coisa que eu e minha mãe nunca fazemos. Depois, eu digo que tenho lição e vou para casa. A minha mãe fica. Ela diz que vai mais tarde.

Quando chego em casa, ligo para Jamie e conto tudo a ele. Eu choro e digo que estou com medo. Conto que descobri que eles só internam a pessoa se ela tiver tendências suicidas. Conto que supostamente é algo genético.

Jamie me diz que vai sempre me amar e cuidar de mim, não importa o que aconteça. Ele diz isso várias e várias e várias vezes.

onze

O CAMPO EMBAIXO DOS DEGRAUS PARA O NADA ALAGA COM AS chuvas de primavera. Os meninos caminham juntos em volta desse lago impermanente, ameaçando empurrar uns aos outros na água ou fingindo que estão prestes a mergulhar para nos fazer gritar.

Ficamos sabendo que quase ninguém vai ao Baile de Primavera, então decidimos que pode ser legal e que nós vamos.

As meninas vêm se arrumar na minha casa. O baile é causal e estamos todas de calça jeans. Vou usar o corpete que comprei com Sasha no outono passado. Brooke quer maquiar todo mundo, então nos revezamos na frente dela enquanto as outras assistem. Eu sou a última, e é bem na minha vez que ela diz:

— Autumn, não vou passar a noite aqui hoje.

— Por quê? — perguntamos em coro.

As coisas para dormir de todas, incluindo as de Brooke, estão amontoadas na minha cama. Ela para de passar base em mim e respira fundo.

— Porque os pais de Noah estão fora e eu vou pra casa dele.

Se faz um momento de silêncio.

— Vocês vão… — Angie começa a indagar, a voz sumindo.

Brooke olha para todas nós e assente. Nós gritamos e Brooke cobre o rosto com as mãos.

— Meninas!

— Ah, meu Deus! — exclama Sasha.

— Por quê? — questiono, e então me pergunto se foi a coisa errada a dizer. Brooke tira as mãos do rosto e sorri.

— Porque eu o amo, e parece certo.

— Awn! — exclama Angie.

— Uau — diz Sasha. — Agora vou pensar nisso a noite toda.

Nós rimos.

— Vamos a pé para a casa dele depois da festa. Diga para a sua mãe que eu passei mal e fui embora mais cedo, ok? — pede Brooke, e eu concordo. — Venho buscar as minhas coisas amanhã.

— Você vai contar tudo pra gente, certo? — pergunta Angie.

— Bem...

— Você *precisa* contar! — exclama Sasha, e todas nós concordamos.

Quando os meninos chegam, nós descemos juntas e a minha mãe tira uma foto antes de nos amontoarmos na van para ir para a escola. Jamie está muito gato e eu digo isso no ouvido dele quando estamos a caminho. Ele sorri e não diz nada, mas quando eu aperto a mão dele, ele aperta de volta.

Dos mil e quinhentos alunos, cerca de sessenta aparecem no Baile de Primavera. Temos a pista só para nós, então dançamos juntos no meio e gritamos pedidos de músicas para o DJ, que realmente nos obedece. Como são tão poucos alunos, ninguém impede quando começamos a dançar nas mesas. Não importa como estamos dançando, porque não tem quase ninguém para ver, e os nossos passos e pedidos de música ficam cada vez mais ridículos. Nós fazemos um trenzinho. Dançamos Macarena quando "Electric Boogie" sai das caixas de som. Nós ficamos exaustos de tanto dançar, então bebemos um pouco de ponche e voltamos para a pista. Na primeira música lenta, Jamie convida a nossa diretora, a sra. Black, para dançar, e ela aceita em meio às comemorações de todo o baile.

Nós nos parabenizamos e concordamos: o Baile de Primavera é legal porque ninguém vai.

Leva bastante tempo para o DJ tocar outra música lenta. A essa altura, meu coração está disparado e eu estou sem fôlego, então praticamente desmorono em cima de Jamie. Está tão bonito que sinto um frio na barriga só de olhar para ele. Envolvo-o pelo pescoço e deslizamos ao som da música.

— Eu te amo — digo, e não estou falando só para me lembrar de que amo mesmo; neste momento, eu consigo sentir.

— Eu também te amo — responde ele.

— Você ficou sabendo de Brooke e Noah? — pergunto.

Jamie revira os olhos e suspira.

— É, ele passou a tarde toda se gabando disso.

— Sério? O que ele disse?

Jamie dá de ombros.

— Ele só disse que eles iam fazer.

— E?

— E o quê?

— O que mais ele disse?

— Pouca coisa além disso. Só que eles iam fazer esta noite.

— Bem, isso não é se gabar.

— É, sim.

— Por quê?

— Do que você está falando? — retruca Jamie. — Eu acabei de contar que ele passou a tarde toda se gabando disso.

— Eu só não vejo como ele estava se gabando a tarde toda se tudo o que ele disse era que eles iam fazer. Isso é tipo *uma* frase.

— Deixa pra lá — diz Jamie. — Eu não quero falar disso.

— Por que não?

— Eu só não quero, ok?

— Mas por que...

— Autumn, eu não quero falar deles fazendo sexo, ok?

— Tá bom — respondo.

Terminamos a música em silêncio. Depois disso, eu peço a Angie para ir ao banheiro comigo. Nós falamos do nosso cabelo, de como estamos nos divertindo e um pouco de Brooke, é lógico.

— É meio estranho, não é? — comenta Angie. — Quer dizer, Brooke não vai ser mais virgem amanhã. Não parece real.

— É, eu sei.

Nós voltamos para a festa. Eu observo Jamie de longe e tento recuperar a sensação boa que tive antes, mas não consigo. Eu me pergunto se, quando está beijando Noah, Brooke às vezes imagina que ele é outra pessoa. Eu me pergunto se, quando ela se toca, ele é o único em quem ela pensa.

Falo para mim mesma que relacionamentos dão trabalho. Ninguém é perfeito. Não existe isso de felizes para sempre.

Na segunda-feira, nos Degraus para o Nada, Brooke diz que depois de transar você não se sente nem um pouco diferente, só ama o cara muito mais do que antes.

— Mas você não fica tipo "ah, meu Deus, eu não sou mais virgem".

— Sério? — quero saber.

Acho que esse seria o único pensamento que eu conseguiria ter depois. Acho que eu iria me olhar no espelho e ficar dizendo isso sem parar.

— Sim — comenta ela —, é só, tipo… — Ela não termina a frase, só olha para os meninos perto da água lá embaixo.

Eles estão vendo quem consegue atirar pedras mais longe. Eu vejo Jamie ganhar. Imagino como seria se só parecesse certo estar com ele.

— Doeu? — pergunta Angie.

— Com certeza — responde Brooke.

doze

———

— Então, o que você sabe sobre Sylvie? — pergunta a minha mãe.

Eu enfio uma enorme colher de sorvete na boca e olho para ela. Nós estamos sentadas no pátio externo da Sorveteria da Estação, a única da cidade. É o primeiro dia quente de maio.

— A namorada de Finny? — Minha mãe faz que sim. — Sei lá. Por quê?

— Por nada.

— De repente você resolveu que quer saber mais sobre ela?

— Bem… — começa a minha mãe.

— O quê? — questiono.

— Angelina e eu estávamos falando dela outro dia e eu me perguntei o que você achava.

— Ela é ok. Eu não a conheço muito bem. — Nós comemos em silêncio por um tempo antes de eu perguntar: — Tia Angelina não gosta dela?

— Ah, gosta, mas acho que ela nunca superou a decepção de você e Finny não ficarem juntos. — Ela me cutuca com o pé por baixo da mesa.

— Mãe! — Olho feio para ela. — Eu tenho namorado.

— Eu sei, eu sei. É que nós sempre achamos que era isso que iria acontecer.

— Bem, não aconteceu — respondo. — Nós nem andamos mais com as mesmas pessoas.

— Eu sei. — Ela suspira. Eu reviro os olhos e tomo sorvete.

Sempre que penso em como seria se Finny e eu estivéssemos juntos, nunca imagino mais ninguém conosco. Não gosto de pensar que eu teria que me tornar líder de torcida para ser amiga de Finny de novo. Na minha imaginação, ele não está no meu grupo e eu não estou no dele; somos só nós dois, como era antes. Na escola, nós almoçamos juntos e ele vai comigo para as minhas aulas. Nós fazemos o dever de casa juntos. Ele me leva para assistir a filmes de arte na cidade. De noite, ficamos deitados na grama e conversamos. Gravamos CDs um para o outro. Passamos bilhetinhos. Damos as mãos no ponto de ônibus. Eu me imagino adorando-o sem questionar o que sinto por ele. Eu estou certa de que seria assim se eu estivesse apaixonada por Finny.

— Tia Angelina está por aí perguntando a Finny o que ele acha de Jamie? — pergunto. A minha mãe sorri.

— Sim, querida. É uma conspiração.

— Bem, se vocês duas estavam falando de Sylvie, por que não de Jamie?

— Eu gosto de Jamie. — Ela pega o resto do sorvete. — Sei que ele é um bom menino. Os pais dele parecem boas pessoas.

— Mas vocês não têm certeza se Sylvie é uma boa menina? — Fico feliz com o rumo que a conversa tomou, mas não quero demonstrar.

— Ela é? — A minha mãe devolve a pergunta.

Se os boatos forem verdadeiros, Sylvie não é uma boa menina. Tem uma história dela e de Alexis se pegando em uma roda-gigante enquanto todos os caras assistiam, e parece que o grupo todo fica bêbado às vezes. Mas eles são bons alunos, então a maioria dos adultos não suspeita de nada.

É difícil para mim imaginar Finny bêbado, ou gostando de uma menina que se pega com outra para os outros verem. Eu me pergunto se ele ainda é tímido quando bebe, se corou quando viu Sylvie beijando Alexis.

Eu me pergunto o que tia Angelina faria se soubesse dos amigos de Finny.

— Ah, Sylvie é líder de torcida. Ela está no conselho estudantil e é uma excelente aluna. Está ocupada demais sendo perfeita para injetar heroína nas horas vagas.

— Tá bom, tá bom — fala minha mãe.

Nós nos levantamos, jogamos os copinhos e as colheres de plástico no lixo e seguimos para o carro.

Eu imagino Finny amando Sylvie, mas às vezes desejando que ela fosse diferente, da forma como eu às vezes me sinto em relação a Jamie. Eu o imagino ficando excitado quando ela beijou Alexis na frente de todo mundo, e depois pedindo a ela para nunca mais fazer isso. Eu o imagino se sentindo livre e confiante quando bebe com os amigos, se sentindo incluído, parte de algo.

No carro, abro a janela e sinto o ar quente da noite no rosto. A minha mãe está em silêncio ao meu lado. Eu me pergunto onde tia Angelina e Finny estão, sobre o que estão conversando.

Imagino Finny e eu saindo escondidos de casa para dar uns amassos no riacho. Eu me imagino deixando a persiana aberta para ele enquanto troco de roupa. Imagino a mão dele subindo pela minha coxa enquanto assistimos a um filme com um cobertor no colo.

Eu imagino que mesmo que tenhamos sido amigos quando crianças, não permaneceríamos crianças só porque estaríamos juntos.

treze

O ÚLTIMO DIA DE AULA PARECE SER REALMENTE O ÚLTIMO, COMO se eu estivesse sendo libertada não por três meses, mas por trinta anos. As assustadoras provas finais terminaram; tudo que eu tenho hoje são as provas de Inglês e Saúde. Vou começar a turma avançada de Inglês no outono, e a prova final de Saúde deve ser fácil. Drogas e sexo são ruins; esqui aquático é bom.

Há abraços e gritinhos nos Degraus para o Nada. Sasha é a única estudando, o resto de nós está mais ou menos livre. Jamie me dá um beijo bem barulhento e passa os braços pelos meus ombros.

— Argh, eu só quero que esse dia termine — diz ele.

— Eu também — concorda Noah.

— Você ainda não assinou meu anuário, amor — comento.

Esse é o terceiro dia que peço isso a ele. Ele fica dizendo que vai fazer mais tarde.

— Eu sei, eu sei. Me dê logo — pede Jamie.

Eu entrego e ele abre a mochila.

— Por que você não assina agora?

— Não estou com vontade. Eu devolvo no almoço. — Ele enfia o anuário na mochila e a fecha.

— Certo — respondo.

Descobri que é mais fácil deixar ele fazer do jeito dele todas as coisinhas que não deveriam importar.

— Ei, a minha mãe disse que pode nos levar para o nosso dia das meninas amanhã — avisa Angie.

— Yay! — Sasha comemora por trás do resumo que está lendo.

— É, bem, vocês sabem que vamos ter o dia dos meninos amanhã também — comenta Alex.

— Tá bom — respondo.

— E vamos fazer coisas de meninos para as quais vocês não estão convidadas — completa Jamie.

— Tá bom, seja lá o que isso signifique — responde Brooke. — Mas nós só vamos ao shopping.

— Ei, caras, vamos ao shopping — sugere Noah.

— Não, vocês não podem ir ao shopping. Nós estaremos lá — retruca Sasha.

— Podemos fazer as unhas — acrescenta Alex.

— E o cabelo. Eu preciso de luzes — diz Jamie.

— Ah, calem a boca — reclama Brooke. — Você nem sabe o que são luzes.

— Por que vocês ficam estranhos toda vez que fazemos alguma coisa sozinhas? — questiona Angie.

— Pois é, vocês acham que estamos tramando contra vocês? — concordo.

— Não — responde Jamie, mas, pela primeira vez, nenhum deles têm uma resposta.

Os meninos começam a falar de ir à casa de Noah no dia seguinte para jogar videogame.

———————————

O recado de Jamie diz: *Eu te amo. Você é a melhor coisa que já aconteceu comigo. Tudo que eu quero da vida é me casar com você e construir a nossa família. Tenha um bom verão. Comigo.*

Eu fecho o anuário e o guardo na bolsa. Jamie não o devolveu no almoço; já estamos no fim do dia. Ele me pediu para não ler na frente dos outros, então eu disse a todo mundo que precisava ir ao banheiro antes de irmos para a casa de Jamie. Dei descarga mesmo sem ter usado, porque Brooke foi ao banheiro comigo. Quando eu saio da cabine, ela está se encarando no espelho. Eu lavo as mãos e olho para ela.

— Ei, você está bem? — pergunto.

Ela leva um momento para responder.

— Tá. Desculpa, eu só me distraí por um segundo.

— Tudo bem. Eu nem consigo acreditar que não somos mais calouras. Você consegue?

— Na verdade, não — responde ela.

Na piscina de Jamie, nós brincamos de briga de galo, subindo nos ombros dos meninos e derrubando umas às outras. Jamie e eu vencemos e ele deu uma volta olímpica comigo nos ombros, então me jogou na água do nada para me fazer gritar. Fico emburrada. Ele me beija e então me dá um caldo. Uma guerra de caldos começa e os meninos ganham, apesar de estarmos em maior número. Eles se cumprimentam e nós reviramos os olhos.

Nós nos apoiamos na borda da parte rasa e os meninos envolvem nossas cinturas nuas. O sol está quente sobre as nossas cabeças e a água. É verão e nos sentimos livres.

As pizzas chegam e nós comemos em volta da piscina até acharmos que nunca mais vamos conseguir comer outra vez. Decidimos ignorar a regra de esperar uma hora antes de voltar a nadar, para fazer a digestão, e pulamos na água. Os meninos começam a brincar de luta e nós ficamos assistindo. Depois de um tempo, fico entediada, e estou pensando em tentar levar Jamie sozinho para o quarto, quando percebo que Brooke e Angie sumiram há um bom tempo. Entro na casa e caminho descalça pela cozinha. A porta do banheiro está fechada. Eu encosto a cabeça nela. Consigo ouvi-las conversando do outro lado. Eu bato.

— Ei, o que está acontecendo? — pergunto.

Há uma pausa, então escuto a voz delas de novo. Angie abre a porta de leve.

— Você está sozinha?

— Sim.

Ela abre a porta só o suficiente para eu me espremer para dentro. Brooke está sentada na banheira. Os olhos estão vermelhos e ela colocou o short e a camiseta de novo.

— Ah, meu Deus! O que aconteceu? — pergunto.

Brooke olha para os nossos pés no chão de azulejo.

— Eu traí Noah.

Angie está se apoiando na pia com os braços cruzados. Essa informação não é novidade para ela. Brooke cai no choro de novo. Eu me sento ao lado dela.

— Com quem? — quero saber. Brooke continua chorando.

— Com o parceiro de laboratório dela, Aiden — responde Angie. — Eles meio que passaram o semestre sendo amigos.

— Aiden Harris ou Aiden Schumacker?

— Aiden Harris — responde Angie.

— Nós só estávamos nos divertindo na aula — justifica Brooke. — Não achei que pudesse ir além disso.

— O que aconteceu? — pergunto.

— Ele me convidou para estudar para a prova final, então me beijou, e por um momento eu deixei.

— Só isso?

— Eu parei e fui embora, e nunca ia contar para Noah, mas odeio esconder coisas dele. — Ela começa a chorar de novo. Alguém bate à porta do banheiro.

— Ei, meninas, o que está acontecendo? — questiona Sasha.

Nós a deixamos entrar e contamos toda a história.

— Foi só um beijo? — pergunta ela, e Brooke faz que sim com a cabeça.

Há uma batida na porta e então ouvimos a voz de Jamie:

— Ei, o que vocês estão fazendo aí?

— Vocês estão tramando alguma coisa? — quer saber Alex.

Sasha abre a porta e enfia a cabeça pela fresta.

— Olha, pessoal, nós temos uma situação séria aqui, então sem gracinhas.

— Como assim? — pergunta Noah. Ao meu lado, Brooke está aos prantos. — Ei, o que está acontecendo? Brooke?

— Brooke, meu bem, você quer falar com ele? — pergunto.

Ela limpa o nariz e faz que sim. Angie e eu entramos imediatamente em estado de alerta e nos agrupamos atrás de Sasha.

— Ela quer falar com ele — digo.

Sasha abre a porta só o suficiente para sairmos em fila e Noah entrar. Fechamos a porta atrás dele e nos viramos para os meninos.

— É melhor a gente ir lá pra fora — sugere Angie.

— Sim — concordo.

— O que está acontecendo? Brooke está bem? — pergunta Jamie.

— Não podemos contar — respondo.

A porta dos fundos se fecha e nós caminhamos até a beira da piscina.

— Por que não?

— Porque vocês são homens — diz Sasha.

Ela, Angie e eu nos sentamos e colocamos os pés na piscina.

— Noah está lá — retruca.

— O problema envolve Noah — respondo.

— Como assim? — pergunta Alex.

— Nós não podemos dar mais detalhes — diz Angie.

Eu concordo com a cabeça.

— Isso é idiota. Ela é minha prima — argumenta Jamie.

— Eu sei — respondo —, mas não podemos contar.

— Não temos esse direito — explica Sasha.

Nós três concordamos com a cabeça.

— Eles vão terminar? — questiona Alex.

— Talvez — responde Sasha.

— Ah, meu Deus, eu espero que não — comento.

— Eles não vão — diz Angie.

— Ok, isso é muito idiota — reclama Jamie.

Alex e ele vão se sentar nas cadeiras. As meninas e eu começamos a cochichar. Depois de um tempo, Noah sai e chama Angie. Ela sai sozinha uns minutos depois.

— Ela está bem? — pergunto. Angie assente.

— Tá, sim. Ela contou para Noah. Eles decidiram voltar para casa andando e vão aproveitar para conversar.

Nós batemos as pernas na água e fazemos ondas, mas ninguém fala nada. Dissemos tudo o que tínhamos para dizer umas às outras e continuamos sem contar para os meninos. Finalmente, depois de meia hora, recolhemos nossas coisas e vamos para casa. Alex fica com Jamie.

Quando dou um beijo de despedida em Jamie, ele não me abraça e depois desvia o olhar.

— Tchau — diz.

— Tchau, te amo. Te ligo mais tarde.

— Tá bom.

Naquela noite, nós brigamos no telefone. Embora eu chore, ele não me perdoa até eu contar o segredo de Brooke. Então, ele imediatamente fica gentil de novo e nós não falamos mais sobre a briga.

No dia seguinte, no shopping, Brooke nos conta da conversa com Noah enquanto comemos na praça de alimentação. Ela diz que o namorado a perdoou e que falou que sabia que ela estava arrependida e que odiava vê-la chorar.

— Eu nem acredito no quanto ele me ama — confessa ela.

Brooke abaixa os olhos para o prato de batatas fritas e sorri.

Eu começo a pensar no que Jamie teria dito se tivesse sido com a gente, mas imediatamente afasto essa ideia. Nada do tipo aconteceria conosco.

catorze

NÓS PASSAMOS O QUATRO DE JULHO NA FEIRA DO PARQUE. O namorado de Angie, que estuda em Hazelwood High, está conosco e ficamos felizes por finalmente sermos quatro casais. Caminhamos por entre as barracas e lojinhas e escutamos música. Toda vez que vemos alguém da escola, paramos para que Angie possa apresentar Mike. Finny e Sylvie estão na feira também, mas não paramos para falar com eles. A feira é pequena, então passamos várias vezes por eles. Eu sabia que estariam aqui, mas, toda vez que os vejo, a imagem salta como em um livro pop-up. Nós comemos cachorro-quente e sonho, e as meninas decidem que queremos ver os animais.

Eu me apaixono por uma cabritinha e ela se apaixona por mim; quando eu a peguei no colo, ela se aninhou e apoiou a cabeça no meu peito. Pergunto a Jamie se posso ter uma cabritinha quando nos casarmos. Ele diz que não, então reconsidera, pensando que talvez isso possa significar que ele não vai precisar cortar a grama.

Eu me sento em uma pilha de feno com Augusta, a cabritinha, aninhando-a no colo como um bebê. Ela ergue os olhos para mim e, ou está hipnotizada pelo brilho da minha tiara, ou acha que sou a mãe dela. Estou cantarolando uma canção de ninar que inventei para Augusta quando ergo os olhos e vejo Finny sorrindo torto para mim; Sylvie está agachada ao lado dele, observando o chiqueiro dos leitõezinhos. Eu paro de cantar e olho feio para ele. Os ombros dele balançam com uma risada silenciosa.

— Ah, Finn, olhe, ele gosta de mim — diz Sylvie.

Finny se vira de costas para mim e se ajoelha ao lado dela. Eu amadureci o suficiente nos últimos meses para me lembrar de que não a conheço de verdade; talvez ela seja muito legal.

Jamie e os outros se aproximam de mim. Eles já aproveitaram tudo o que podiam na feira e querem voltar para a casa de Sasha.

— Mas eu não quero abandonar Augusta — protesto.

— Você deu um *nome* a ela? — pergunta Jamie. Eu faço que sim.

— Certo, solte essa cabrita e saia devagar — diz Alex com as mãos estendidas em frente ao corpo.

— Quê? Isso nem faz sentido — retruco. Jamie me puxa pelo braço.

— Vamos, eu estou com calor — diz ele.

Eu suspiro, dou um beijo na cabeça de Augusta e a coloco no chão. Quando vou embora, ela corre até a ponta do celeiro e bale.

— Ah! — exclamo.

Jamie me pega pela mão e continua andando, me puxando junto. Eu olho por cima do ombro uma única vez. Finny está se curvando e fazendo carinho na cabeça de Augusta.

Ficamos na casa de Sasha esperando o calor passar, então voltamos ao parque logo antes do pôr do sol. É quando terei que deixá-los. O meu pai diz que vai sair do escritório a tempo de ver os fogos de artifício com a gente, então a minha mãe quer que façamos isso em família. Família, é claro, quer dizer tia Angelina e Finny também.

— Você precisa mesmo ir? — pergunta Jamie.

Eu faço que sim e dou um selinho nele.

— Vou sentir saudade — respondo.

Ele está tão bonito que o simples fato de ter que esperar até amanhã para vê-lo de novo quase me mata.

— Me ligue quando chegar em casa — diz e me beija de novo, por mais tempo.

Eu coro e sorrio. Antes de ir, aceno para os outros; eles acenam de volta e me veem ir embora. Quando olho para trás, todos estão indo embora juntos.

———————————

A minha mãe, o meu pai e tia Angelina estão sentados à beira do lago, de onde sempre assistimos aos fogos de artifício.

— Oi, querida — diz mamãe.

Ela está sorrindo e de mãos dadas com o meu pai. Ele se levanta e me abraça.

— Teve um bom dia, Autumn? — pergunta. Eu faço que sim. Então ele dá um passo para trás e me olha, confuso. — E o seu cabelo?

— Eu tingi de castanho de novo. Ontem.

— Ontem? — repete ele.

— Sim — respondo.

Sorrimos um para o outro. Nós dois estamos satisfeitos por ele ter notado a diferença sutil tão rápido.

— Finny me contou que você andou fazendo amizade com uma cabrita — comenta tia Angelina.

— Sim. Eu quero uma cabrita, mãe — peço, então olho para tia Angelina. — Finny estava falando de mim?

— Ele me deu uma descrição detalhada de você ninando e cantando para uma cabritinha. — Os olhos dela focam algo acima do meu ombro. — Aí está ele! — diz ela, e eu me viro.

Finny caminha na nossa direção de mãos dadas com Sylvie.

— Oi, pessoal — cumprimenta. Sylvie sorri e acena com os dedos.

O meu pai se levanta.

— E quem é essa?

— Tio Tom, essa é Sylvie — apresenta Finny. — Sylvie, tio Tom.

— Oi — diz ela, sorrindo.

— Prazer em conhecê-la — responde o meu pai. E acrescenta, dando um passo para o lado: — Aqui, vou mudar de lugar para vocês poderem se sentar juntas, meninas.

Parece que o meu pai não consegue notar a diferença não tão sutil entre mim e Sylvie.

Agora estou sentada entre os dois. Finny está do lado dela e as Mães estão conversando do outro lado do meu pai.

Olho para o horizonte, para o pedaço do céu onde os fogos de artifício devem aparecer. Finny e Sylvie estão de mãos dadas ao meu lado. Eu tenho uma escolha. Posso continuar sentada com eles em silêncio, ou posso tentar ser amigável e ter uma das conversas superficiais que Finny e eu às vezes temos quando estamos juntos.

— Quanto tempo você acha que falta? — pergunta ela.

Finny checa o relógio.

— Dez minutos.

Ela suspira.

— Você já notou que o tempo passa mais devagar quando estamos esperando fogos de artifício? — comenta Sylvie.

— Bem, o tempo sempre passa mais devagar quando estamos esperando alguma coisa — diz ele.

— Eu acho que é ainda mais devagar quando se está esperando fogos de artifício — insiste Sylvic. Finny abre a boca.

— Concordo. — Eu me meto na conversa. Sylvie me olha surpresa. — Acho que é porque quando não estamos olhando para o relógio, estamos olhando para a luz sumindo no céu. A expectativa nunca escapa da nossa atenção.

— Hum — diz Finny.

— Acho que é isso — concorda Sylvie, e parece que ela acha que é uma pegadinha concordar comigo. Nós nunca trocamos mais do que frases educadas na escola ou no ponto de ônibus. *Com licença. Obrigada. Ei, você deixou isso cair.*

— Então, pela sua lógica, se a gente olhar para o lago em vez de para o céu, o tempo vai passar mais rápido — analisa Finny.

— Bem, tão rápido quanto quando estamos esperando por qualquer outra coisa — concluo.

— Certo, então vamos olhar para o lago — sugere ele.

Eu observo o lago. Certa vez, naquele tempo que chamo de Antes, o meu pai decidiu levar Finny e eu para pescar. Fiquei entediada e subi em uma árvore que ficava acima da água. Finny adorou e ficou sentado a tarde toda, me dizendo para não sacudir os galhos da árvore porque aquilo iria assustar os peixes. Eu tentei ficar imóvel por ele. Ele pegou um peixe pequeno. Tia Angelina não fazia ideia de como limpar o animal, então ela o colocou no freezer, onde, após um tempo esquecido, o peixe congelou. Às vezes, Finny e eu o pegávamos para examinar. Nós passávamos os dedos pelas escamas rígidas, cutucávamos os olhos de bolha congelados e conversávamos sobre como deveria ser morrer. Meses depois, quando a mãe dele finalmente se lembrou da existência do peixe e o jogou fora, nós ficamos tristes pela perda.

— Eu pesquei nesse lago uma vez. — Finny conta para Sylvie.

— Mesmo? — pergunta ela.

— Eu estava pensando nisso agora — digo, rindo.

— No nosso peixe congelado? — pergunta ele.

— Aham.

— Eu não acho que o tempo está passando mais rápido — diz Sylvie, mas bem nessa hora os fogos de artifício começam.

Fico quieta pela hora seguinte e deixo os dois sussurrarem um com o outro. Sylvie encosta a cabeça no ombro dele. Eu penso em Jamie em algum lugar do parque, vendo os fogos sem mim. Eu me imagino encostando nele, sentindo a respiração ao meu lado, e sofro como se não o visse há semanas.

Os fogos de artifício deixam nuvens de fumaça no céu e o cheiro de enxofre flutua até nós. Ao meu lado, Sylvie dá uma risadinha. Eu queria que ela não estivesse aqui. Não é justo; era para ser só nós, a família.

Eu quero estar sozinha com Jamie ou sozinha com Finny.

Essa ideia me assusta e olho para o rosto bonito de Finny, momentaneamente iluminado pelas luzes do céu. Nunca me permito pensar no que me faz, às vezes, imaginar nós dois juntos, ou se isso significa alguma coisa. Eu amo Jamie.

Olho de volta para o céu.

quinze

JAMIE E EU ESTAMOS NOS ABRAÇANDO E ESCUTANDO O BARULHO DA chuva. O meu cabelo molhado está espalhado pelo peito nu dele, e a mão dele está enfiada dentro da parte de cima do meu biquíni. Sinto o ar fresco contra a minha pele nua.

Estou feliz agora que começou a chover.

Eu suspiro e me aninho no ombro dele. O cheiro de Jamie é tão familiar, tão reconfortante, que os meus músculos relaxam ainda mais a cada respiração que dou.

— Você está dormindo? — murmura ele.

— Ainda não.

Tento fazer a minha respiração acompanhar o ritmo da dele. Sinto--me satisfeita, o que nem sempre acontece quando estamos juntos. Mas eu nunca contei isso a ele; como sempre fico em silêncio quando ele me beija, tudo o que preciso fazer é não dizer nada quando ele para de se mover contra mim e acha que também atingi o clímax.

Hoje, porém, os meus dedos dos pés flexionaram e os das mãos afundaram nas costas de Jamie. Quase pele contra pele, tudo parecia tão real que eu não conseguia pensar em mais nada além daquele momento.

— Eu te amo. — Ele move a mão pelo meu peito quando diz isso.

— Ama mesmo? — questiono.

— Você sabe que sim.

Eu penso no nosso futuro juntos, em quão perfeito vai ser. Vamos comprar uma casa, teremos uma família e seremos felizes. Jamie é perfeito e a vida dele será perfeita, então se eu fizer parte dessa vida, também serei perfeita. Deslizo os dedos pelo peito dele e ele recua.

— Não. Faz cócegas.

— Desculpa — digo.

Coloco a mão de volta no ombro dele. Ficamos em silêncio. Os meus olhos começam a se fechar.

— Eu quero você — declara Jamie.

Sinto os cílios roçarem a pele dele quando abro os olhos.

— Eu também quero você. Só não agora.

Eu o sinto suspirando ao meu lado.

— Por quê? — pergunta, embora eu já tenha dito o motivo.

— Eu quero que seja especial — respondo.

— Mas pode ser.

— Como? Aqui, nesse quarto?

Olho ao redor, os pôsteres de rock e bonecos de anime nas estantes, as meias sujas no chão e a vista do pátio dos fundos na janela. Quando imagino a minha primeira vez, eu a vejo acontecendo em um quarto lindo, com uma cama dourada de dossel com vista para a Torre Eiffel ou em uma floresta verdejante, em um cobertor de veludo com flores silvestres ao redor.

— Sim — diz ele. — Ou no seu quarto.

Eu faço uma careta e me esforço para encontrar as palavras enquanto tento controlar o pânico só de pensar no meu quarto, ou pior, no dele.

— Não, você não entende — digo. — Tem que ser *perfeito*. Totalmente perfeito.

Jamie se mexe embaixo de mim, tentando se sentar. Eu o solto e ele se senta de frente para mim.

— Eu e você, é só isso que importa, certo? — questiona Jamie.

— Sim — digo, devagar, sentindo a incompletude da minha resposta, tudo o que ela deixa no ar.

— E nada na vida é perfeito de verdade. Quer dizer, o que você está esperando?

— Eu só estou esperando a sensação de certeza.

Eu baixo os olhos para o edredom dele e puxo uma bolinha.

— Quando isso vai acontecer? — pergunta ele.

Eu dou de ombros e não levanto os olhos.

— Você está bravo?

— Não, eu estou frustrado — diz Jamie. A voz dele é dura e soa como se estivesse vindo de muito longe.

— Você vai me deixar?

Rapidamente, Jamie se aproxima de mim e me puxa para um abraço.

— Eu nunca, nunca, nunca vou te deixar — afirma ele.

— Eu também te amo — digo, por fim.

dezesseis

SASHA E EU ESTAMOS SENTADAS NO CHÃO DO QUARTO DE BROOKE com ela, lendo revistas. Angie saiu com Mike. Jamie está passando uma semana em Chicago com a família. Os outros meninos estão fazendo alguma besteira na casa de Alex.

Nós estamos respondendo testes de revistas. São testes tipo "Você FLERTA bem?" e "Você sabe como conseguir o que VOCÊ quer?". De acordo com essas revistas, todas nós somos incrivelmente equilibradas. São testes de múltipla escolha e é fácil saber qual é a resposta certa; uma opção terá muitas características da personalidade em questão, outra apenas algumas e uma será perfeita, como uma Cachinhos Dourados adolescente. Durante toda a tarde, nós escolhemos as mesmas respostas e a revista nos disse que estamos indo muito bem, que devemos continuar assim e que tudo vai dar certo. Deveria ser chato, mas não é; é reconfortante.

— Você não tem medo de assumir riscos, mas também sabe recuar quando as coisas ficam sérias demais. — Sasha lê. — Por causa disso, as suas amigas podem contar com você para ser divertida sem que as coisas saiam do controle. Você pode usar o seu bom julgamento para ajudar uma amiga tímida a ser mais confiante ou manter uma criança agitada sob controle. Embora você às vezes cometa erros, como na noite em que foi parada por ultrapassar o limite de velocidade ou na festa em que não teve coragem de chamar a pessoa de que gosta para dançar, o seu bom senso e o seu senso de diversão sempre aparecem. — Ela joga a revista para o lado e estica os braços acima da cabeça. — Quando Jamie volta? Eu quero ir para a piscina.

— Sexta. — Brooke e eu respondemos ao mesmo tempo.

Nós sorrimos uma para a outra. Adoramos fazer piada com o fato de sermos primas-cunhadas.

— Estou com muita saudade dele — digo, porque é verdade e eu gosto disso. — Não acredito que estamos juntos há quase um ano.

É início de agosto. Faltam seis semanas para o nosso aniversário de namoro e mal posso esperar. Para mim, isso vai nos levar a outro patamar como casal. Será indiscutível que estamos juntos para valer e que o nosso relacionamento é uma inspiração para os casais mais recentes.

— É, Alex e eu também — diz Sasha.

Lembro-me de quase um ano antes, quando Sasha e eu disputamos Jamie e ele me escolheu. Sorrio para o teto, convencida.

— Noah e eu vamos fazer um ano e meio em outubro — comenta Brooke.

Eu me sinto menos convencida.

— Vocês são tão fofos — elogia Sasha.

Preciso concordar que eles são mesmo. Parece que Brooke e Noah nunca discutem, embora ela jure que eles discutem de vez em quando. Além disso, fazem tudo o que o outro pede, então estão sempre se levantando para pegar um refrigerante ou para fazer uma massagem no ombro do outro.

— Mas faz séculos que não conseguimos ficar sozinhos.

Eu pego uma revista diferente. Sasha faz um som de aprovação em resposta a Brooke e eu olho para ela, desconfiada. Ela está folheando outra revista, procurando o teste no final.

— Ai, meu Deus! Esse aqui é pra Autumn — exclama.

— O quê? — Eu me sento e me inclino na direção dela. Estou curiosa e gosto da ideia da atenção especial.

Então ela lê:

— *Ele gosta de você MAIS do que como amiga?*

Eu a encaro, inexpressiva.

— Quem? — pergunto. Sasha ri.

— Finn Smith. Lembra como ele ficava te encarando no almoço no sétimo ano?

— Não.

Eu me lembro de acenar para ele do outro lado do refeitório. Não me lembro de ninguém encarando.

— Ele fazia isso? — pergunta Brooke.

— Sim, mas não era tão gato quanto agora — responde Sasha.

— Você acha ele gato? — quero saber. Eu acho, mas fico surpresa que Sasha concorde.

Finny é tão arrumadinho, quieto e introvertido. Não é nem um pouco encantador e extrovertido como os meninos do nosso grupo.

— Acho — afirma Sasha, revirando os olhos. — Quer dizer, ele não faz o meu tipo, mas, sim, ele é gato.

— Ele é bem gato — admite Brooke.

— Certo, mas nós não somos mais amigos, então eu não posso fazer esse teste — concluo.

— Claro que pode. Basta responder com a alternativa que faria sentido naquela época — argumenta Brooke.

— Eu não posso...

— Número um. — Sasha começa. — Você liga para o seu melhor amigo chorando depois de uma briga com a sua mãe. No dia seguinte, na escola, ele: A) pergunta se você está bem. B) não menciona nada, já que ele desligou o telefone bem rápido. Ou C) dá um abraço em você e se lembra de todos os detalhes da conversa da noite anterior.

— Bem, C — respondo.

De repente, as respostas da Cachinhos Dourados não estão mais tão claras. Eu não sei qual é a resposta certa, só a verdadeira.

A) Ele corou quando alguém perguntou se você era namorada dele.

C) Ele nunca fala de outras meninas na sua frente.

B) Ele parece confortável em tocar você.

A) Ele disse que você era a melhor amiga dele.

Eu olho por cima do ombro de Sasha enquanto ela soma os pontos. Fico aliviada ao perceber pela pontuação das minhas respostas que nem todas estão em um extremo, mas muitas ainda estão. Quando termina de somar, Sasha lança um olhar triunfante na minha direção.

— "Garota, você é cega?" — Ela lê. — "Esse cara tem uma grande queda por você…"

— Ok, pode parar. Tínhamos doze anos. Nós nem sequer tínhamos hormônios.

— Vocês tinham treze, sétimo ano — lembra Sasha. — E vocês ainda eram amigos até o Natal.

— Aconteceu algo no Natal? — pergunta Brooke.

— Não. A gente só seguiu direções diferentes no primeiro semestre. Sasha dá de ombros.

— Bem, aparentemente ele estava apaixonado por você — diz ela.

— Ah, por favor, metade dessas perguntas nem poderiam ser aplicadas para quando éramos crianças. "Quantas vezes ele desobedeceu à hora de voltar para casa para ficar com você?", "O que seria preciso para que ele voltasse para o carro para pegar o seu livro de Biologia mesmo ele estando do outro lado da escola?".

— Mas você tinha todas as repostas mesmo assim — observa Sasha, me pegando no pulo.

Eu tinha todas as respostas.

— Eu só estava chutando. Como se isso importasse. Ele está com Sylvie Whitehouse…

— E você está com Jamie — interrompe Brooke.

— Exatamente — digo.

Sasha dá de ombros e nós voltamos a folhear as revistas.

dezessete

O primeiro dia do novo ano letivo vai ser quente e úmido, já dá para saber. Estou usando uma tiara nova, comprada junto com o resto do material para a volta às aulas. Essa é preta com pedras escuras. Estou com uma saia xadrez vermelha e camisa preta. Em vez da bolsa do ano passado, estou usando uma bolsa transversal verde militar cheia de broches. Tudo é novo.

Estou pronta para o segundo ano.

O grupo no ponto de ônibus é menor este ano; somos apenas cinco. Dois deles são Finny e Sylvie. Outro é um cara do terceiro ano chamado Todd, com quem nunca falei. A última é uma menina bem nervosa que parece jovem demais para ser caloura. Posso apostar que ela veio da escola particular e está apavorada.

Finny e Sylvie estão de mãos dadas. O uniforme de líder de torcida foi redesenhado. Eu gosto mais deste que do antigo, mas não tenho desejo de usá-lo.

A menina nova me olha desconfiada quando eu paro no posto habitual, perto do meio-fio. Como sempre, sou atingida pela memória de voar colina abaixo com a minha bicicleta. Finny nunca tinha medo, ao contrário de mim.

— Oi — cumprimento a menina nova e sorrio. Ela balbucia algo e sorri de volta, um sorriso grato. — Eu sou a Autumn — acrescento.

Estou me sentindo generosa hoje. E, além disso, eu tenho um plano.

— Nós vamos nos divertir muito em Química — diz Sylvie.

— Eu me chamo Katie — responde a jovem.

— Você estudava na St. John's? — perguntou a Katie Menina Nova. A garota assente.

— Você também? — pergunta, franzindo as sobrancelhas.

— Ah não, não era pra mim — digo.

Por um momento, tenho vontade de olhar para trás, para Finny. No quarto ano, o meu pai queria me transferir para a St. John's, e aquilo poderia ter acontecido se eu não tivesse chorado todas as noites na mesa de jantar e me recusado a comer. Eu queria ficar na Vogt junto com Finny. Na época, eu pensava que me separar dele era a pior coisa que poderia acontecer. Ficava acordada me perguntando como sobreviveria sem ele. Saber que Finny estava na mesma sala que eu tornava todas as provas menos assustadoras, cada provocação menos dolorida. Eu olhava para ele sentado na carteira e sabia que tudo estava bem. Só a ideia de ter que aguentar cada dia sem ele me tirava qualquer senso de identidade, de equilíbrio e de esperança. Tudo aquilo finalmente terminou quando tia Angelina disse aos meus pais que Finny estava igualmente aflito e implorando para ser transferido junto comigo.

Fico tão distraída pela força dessa memória que levo um minuto para notar que o plano está superando todas as expectativas.

— É, ele estava na minha sala — está dizendo Katie Menina Nova.

— Ah, é mesmo? — pergunta Todd do terceiro ano. — Você conhecia Taylor Walker também?

Katie Menina Nova assente com a cabeça de novo.

— É o meu primo.

Eles conversam sobre Taylor e então sobre mais pessoas que eles podem conhecer. Em algum lugar atrás de mim, Sylvie também está falando, mas o plano funcionou; agora há um amontoado de vozes, e quando eu me distraio da conversa de Katie e Todd, a voz de Sylvie desaparece também. Quando o ônibus chega, consegui não ouvir mais nada sobre como Finny e Sylvie vão se divertir este ano.

dezoito

Estou na turma avançada de Inglês com Jamie e Sasha, a única aula que tenho com eles. Eles estão nas turmas avançadas de todas as matérias este ano, eu estou apenas nessa. Finny, Sylvie e vários amigos deles estão na nossa sala.

Como somos uma turma pequena e supostamente mais inteligente, nosso professor deixa passar muita coisa. É delicioso ter esse tratamento especial, essa liberdade. Jamie é hilário quase o tempo todo. Eu fico mais orgulhosa quando os outros riem das piadas dele do que se elas fossem minhas. Ele é bonito, engraçado e meu.

O professor, o sr. Laughegan, gosta de mim; professores de Inglês sempre gostam. Algumas vezes, depois da aula dele, eu me preocupo de ter falado demais, de ter soado como uma sabe-tudo, mas, ainda assim, na aula seguinte eu não consigo me impedir de levantar a mão de novo.

Na terceira semana de aula, vejo um livro na mesa do sr. Laughegan. Ele não está na sala, mas o sinal vai tocar logo. É *David Copperfield*, um livro que quero ler faz tempo. Eu pego o exemplar e começo a folhear. Fico absorvida pela primeira página. Sento-me na mesa do professor e continuo a ler.

— O que você está fazendo? — pergunta Jamie.

— Lendo o livro do sr. Laughegan — respondo.

Alguém na sala ri. Jamie desdenha. É difícil prever quando ele vai aprovar ou desaprovar alguma excentricidade minha. Eu chuto que essa está na fronteira; talvez ele quisesse ter feito isso antes de mim.

— Ela é muito estranha — comenta Jack.

Sinto a familiar onda de orgulho e vergonha, e estou determinada a ficar na mesa lendo.

Ainda estou lendo o livro quando o sr. Laughegan chega.

— Olá, Autumn. Você gosta de Dickens? — Eu faço que sim. — Posso emprestar para você depois que eu terminar o meu artigo, se quiser. — A surpresa deve ter aparecido no meu rosto, porque ele acrescenta: — Eu estou fazendo mestrado à noite.

— Ah, legal — respondo.

O sinal toca e vou para o meu lugar sem que ele precise me pedir.

O sr. Laughegan cumpre a promessa do empréstimo, Jamie me provoca sobre o meu novo melhor amigo professor de Inglês e implica com a quantidade de páginas do livro. Sentar-me na mesa do sr. Laughegan antes da aula e ler os livros dele se torna um hábito, às vezes até abro as gavetas. Ele nunca se importa. Eu o questiono sobre o conteúdo do kit de primeiros socorros e sobre a preferência dele por marca-textos azuis.

Acho que o sr. Laughegan me entende. Um dia ele me pergunta se eu escrevo. Eu conto que sim. Ele pergunta se eu sei da aula de Escrita Criativa que ele dá para os alunos do último ano. Eu sei.

O meu aniversário de um ano de namoro com Jamie cai em uma terça-feira. Ele me dá três rosas vermelhas na escola. Eu esperava que ele fosse me trazer uma rosa, mas fico surpresa com três. Na sexta-feira seguinte, Jamie e eu saímos para jantar e nos pegamos no sofá da sala. Eu o aperto com mais força que nunca e, pela primeira vez, me esqueço de tudo quando ele me beija. Jamie para subitamente e olha para mim. Fico espantada e penso que devo ter feito algo de errado. E fico irritada, me perguntando do que foi que ele não gostou dessa vez.

— O que foi? — digo antes que ele possa falar.

— Você quer o seu presente agora? — pergunta Jamie.

Ele sorri e faço que sim. Nós nos sentamos e eu passo os dedos pelo cabelo enquanto ele enfia a mão no bolso. De repente, tenho medo de não gostar do que ele comprou pra mim. Ele me dá uma caixa branca achatada e eu a encaro.

— Vá em frente — incentiva.

A voz dele está tão empolgada que eu prometo a mim mesma que não importa o que seja, ele vai acreditar que eu amei. Fecho os olhos antes de abrir a caixinha. A sala está escura. Quando abro os olhos, preciso me inclinar para a frente para ver o que está em cima do algodão.

Uma pulseira prateada com dois pingentes. Eu a ergo e tento vê-los na luz fraca. Um é uma tartaruga. O outro é um coração com algo gravado. Eu a aproximo do rosto.

— É o dia em que nos conhecemos — diz Jamie. — É o começo. E a tartaruga representa o nosso primeiro ano juntos. Eu vou comprar um pingente para você a cada ano pelo resto das nossas vidas, e quando comemorarmos acontecimentos especiais, como o nosso casamento e o nascimento dos nossos filhos.

Os meus olhos e a minha garganta se apertam, como se eu fosse chorar. Eu o abraço e apoio a cabeça no ombro dele. Penso em como Jamie parece convicto de que esses anos juntos virão. A nossa idade não importa para ele. Jamie nunca tem medo de não sermos feitos um para o outro. Nunca duvida de nós; nunca duvida de nada.

— Eu te amo, James Allen — declaro com a voz falha.

As lágrimas não escorrem, mas eu ainda estou fascinada. Nunca havia chorado de felicidade.

— Você está chorando? — pergunta ele.

Eu faço que sim, embora não seja exatamente verdade. Os dedos dele se apertam no meu cabelo e eu apoio o rosto no ombro dele. Nós ficamos sentados assim por muito tempo. Eu penso: *É isso, eu o amo de verdade.* Nessa noite é fácil dizer, sentir.

— Por que uma tartaruga? — pergunto finalmente.

— Elas são lentas, mas confiáveis. E eu gosto de tartarugas.

Ele ri quando eu rio e nós encostamos as cabeças. Jamie passa o dedo por baixo dos meus olhos. Eu os aperto com força para que algumas lágrimas molhem os cílios e ele possa secá-las.

O sr. Laughegan sugere mais livros para mim e me empresta muitos outros. Eu dou o meu melhor no primeiro trabalho para ele. Quero impressioná-lo.

No almoço, mostro para todo mundo os comentários que ele fez no meu dever.

— Leia isso — digo, esfregando-o na cara de Brooke. — "Eu nunca tinha notado isso, bom trabalho." Eu fiz uma observação que ele nunca tinha pensado antes!

— Que legal! — comenta ela.

— Eu também gosto do sr. Laughegan — fala Noah. — Ele é bacana.

— Ah, eu adoro ele — declaro.

Jamie revira os olhos e diz:

— É, você está apaixonada por ele.

— Não, eu só o amo — digo, e percebo que é verdade.

Eu realmente amo o sr. Laughegan, não como um crush, um pai, um irmão nem nada que eu possa definir, apenas amo. Eu o amo porque ele disse que eu podia ficar olhando pela janela quando está chovendo, desde que ainda estivesse escutando a aula, e porque ele disse que Macbeth era um babaca. Eu amo o sr. Laughegan e é um pensamento simples e fácil de ter; não significa nada dizer isso.

Jamie revira os olhos de novo.

— Você está apaixonada por um professor — resmunga ele.

Eu o ignoro e leio os comentários do sr. Laughegan mais uma vez.

— Ei, Autumn! — chama Finny.

Eu paro de repente. A voz dele é baixa. Ele não olha diretamente para mim quando fala. Nós estamos do lado de fora da sala de aula que mais parece um armário. A mochila dele está jogada por cima do ombro e ele está parado de um lado da porta de uma forma que não pode ser visto do lado de dentro.

— Ei — respondo. Eu me pergunto se aconteceu alguma coisa.

— Feliz aniversário — diz ele. Ainda está olhando para baixo.

— Obrigada.

Eu estou confusa. Ele poderia ter me parabenizado no ponto de ônibus hoje de manhã. Ou poderia ter esperado até a noite, quando sairemos para jantar com as Mães e o meu pai. Finny se vira e entra na sala. Eu o sigo. Para os outros, só parece que chegamos na mesma hora.

Como é o meu aniversário, o sr. Laughegan diz que posso me sentar na mesa dele durante a aula se eu prometer me comportar. Cruzo as mãos e me sento bem reta, fingindo uma atenção perfeita, como se eu ousasse oferecer qualquer coisa a menos para o sr. Laughegan.

Apesar disso, estou distraída. A mesa dele fica na lateral da sala, perpendicular à lousa. Desse ângulo, tenho uma visão direta de Finny. Ao olhar para a lousa, eu o vejo também. Vejo apenas ele.

E eu o amo. Desde que me lembro, eu o amo. Nem noto mais. Apenas sinto o que sempre senti quando olho para ele, e nunca tinha me perguntado o que isso significa. Eu o amo de uma forma que não consigo definir, como se o meu amor fosse um órgão dentro do corpo sem o qual eu não posso viver, mas que eu não saberia apontar em um livro de anatomia.

Eu não o amo da maneira como amo Jamie. Também não é da forma como amo Sasha, a minha mãe ou o sr. Laughegan.

É a forma como eu amo Finny.

E é impossível de explicar e ainda mais difícil de sentir.

dezenove

QUANDO O TEMPO ESFRIA, A GUERRA COMEÇA.

Em uma segunda-feira no meio de novembro, Angie corre com os olhos semicerrados na minha direção assim que entro no refeitório.

— Eles estão na nossa mesa — diz ela.

E eu sei de quem ela está falando sem ter que perguntar.

— Como assim? — pergunto.

Eu a sigo pela multidão até uma mesa estranha. Jamie, Alex, Brooke, Noah e Sasha já estão amontoados em volta do pequeno quadrado.

— Eu não consigo acreditar nisso — reclamo enquanto me sento.

Olho para onde Alexis, Jack, Josh e Victoria estão sentados, com bastante espaço entre eles. Alexis acena para alguém. Eu sigo o olhar dela até Sylvie e Finny, serpenteando até onde eles estão. Finny e Sylvie puxam cadeiras e se sentam na mesa redonda.

— Isso não está certo — diz Noah.

Jamie balança a cabeça e concorda:

— Não, não está.

A mesa que eles pegaram era indiscutivelmente nossa; ninguém muda de mesa na metade do ano letivo. Isso é um ato de hostilidade. Mas precisa ser ignorado na superfície. Confrontá-los ou admitir que estamos com raiva lhes daria a chance de revirarem os olhos e dizer: "O quê? Vocês estão chateados por causa de uma *mesa*?".

— Bem, eles não vão se sentar lá amanhã — garante Alex.

— Eu vou sair correndo da aula de Química — acrescenta Noah.

— Eu chego antes de você — reforça Jamie.

Nós passamos o resto do almoço lívidos. Não sou a única a olhar por cima do ombro para ver a nossa mesa sendo maculada. Eles riem, atiram coisas uns nos outros e agem como se se sentassem ali todo dia. Como se fossem se sentar ali todo dia.

Os meninos cumprem a promessa e, na terça, a mesa é nossa de novo. Ingenuamente, pensamos que a questão tinha terminado. Nós reforçamos a nossa posse. Com certeza eles vão recuar agora que viram que não vamos dar a mesa para eles.

Na quarta, estamos de volta à pequena mesa quadrada, os joelhos se esbarrando.

Eu literalmente saio correndo na quinta, mas Alex já está lá, a mochila no centro da mesa, inclinada na lateral, os braços cruzados enquanto ele encara o resto das pessoas com uma expressão desafiadora.

— Boa, Alex — digo.

Olho em volta e vejo Alexis e Sylvie nos encarando do lugar que antes era a mesa delas. Eu sorrio, aceno e me sento.

Quando ganhamos a batalha de novo na sexta, acho que terminou, nós com certeza ganhamos a Guerra. Eles não podem ter a ousadia de continuar com isso na segunda.

Eles têm. Eles têm a ousadia.

Nós reconquistamos a mesa na terça-feira e o almoço todo é uma comemoração. Parte de mim diz que é *só* uma mesa; se eu soubesse que não há hostilidade, o fato de nos sentarmos em uma das mesas quadradas não passaria de um aborrecimento.

Mas há hostilidade; nós estamos na metade do semestre, todos os outros grupos conquistaram uma mesa e ficaram com ela, como aconteceu no ano passado. Sasha e eu não somos mais amigas daquelas garotas, mas as deixamos com um grupo e abrimos um nicho para nós mesmas com o nosso novo grupo. Nós somos unidos. Tiramos boas notas. Os meninos são charmosos e as meninas, bonitas.

Há um ano nós somos os inimigos deles e eles são os nossos.

Isso não é apenas por causa de uma mesa.

Na quarta-feira, as pessoas nos encaram quando corremos pelos corredores para chegar ao refeitório. A minha bolsa verde bate contra a perna; eu a ignoro e ignoro, também, as pessoas à minha volta. Estou visualizando mentalmente a mesa vazia.

A visão é quase verdadeira. A mesa está vazia por um momento. Então Finny se destaca da multidão e coloca a mochila nela. Os meus pés congelam quando eu o vejo parado ali. Do outro lado do refeitório, vejo Jamie e Noah desacelerarem. Sylvie e Alexis estão atravessando a sala também. Assim como nós, elas desaceleraram e abrem sorrisos triunfantes quando veem Finny. O olhar de Jamie encontra o meu. Ele revira os olhos e fecha a cara.

Durante a última semana, eu não tinha incluído Finny na minha raiva. De alguma forma, pensei que ele estava apenas seguindo os amigos cegamente, sem pensar nas implicações de suas ações, no significado de conquistar a mesa. Mas lá está ele, reivindicando a mesa como se sempre tivesse pertencido a ele. De repente, alguém coloca as mãos nas minhas costas e me empurra para a frente.

Eu caminho em linha reta até Finny, até a nossa mesa. Jogo a bolsa ao lado dele e inclino a cabeça para olhá-lo.

— Você vai se sentar com a gente hoje? — pergunto.

Ele não me responde de imediato e por um momento fico sem palavras também. Faz tempo que não olho diretamente para o rosto dele.

Os olhos azuis têm manchas douradas; é difícil não olhar fixamente para essa estranha combinação. Quero erguer a mão e afastar o cabelo loiro da testa dele, para que eu possa ver os olhos dele melhor. O rosto dele fica rosado e — antes de lembrar que eu não deveria sentir isso — penso que Finny é lindo. Sei que ele fica com vergonha quando fica corado, mas não consigo deixar de achar bonito. Faz ele parecer tão inocente, como se nunca tivesse feito nada de errado na vida.

— Eu, hum… — responde Finny.

Ele me encara de volta. Eu me pergunto o que está pensando. Parece que estamos nos encarando há um minuto, mas com certeza faz só um instante. Inspiro pela primeira vez desde que falei e sou preenchida pelo cheiro familiar dele. Parte de mim quer fechar os olhos e se concentrar nesse aroma; outra parte só quer continuar olhando para ele.

— Sylvie me pediu para guardar uma mesa — diz ele.

O nome dela quebra o meu transe. Eu puxo uma cadeira e me sento.

— Ah, sim. Bem, aqui é onde *a gente* normalmente se senta.

Jamie vem por trás de mim, puxa uma cadeira e diz:

— Ei, linda, como vai o seu dia?

— Ok — respondo.

Noah se senta do outro lado de Jamie. Os dois ignoram Finny, que pega a mochila e vai embora. Sylvie está só alguns passos atrás dele, mas não olha quando ele se aproxima. Está olhando para mim. Os olhos dela semicerram. Eu só cruzo o olhar com o dela por um momento e então me volto para Jamie.

Isso é só por causa de uma mesa, digo a mim mesma. Não é pessoal. É só uma mesa.

vinte

No dia seguinte ao Dia de Ação de Graças, os meus pais brigam. Eu fico no quarto o dia todo, escutando, tentando não escutar. Às vezes a minha mãe grita e ele berra de volta. Em outros momentos, trocam sussurros raivosos. Ou então, ficam em silêncio. Portas batem várias vezes.

Ao meio-dia, desço e roubo um pouco de queijo da geladeira. As vozes hesitam e ficam quietas até eu estar segura no andar de cima de novo.

No fim da tarde, estou deitada na cama, observando um raio de luz se mover pelo chão, a garganta apertada, o corpo imóvel. Essa é a parte mais triste de qualquer dia, quando já passou tempo demais para se criar felicidade, mas ainda está claro lá fora. É tarde demais. A luz do dia foi desperdiçada pela minha inércia. O raio de luz fica imóvel, e então começa a sumir. Vai ser melhor quando ele desaparecer. É só um dia, eu me lembro, e está quase terminando.

As vozes ficam quietas. A fronteira entre dia e noite desaparece. Ninguém me chama para o jantar. O sol se vai e o quarto fica escuro, mas não me movo para acender a luz. Deixo a escuridão passar por mim e continuo imóvel.

Um estrondo lá embaixo me desperta. Eu me sento em um pulo. As vozes começam de novo. Crescem. Gritam. Uma porta bate. As vozes estão do lado de fora agora.

Vou até a janela. Não consigo vê-los, só o quintal e a janela escura de Finny. Nas semanas desde a Guerra, a linha entre os meus amigos e os de Finny se tornou uma muralha de gelo. Não existem mais trocas civilizadas entre nós nas aulas, ou quando nos cruzamos nos corredores ou nos banheiros. Fazemos de tudo para fingir que o outro grupo não existe. Finny e eu não nos falamos desde o dia em que roubei a mesa dele.

Eu apoio a cabeça contra o vidro frio e fecho os olhos. As vozes dos meus pais estão mais claras agora, embora estejam falando mais baixo.

Ouço o ronronar do carro do meu pai se afastando. A minha mãe começa a chorar. O cascalho estala sob os pés dela quando entra. Eu ligo o interruptor. O meu corpo reage à luz: estou subitamente alerta. Pego um livro e me deito na cama. A casa está em silêncio de novo.

Não demora muito para a batida que eu estou esperando chegar. A porta se abre de leve e a cabeça da minha mãe espreita para dentro. Ela sorri como se os olhos não estivessem inchados.

— Eu vou na casa de Angelina, querida.

Sinto vontade de atirar o livro nela. Quero perguntar qual é o propósito de fingir que está tudo bem, e sei que isso a machucaria bem mais que o livro.

— Tá bom — respondo.

Ela desaparece.

Eu acordo com fome. Ainda está escuro e silencioso. Eu me arrasto descalça até o andar de baixo. Tudo nesta casa velha range quando eu toco. Eu coloco a sobra de purê de batata no micro-ondas para esquentar e fico vendo-a girar. Vou gostar mais da comida agora. Foi um Dia de Ação de Graças desconfortável.

Em todo Dia de Ação de Graças e Natal, desde que me lembro, o meu pai se senta na cabeceira da mesa, as Mães uma de cada lado dele e Finny e eu ao lado delas, um de frente para o outro. Ontem, Finny se sentou no lugar da mãe dele em vez de na minha frente. As Mães trocaram olhares, mas não disseram nada. Elas aceitaram que não somos mais melhores amigos, mas eu notei que elas não vão aceitar não sermos amigáveis um com o outro. Durante o dia todo, não cruzamos a fronteira entre nós. Só falamos quando um dos pais falava conosco primeiro, e não tinha o que pudessem dizer que nos faria falar um com o outro.

As Mães provavelmente teriam dito algo em algum momento, mas o que quer que tenha estourado hoje entre os meus pais já estava fermentando ontem, e provavelmente foi coisa demais para eles também. Eu me senti mal por tia Angelina e Finny; me perguntei se teriam ficado mais felizes na casa deles, onde não há divisões e disputas não ditas.

Eu tiro o prato do micro-ondas e abro a geladeira. Pego pedaços da carne branca e fria com a mão e os jogo no prato. Quando me levanto de novo, olho pela janela. A luz da cozinha está acesa na casa ao lado. Eu imagino a tia Angelina e a minha mãe sentadas uma na frente da outra na mesa, xícaras de chá entre elas.

O vento agita as folhas e sinto um impulso repentino de sair. O mundo cinza lá fora parece convidativo, aveludado e fresco. Eu olho o relógio. Acabou de passar de uma da manhã.

Não tem ninguém em casa para se importar com o que eu estou fazendo de madrugada.

Eu pego o prato e saio para a varanda. Do outro lado da porta, o ar está frio e úmido contra a minha pele; as tábuas do chão gelam as solas do pé quando me sento nos degraus. Percebo que me esqueci de pegar um garfo e decido não me importar. Pego punhados quentes do purê e lambo os dedos.

Comer purê de batata com as mãos na varanda depois da meia-noite é uma rebelião idiota, mas é o que tenho no momento.

Como o peru frio devagar, cortando os pedaços com calma, dando pequenas mordidas.

Quando termino, deixo o prato de lado e me apoio na grade da varanda à direita. O vento está soprando pelas árvores de novo. Estremeço, mas não me movo. Quero ver quanto tempo aguento ficar aqui fora. Talvez eu fique a noite toda. Estremeço de novo e fecho os olhos. Está frio. Eu ouço o som de um carro e imediatamente abro os olhos.

Um carro azul encostou na rua. A porta se abre e a luz de dentro acende. Eu reconheço as formas masculinas dentro do veículo, uma delas em particular. Finny tropeça para fora do carro. Ele ri e fala algo para os amigos. Eles gritam alguma coisa de volta e Finny coloca os dedos nos lábios. Ele acena e os outros vão embora rápido demais.

Eu o observo caminhar pelo gramado. Não consigo ver o rosto dele, apenas a forma contra a noite. Há algo estranho no jeito de andar de Finny; os passos são curtos demais e ele está se inclinando muito para a frente. Está apalpando os bolsos da calça jeans enquanto caminha. A luz que sai da janela da cozinha o torna mais claro quando ele se aproxima. Finny para a alguns passos da varanda e franze as sobrancelhas. Eu me inclino para tentar vê-lo melhor, para ver o que está fazendo-o fechar a cara, e os degraus rangem embaixo de mim. Finny ergue os olhos e os nossos olhares se cruzam. A minha respiração falha.

— Ei — diz ele depois de um momento.

— Ei — respondo.

Ele me encara, ainda franzindo as sobrancelhas.

— Sem tiara.

— O quê?

— Você não está usando uma tiara — observa ele.

Finny soa estranho, as palavras arrastadas como se estivesse muito cansado.

— Eu já estou de pijama — explico.

— Ah. — Ele cambaleia de leve.

— Você está bêbado? — pergunto. Nunca vi alguém bêbado antes.

— É, um pouco.

— Então é melhor você não entrar.

Ele ainda não desviou os olhos de mim. O doce e tímido Finny bêbado. Embora eu já tivesse ouvido falar, embora eu esteja vendo, ainda é difícil de acreditar.

— Por quê? — pergunta.

— As Mães estão na cozinha.

— Ah. — Ele se balança de novo. — Posso me sentar um pouco?

— Claro.

Finny tropeça até onde estou e se senta pesadamente nos degraus. Ele solta um suspiro longo e apoia a cabeça na cerca. A sra. Adams, nossa professora de Saúde, fez parecer que álcool te transformava em uma pessoa diferente. Mas Finny é o mesmo de sempre, só um pouco instável, um pouco mais simpático comigo do que ontem.

— Não consigo encontrar as chaves — diz ele.

— Isso não é bom.

Ele concorda com a cabeça, então me olha de novo. Estou inclinada para a frente, esfregando os braços descobertos.

— Você está com frio?

Eu faço que sim. Mas é suportável; talvez eu ainda aguente até de manhã.

— Aqui. — Finny começa a brigar com a jaqueta.

— Não, não precisa — falo.

Deve ser isso que o álcool faz com as pessoas: as faz esquecer de todas as barreiras cuidadosamente desenhadas.

— Vamos, Sylvie, pegue a jaqueta — insiste, estendendo-a para mim.

— Autumn — corrijo.

— Hum? — Ele franze as sobrancelhas.

— Meu nome é Autumn. Você me chamou de Sylvie — explico.

Ele franze ainda mais a testa.

— Ah, desculpa, Autumn. Pegue a jaqueta, Autumn.

Ele se inclina de forma que a jaqueta está quase no meu colo. Eu suspiro e a pego. Ela é quente e tem o cheiro dele. Eu a visto e a aperto em volta do corpo.

— Pronto. — Ele se inclina para trás, satisfeito, e me olha. — Combina com você.

— A jaqueta? — Estendo os braços para que ele possa ver como as mangas ultrapassam os pulsos.

— Não, o seu nome. Autumn Rose Davis. Exceto por não ter rosas no outono.

— Claro que tem. Pelo menos aqui em St. Louis tem.

Não há uma fronteira clara entre verão e outono aqui. Ele começa, para e volta, fazendo as árvores ficarem vermelhas ao mesmo tempo que engana as rosas para que floresçam só mais um pouco enquanto a estação vai para a frente e para trás, quente e fria. As folhas ficam douradas e vermelhas e ainda há algumas rosas no jardim da minha mãe, um pouco murchas e um pouco marrons nas bordas, mas lindas. Eu sempre as admirei sem fazer a conexão com o meu nome, mas agora preciso admitir que de fato combinam comigo: bonitas, mas não pertencentes.

— É — diz ele, arrastando a palavra. — Mas não *deveria* haver rosas no outono.

— As coisas nem sempre são como deveriam — retruco.

Há um longo silêncio depois disso. Desvio os olhos de Finny para o gramado comprido e escuro que nos separa da rua e para as nuvens que escondem as estrelas no céu. Eu aperto mais a jaqueta em volta do corpo. Algo se mexe no bolso dele. Enfio a mão e os dedos se fecham em torno de um objeto facilmente reconhecível. Eu sorrio.

— Aqui. — Passo as chaves para ele.

Ele sorri de volta e as pega.

— Obrigado. Eu não queria ter que contar para o meu pai que perdi as chaves daquele carro.

O pai de Finny, em mais um gesto inexplicável, deu a ele um carro no aniversário de dezesseis anos. Eu não sei a marca. É um modelo esportivo vermelho, que deve ser ridiculamente caro e italiano. Eu fico surpresa por haver alguma maneira de Finny dizer a ele que perdeu a chave. Sempre pensei que as barreiras entre eles permitiam apenas uma comunicação unilateral.

— E aí, você vai lembrar que falou comigo amanhã de manhã? — pergunto.

Finny franze as sobrancelhas de novo.

— Vou. Não estou tão bêbado.

— Bem, eu não sei como essas coisas funcionam — comento.

Ele inclina a cabeça para o lado.

— Você nunca ficou bêbada?

— Não — admito. Percebo tarde demais que soei na defensiva. Ele não nota.

— Hum. Eu pensei... — Ele deixa a frase no ar e fecha a cara de novo. — Hum...

— O quê? Você achou que todo mundo fazia isso? — pergunto.

Ele dá de ombros e desvia o olhar. Eu me pergunto que horas são, quanto tempo falta da minha sentença autoimposta na varanda. O céu não parece estar clareando.

— Por que você está aqui fora aliás? — quer saber ele.

Eu fico surpresa quando a minha garganta aperta.

— Os meus pais brigaram.

— Ah.

— O meu pai saiu e a minha mãe está na sua casa.

— Autumn, eu sinto muito.

— É a mesma coisa de sempre — falo.

— Mesmo assim, sinto muito mesmo — repete Finny. — De verdade.

Ele se vira para olhar para mim de novo.

— Tudo bem — insisto.

— Você quer conversar sobre isso?

— Você está bêbado.

— Estou ficando sóbrio — garante.

— Você ainda vai querer falar comigo quando estiver sóbrio?

Há outro silêncio depois disso. Eu examino o rosto dele. Não consigo lê-lo. Eu o encaro e observo enquanto ele respira fundo.

— Sim, eu ainda vou querer — responde Finny, mas algo no tom diz o contrário.

— Tá tudo bem. Não precisa se preocupar.

— Você ama Jamie? — A minha respiração fica presa na garganta de novo. — Quer dizer, ele é bom com você? — quer saber Finny.

— O quê? — O choque transparece na minha voz e, dessa vez, parece que ele percebeu. Tento deixar o tom leve, como se eu estivesse rindo dele. — Não vai me dizer que você resolveu dar uma de irmão mais velho agora.

Finny dá de ombros. Ele não está olhando mais para mim. Eu me pergunto se está corando. Provavelmente sim.

— Sim — digo, por fim. — Eu o amo. E ele é um cara legal. — Tento imaginar que tipo de cara ele pensa que Jamie deve ser, e o que faria se eu confirmasse essa suspeita. Eu me lembro dele socando Donnie Banks no quinto ano. — E, de qualquer forma, acho que Sylvie não iria gostar se você brigasse com Jamie para defender a minha honra.

— É — confirma Finny, o rosto ainda virado. — Mas eu faria mesmo assim.

— Você tem certeza de que ainda iria querer se estivesse sóbrio? Finny assente.

— Sim. Mas eu só estou te contando isso porque não estou.

Penso nas coisas que diria a Finny se eu estivesse bêbada, ou pelo menos se tivesse coragem de dizê-las. Primeiro, diria a ele que a jaqueta tem um cheiro bom. Então diria que gosto de ficar sentada aqui conversando com ele, que não quero entrar e terminar essa conversa.

— Você se lembra do fundamental? — pergunta ele.

— Lembro.

O vento sopra nas árvores. O céu ainda não apresenta nenhum sinal de que vai clarear. Talvez não tenha se passado tempo nenhum. Talvez nós fiquemos sentados aqui para sempre. Eu não iria me importar, provavelmente seria melhor que enfrentar o amanhã. Eu espero que ele termine esse pensamento. Está franzindo as sobrancelhas de novo.

— Eu provavelmente deveria entrar antes de falar mais coisas que não devia — diz Finny. — Acho que consigo fingir o suficiente para chegar lá em cima.

— Ah, tudo bem.

Ele se levanta e olha para mim.

— Você não vai ficar aqui fora, vai?

— Não, acho que não.

Eu me levanto e começo a tirar a jaqueta dele. A boca de Finny se abre e ele começa a erguer a mão como se estivesse parando o tráfego, então desiste e pega a jaqueta de mim.

— Valeu — agradecemos ao mesmo tempo. Então sorrimos de leve.

— Boa noite — falo.

Finny faz que sim e desce da varanda.

— Ei, espere — chama ele. Eu olho de volta. Ele está parado na linha imaginária que divide os nossos quintais. — Passou um pouco do meu horário de voltar. Se a minha mãe ficar brava amanhã, posso usar você como desculpa?

— Claro. Diga a ela que eu me acabei de chorar no seu ombro.

Ele sorri de novo.

— Ela vai adorar isso — confessa ele. — Não você chorando, mas, você sabe. Boa noite.

Eu me viro de novo e entro.

———————————

Fico deitada na cama fria e observo a luz que sai da janela do quarto de Finny. Lembro-me de como, sempre que eu estava triste, fazia um sinal para ele com a lanterna e ele pegava o copo do lado dele do barbante que ligava as nossas janelas e nós conversávamos até os dois pegarem no sono. Demora muito tempo até as luzes se apagarem.

vinte e um

Jamie disse que, quando tirasse a carteira de motorista, estaríamos livres para ficarmos juntos sempre que quiséssemos. Nada nos manteria separados, exceto o meu toque de recolher.

No geral, nós só dirigimos por aí. Às vezes estacionamos atrás da biblioteca e nos pegamos. É desconfortável, já que a minha cabeça fica pressionada contra a porta e os joelhos ficam dobrados, mas finjo que não é, porque gosto da ideia de fazer isso no carro dele; é como uma cena de filme, as janelas embaçando com o frio e o rádio tocando a nossa música.

Eu não sei muito sobre direção. Jamie é a única pessoa da minha idade com quem andei de carro, mas acho que ele deve ser um bom motorista. Eu me sinto segura com ele. Gosto de observá-lo dirigindo, estudar o perfil dele, ver os olhos focados em outra coisa. Ele fica distante de mim, e isso me faz desejá-lo mais.

A minha mãe sempre disse que o meu pai vai me ensinar a dirigir um dia, e eu ainda estou esperando por isso. Por enquanto, não importa; não há nenhum lugar para onde quero ir que Jamie não esteja indo também.

Finny tirou a carteira de motorista no aniversário dele. A tia Angelina o ensinou a dirigir há séculos. Ela diz que ele é um bom motorista, mas ainda fica apavorada com a possibilidade de ele morrer na estrada alguma noite dessas. É difícil para mim entender como ela vai tão rápido da simples ideia de dirigir para algo como a morte. Toda noite as pessoas dirigem por aí e não morrem.

Eu sou virgem e não sei dirigir.

Tenho medo de perder a virgindade no carro de Jamie. Fico atenta a um ataque de paixão que me levaria a cometer esse erro crucial, mas nunca acontece. Estou no controle quando deixo ele deslizar o dedo para dentro de mim; eu sei o que está acontecendo quando ele pega a minha mão e a coloca em volta da ereção dele.

Eu nunca deixo Jamie me olhar quando nos tocamos, e nunca olho para ele. Quando abro a camisa e deixo que ele beije os meus seios, fico observando para ter certeza de que os olhos dele estão fechados. Quero que ele me veja pela primeira vez quando fizermos amor. Faz parte do meu devaneio: tirarmos as roupas um do outro lentamente e vermos pela primeira vez todas as partes de nós que mantemos escondidas.

E isso me deixa com menos medo.

Certa noite, Jamie me pede para segurar o volante para ele enquanto procura um CD. Confio que, se ele me pede para fazer isso, deve ser porque eu consigo. Quase nos tiro da estrada. Jamie agarra o volante e recupera a direção.

— Meu Deus, Autumn — resmunga ele. Jamie não diz mais nada até encostar na minha casa na hora do toque de recolher. — Talvez você não deva mesmo aprender a dirigir — diz depois de me beijar. — Não suporto a ideia de você se matando.

Sei que um dia vou morrer e sei que um dia vou perder a virgindade. Essas duas coisas parecem igualmente prováveis e igualmente impossíveis.

Finny precisa chegar em casa meia hora mais tarde que eu, e nos fins de semana fico ouvindo o carro dele enquanto estou deitada na cama esperando o sono vir. É reconfortante escutar o motor se aproximar e parar e então a porta do carro batendo, a porta de trás rangendo. Observo o brilho súbito na janela do quarto dele quando ele liga a luz. Finny cruza o quarto sem camisa. As luzes se apagam de novo e eu sei que ele está deitado na cama ao lado da janela, dois painéis de vidro e seis metros de ar nos separando.

vinte e dois

FICO DOENTE NO ÚLTIMO DIA DO SEMESTRE, MAS PRECISO IR: TENHO três provas finais nesse dia. Eu fico encarando o relógio a manhã toda, contando as horas até eu poder ir para casa dormir. No almoço, começo a me sentir enjoada e só tomo água. Jamie é gentil comigo e acaricia o meu cabelo quando deito a cabeça na mesa.

— Linda, acho que você deveria ir pra casa — diz ele.

Eu balanço a cabeça para a frente e para trás na mesa, querendo dizer não. Depois do almoço, Jamie carrega a minha bolsa até a sala do sr. Laughegan. Eu não me dou ao trabalho de examinar as gavetas dele e vou direto para a minha carteira, desmoronando. Com o Natal chegando e duas semanas de liberdade a apenas algumas horas de distância, todos estão de bom humor, com ou sem prova. Fico ouvindo o som dos outros alunos entrando e se sentando nos lugares e quero morrer. Jamie coloca uma mão nas minhas costas e fala com Sasha sobre um filme que eles dois querem assistir e eu não. Os outros estão fazendo planos de ir ao shopping, reclamando de visitar parentes, conversando sobre recuperar o sono atrasado. Dormir parece bom pra mim.

Mesmo no estado em que estou, acho a prova fácil. Termino primeiro e coloco a pilha de papéis virada para baixo na mesa do sr. Laughegan. Ele olha para mim e eu sei que está examinando a minha pele pálida e a minha expressão vazia. Eu sorrio de leve antes que ele possa me perguntar se estou bem. Volto para o lugar e penso que deveria estudar para a prova de Geometria, mas o meu estômago está pior, então apoio a cabeça na mesa.

Quando quase todo mundo terminou a prova, acho que vou vomitar. As minhas entranhas estão se revirando por baixo das costelas e as glândulas salivares estão trabalhando na boca. Talvez eu precise sair. Tento avaliar a probabilidade de que eu esteja mesmo prestes a vomitar. Sinto que não posso sair a menos que seja uma certeza, mas não consigo suportar a ideia de não chegar no banheiro a tempo. Eu estou do lado oposto da porta. Há uma lata de lixo entre mim e a saída, mas isso seria um destino pior que a morte.

A última aluna coloca a prova na mesa do sr. Laughegan e ele se levanta.

— Certo, o que vocês acharam da prova?

Eu pulo da carteira e saio correndo pela porta com a mão sobre a boca. O sr. Laughegan se afasta quando passo por ele.

— Jamie, Finn, sentem-se, por favor. — Eu o escuto dizer enquanto disparo para o corredor.

No final, medi o tempo perfeitamente, mas não poderia ter esperado um segundo a mais. Ajoelho-me no chão da cabine com uma mão segurando o cabelo para trás e a outra segurando a tiara para ela não cair.

Depois, enxaguo a boca na pia e olho para o rosto no espelho. Eu ainda estou pálida, mas me sinto muito melhor. Eu respiro fundo. Ainda tem vinte minutos de aula. Preciso voltar antes que o sr. Laughegan mande alguém para ver como estou.

Mantenho a cabeça baixa e os olhos no chão quando entro na sala de novo. Escuto a voz do sr. Laughegan dizer baixo:

— Autumn...

— Ai, meu Deus! Você está grávida? — grita Alexis.

Os meus joelhos travam e a minha cabeça se levanta de repente. Eu a encaro.

— O quê? Não!

— Tem certeza? — pergunta Victoria. — Porque você...

— Alexis, Victoria. — O sr. Laughegan as repreende com rispidez. Ele se volta para mim. — Deixe-me escrever um bilhete para liberar você para a enfermaria.

— Não. — Eu balanço a cabeça e me sento de novo na carteira. — Tenho outra prova no próximo período. Eu vou ficar bem.

— Tem certeza? — insiste ele.

Eu faço que sim e me sento ereta para mostrar o quanto estou me sentindo melhor. O sr. Laughegan dá de ombros e volta aos comentários finais do semestre:

— Certo, como não terminamos *Jane Eyre* a tempo da prova, terei que passar algumas páginas de leitura para as férias.

Jamie estica a perna de forma que os nossos tênis se tocam. Eu copio a lição de casa do sr. Laughegan no caderno e sorrio para Jamie.

— Ei, tem certeza de que você está bem? — pergunta ele quando o sinal toca.

— Tenho.

Do lado de fora da sala, ele me puxa para um abraço. Jamie está indo para o ginásio do outro lado do campus; nós não nos veremos pelo resto do dia letivo.

— Te amo, doentinha — declara. — Mesmo com o seu hálito cheirando a vômito.

— Obrigada.

Ele me beija e bagunça o meu cabelo.

Eu sobrevivo à prova de Matemática e até mesmo ao ônibus para casa. Finny e Sylvie saem logo antes de mim. Eles descem pela rua Elizabeth de mãos dadas. Eu enrolo no ponto de ônibus e então sigo uns dez metros atrás até eles chegarem na esquina em que Sylvie vira. Eles dão um beijo de despedida e ela atravessa a rua. Finny acena para ela e começa a descer pela calçada de novo.

— Ei, Finny, espera — chamo. Com o canto do olho, vejo Sylvie se virar e olhar para nós. Eu a ignoro. Finny para e vira. Ele espera eu alcançá-lo. Fico surpresa por ele não parecer surpreso. — Ei — digo de novo quando o alcanço.

— Ei — responde ele.

Volto a andar na direção das nossas casas e ele me acompanha.

— Eu preciso pedir um favor — começo. Mantenho os olhos no chão enquanto caminho.

— Ok — responde Finny.

— Você poderia garantir que Alexis, Taylor, Victoria e... — Eu me impeço de acrescentar Sylvie. — ...e todo mundo não saia por aí dizendo que estou grávida?

— Por que eles fariam isso?

Essa pergunta resolve um mistério e parte de mim fica aliviada. Eu sempre me questionei como alguém como Finny poderia ser amigo de meninas como elas, mas aparentemente ele não nota que tipo de pessoas elas são. Eu entendo. Eu também não percebia. E Finny sempre pensa o melhor das pessoas, talvez ele tenha pensado que elas perguntaram se eu estava grávida por preocupação.

— Porque... — Hesito, pensando em como dizer isso sem insultar as amigas dele.

— Você não está, né? — pergunta ele, baixinho.

— Phineas! — protesto.

Eu levanto o rosto pela primeira vez para olhar feio para ele. Ele me olha bem nos olhos.

— Eu... — Finny hesita. — Quer dizer, elas falaram que era uma possibilidade...

— Não, não é — corrijo. — Eu nunca transei.

— Ah! — exclama ele.

O rosto de Finny muda para a expressão chocada que eu esperava quando chamei o nome dele. Eu olho de volta para o chão. Nós caminhamos em silêncio por mais um minuto. Já estamos chegando em casa.

— Você podia só cuidar para...

— Posso. — O tom dele é ríspido e eu acho que o ofendi.

Mas é verdade; elas são capazes de espalhar um boato desses. Até onde eu sei, metade da escola já está achando que serei mãe na primavera.

— Obrigada — agradeço.

Finny não me responde. Eu espio o rosto dele. Está emburrado. Nós subimos pelo gramado juntos e nos separamos quando chegamos nas varandas. Ele não se despede de mim.

Vou direto para o quarto e me enfio na cama. Eu fecho os olhos e tento dormir. O meu corpo está começando a relaxar quando me lembro de como Finny olhou para mim quando contei que ainda era virgem, o jeito como ele franziu as sobrancelhas.

Uma lança de gelo me empala bem no meio do corpo. Eu não consigo respirar com ela ali, é grande demais. O frio se espalha do estômago para os pulmões e coração, mas isso não alivia a dor.

Que importância isso tem para você?, pergunto a mim mesma. O gelo derrete em uma poça na boca do meu estômago dolorido.

Meu Finny.

Ele não é seu Finny.

Eu sei disso, mas existe uma diferença entre saber algo e sentir. Eu sabia que ele não era mais o meu Finny, mas agora ele está na outra margem, separado de mim por um oceano que eu tenho medo de cruzar, e eu consigo sentir isso.

vinte e três

Eu só me sinto melhor na manhã de Natal, cinco dias depois. Como os ovos que a minha mãe preparou como se não visse comida há anos. O meu pai desce e dá um beijo mais longo que o normal nela. Eu os ignoro e continuo comendo. Quando termino, ele vai até a sala para carregar a primeira leva de presentes para a casa da tia Angelina e eu subo para me vestir.

Quando éramos pequenos, Finny e eu acampávamos embaixo da árvore de Natal em que abriríamos os presentes de manhã. Nós nos deitávamos lado a lado, encarando a árvore, enfeitada com as bolas de vidro perfeitamente coordenadas da minha mãe ou a decoração desconjuntada da mãe dele: berloques exóticos da Índia e criações excêntricas que ela fazia com argila ou papel.

Nós sussurrávamos um para o outro e encarávamos a árvore até as luzes ficarem embaçadas. De manhã, acordávamos juntos e então corríamos para buscar os nossos pais para podermos abrir os presentes.

Coloco uma saia preta e um suéter verde. Depois de deliberar por um momento, escolho uma tiara prateada que é tão pequena que é quase um arco de cabelo. Houve três Natais depois que as Mães decidiram que não podíamos mais dormir juntos nos quais Finny e eu estávamos com tanta pressa para nos vermos que elas não conseguiram nos convencer a trocarmos de roupa, e nós abrimos os presentes de pijama como se tivéssemos passado a noite juntos. Não é mais assim há anos, é lógico.

Tia Angelina me abraça e me beija. A minha mãe abraça Finny e o meu pai aperta a mão dele por cima da última leva de presentes que ele está carregando. Finny está usando camisa e calça cáqui. Os nossos olhares se encontram, mas não dizemos nada.

Pela tradição, abrimos os presentes um de cada vez, e todos comentamos e exclamamos para cada um deles. Finny está mais quieto que o normal, mas não penso muito nisso. Eu me pergunto se ele ainda está bravo comigo por dizer que as amigas dele espalhariam um boato sobre mim.

O presente que ganhei de tia Angelina e Phineas contém uma tiara feita de flocos de neve prateados. Eu atravesso a sala para abraçar tia Angelina. A minha mãe aceitou, mas nunca encorajou as tiaras. Às vezes eu me pergunto se ter tido um filho ilegítimo e uma série de amantes manteve Tia Angelina jovem. Talvez seja isso. Ou talvez o casamento tenha envelhecido a minha mãe.

— Obrigada! — agradeço.

Tia Angelina me dá um abraço apertado de volta.

— Phineas que escolheu — conta.

— Obrigada, Finny! — digo enquanto me sento de novo no chão.

Ele só acena com a cabeça, mas então dá um sorriso suave quando coloco a tiara na cabeça junto da primeira.

Quando terminamos de abrir os presentes, já passou do meio-dia. As Mães vão para a cozinha fazer o almoço. Vou até a minha poltrona favorita perto da janela para começar um dos livros que ganhei. Tenho uma boa pilha que estou ansiosa para atacar na semana que ainda temos de folga. O meu pai e Finny assistem a algum esporte no sofá. Eu mal percebo quando o meu pai se levanta e sai da sala. Ele precisa atender ligações importantes do escritório com frequência, mesmo nos feriados.

— Ei, Autumn? — chama Finny. A voz dele de repente está tão próxima e tão baixa que eu me assusto.

Ergo os olhos. Finny está ao lado do braço da poltrona, olhando para mim. As mãos enfiadas nos bolsos.

— Sim?

— Acho que o favor que você me pediu não vai ser um problema.

— Obrigada — respondo.

Eu sorrio, mas ele não.

— Sobre o que vocês estão cochichando aí? — pergunta Tia Angelina da porta.

— Nada — dizemos.

Ela inclina a cabeça para o lado e sorri para a gente, avisando:

— O almoço está pronto.

— E então, como Finny está lidando? — pergunta a minha mãe quando cruzamos o quintal de volta para a nossa casa.

Está de noite e eu esfrego os braços por causa do frio, feliz pela caminhada não ser longa.

— Do que você está falando?

— Do término — diz ela.

Eu me impeço de congelar de surpresa.

— Finny e Sylvie terminaram? — pergunto.

— Eu pensei que você soubesse.

Ela abre a porta e nós tiramos os casacos na entrada.

— Mãe, por que eu saberia disso?

— Angelina me disse que ele estava bem mal por causa disso na noite que aconteceu, mas achei que ele parecia bem hoje — comenta, ignorando a minha exasperação. Ela vai para a cozinha com um prato de sobras para colocar na geladeira e grita: — Claro, é sempre difícil de saber com Finny.

Eu a sigo e paro na porta. Duvido que Finny fosse terminar com Sylvie por ela dizer a alguém que eu estava grávida, mas a ideia passou pela minha cabeça de qualquer forma.

— Por que ele terminou com ela?

— *Ela* terminou com ele — informa a minha mãe.

— Sério?

— Você também ficou surpresa?

— É só que sempre me pareceu que ela gostava tanto dele — digo.

— Foi o que eu disse. E claro que eu sou suspeita para falar, mas ele é um menino tão bonito e doce, não sei por que ela faria isso.

— Espero que ele esteja bem.

Pensar em Finny com o coração partido me dói. Quero perguntar a Sylvie o que ela tem na cabeça. Qualquer que seja a resposta, não importaria. Eu ainda iria querer puxar o rabo de cavalo dela por fazer Finny sofrer.

— Por que você não liga para ele e pergunta? — sugere a minha mãe. — Ou volta lá?

— Mãe… — digo, revirando os olhos.

Ela suspira e sacode a cabeça.

Subo com os livros. A luz de Finny está acesa, mas as cortinas estão fechadas. Tia Angelina disse que ele parecia bem mal na noite que aconteceu. Para alguém tão quieto e estoico quanto Phineas Smith, isso diz muito. Eu me lembro das poucas vezes em que vi Finny chorar quando éramos crianças. A minha garganta aperta.

— Vá se foder, Sylvie — digo.

vinte e quatro

FINNY E SYLVIE NÃO SÃO AS ÚNICAS VÍTIMAS DAS FÉRIAS DE NATAL. Mike deu um fora em Angie. No primeiro dia do semestre, ela chora no banheiro na hora do almoço. Nós nos enfiamos na cabine com ela e seguramos a sua mão.

— Ele disse que eu não fiz nada errado, só não estava mais funcionando — conta Angie entre soluços. — O que isso significa?

— Que ele é um idiota — responde Sasha. — É isso que significa.

Nós concordamos e Angie volta a chorar. Eu olho para o rosto dela.

Tive um namorado durante alguns meses no oitavo ano. O nome dele era Josh e nós andávamos de mãos dadas no corredor e falávamos no telefone toda noite. Ele terminou comigo de repente numa tarde, dizendo que só não sentia mais a mesma coisa. Durante alguns dias, parecia que eu tinha levado um soco no estômago. Era como se eu não pudesse respirar, como se algo tivesse sido arrancado de mim. A sensação era tão distinta; era diferente de qualquer outro tipo de tristeza que eu já tenha sentido. Ver Angie chorar me lembrou daquele sentimento. É como sentir o cheiro pungente de uma comida enjoativa que eu já comi. Nunca mais quero me sentir assim.

Nós a abraçamos por um tempo e voltamos para a nossa mesa. Finny e Sylvie ainda estão sentados na mesma mesa com os amigos, porém não estão mais um do lado do outro. Eu tenho uma ideia do quão desconfortáveis as coisas devem estar naquela mesa. Nesta manhã, no ponto de ônibus, eles ficaram longe um do outro e não se falaram nenhuma vez. Finny ficou de cabeça baixa, olhando para o chão. Sylvie olhou para a rua com frieza e manteve a cabeça erguida. Eu atualizei a minha fantasia de puxar o cabelo dela para jogá-la na frente do ônibus.

Em Inglês Avançado o grupo deles se rearranjou de forma que Finny e Sylvie não se sentem mais um ao lado do outro. Penso em quão complicado seria se um dos nossos casais terminassem. É difícil até de imaginar. Brooke e Noah ainda adoram um ao outro, eles parecem seguros. Sasha e Alex geralmente estão felizes.

Eu tento imaginar Jamie e eu terminando.

A minha primeira reação é um sentimento chocante de alívio. Se Jamie e eu terminássemos, isso significaria que ele não era o grande amor da minha vida e que eu não teria mais que me sentir culpada por às vezes pensar em estar com outra pessoa, me perguntando se seria melhor, talvez até perfeito.

Eu olho em volta da sala. Ele está olhando para baixo, rabiscando em seu caderno e conversando baixo com Jack. Ele também está desejando outra pessoa, alguém que não sou eu. E o amor da forma que é descrito nos livros e poemas não é real; é imaturo desejar isso e é tolo pensar que com a pessoa certa seria assim. Jamie cuida de mim e me ama no mundo real, não pode ser melhor que isso.

A minha segunda reação é um sentimento de medo; eu amo Jamie, e a ideia de o amor ser tão impermanente me assusta.

— Quem leu as páginas que passei para as férias? — pergunta o sr. Laughegan, quebrando a minha linha de pensamento. Eu ergo a mão. A maior parte dos outros também. — Certo, o que vocês acharam do segredo que o sr. Rochester tinha no sótão? Autumn?

A minha mão não estava mais levantada, mas eu sabia a resposta de qualquer forma. O sr. Laughegan normalmente me chama primeiro, para começar a discussão.

— Eu sabia que tinha algo estranho acontecendo, mas não esperava que fosse aquilo. Eu quase derrubei o livro de verdade! — digo. — E então fiquei tão perturbada que nem consegui dormir. Eu ficava acordando com raiva do sr. Rochester...

— "Fiquei tão perturbada que não conseguia dormir"? — diz Alexis atrás de mim.

Várias pessoas, incluindo Sylvie, riem. O sr. Laughegan olha feio para elas.

— Eu não sei se eu ainda *deveria* querer que Jane fique com o sr. Rochester — continuo —, mas quero mesmo assim.

— E por quê? — pergunta o sr. Laughegan.

Paro por alguns momentos, com dificuldade para colocar o sentimento em palavras.

— Porque todo mundo sempre diz que você nunca supera o primeiro amor. O sr. Rochester foi o primeiro amor de Jane, e ela o amou muito. Mesmo que se apaixone de novo, acho que parte dela vai sempre desejar estar com ele.

— E o que o sr. Rochester fez que perturbou tanto Autumn? Alexis? — incentiva ele.

Eu olho por cima do ombro. Alexis cora e se atrapalha na resposta.

Todo mundo sempre diz que você nunca supera o primeiro amor. Eu me imagino com outra pessoa e ainda sentindo saudade de Jamie, o meu primeiro amor. Respiro fundo e me lembro de que isso nunca vai acontecer: Jamie diz que vai se casar comigo.

— Nunca me deixe — peço para Jamie enquanto saímos da sala juntos.

— Não vou — promete ele.

vinte e cinco

Neva no Dia dos Namorados. Eu coloco a tiara de flocos de neve para ir à aula. É a minha nova tiara favorita e eu a uso todos os dias em que neva. Terei que aposentá-la quando a primavera chegar, mas, como todos os invernos, esse está durando para sempre.

No ponto de ônibus, Todd do terceiro ano dá rosas a Katie Garota Nova. Eles estão namorando, e eu gosto de pensar que ajudei isso a acontecer. Como Finny e Sylvie não se falam mais, nós três ficamos escutando os dois toda manhã. Não é tão ruim.

Katie sorri e olha para as rosas enquanto fala. Eu sei que Jamie vai estar me esperando na escola com um buquê parecido. Jamie sempre me dá rosas, quase sempre vermelhas. Às vezes, eu queria que ele fosse mais criativo, mas é ridículo reclamar disso. Muitas meninas na escola gostariam de ganhar rosas de Jamie.

Ele vai me levar para jantar hoje à noite. O presente que comprei está em casa, esperando que eu o entregue. Escolhi uma seleção de coisinhas que achei que ele iria gostar: um CD que gravei com músicas que me fazem pensar nele, o boneco da esposa do personagem de anime favorito dele, algumas balas, uma tartaruguinha de borracha, uma carta de amor que levei uma eternidade para escrever.

Quando ouvimos o ruído do ônibus se aproximando, noto que Finny ainda não está aqui. Eu olho na direção das nossas casas. Ele não está correndo para chegar no ponto de ônibus a tempo; não está em lugar algum. O ônibus começa a frear na nossa frente.

— Finn vai pra aula hoje? — pergunta Sylvie.

Eu levo um segundo para entender que ela pode estar falando comigo. Olho por cima do ombro. Ela está olhando para mim.

— Não sei.

— Ele está doente?

— Não sei — repito.

— Ah.

Nós fazemos fila para entrar no ônibus.

Eu deslizo para o lugar ao lado de Sasha. Ela está usando uma jaqueta militar que comprou na venda de garagem que fomos no outono passado. Eu tenho inveja dessa jaqueta. Sei exatamente qual tiara eu usaria com ela, mas Jamie me disse que não gostaria dela em mim. Ele comentou que funciona para Sasha porque ela é meio masculina, mas que gosta de mim mais feminina. Eu penso em contar a Sasha que Sylvie me perguntou de Finny; Sasha ficaria surpresa por ela ter falado comigo, mas algo me impede.

— Eu sei o que Jamie vai te dar de Dia dos Namorados — diz Sasha.

Eu acho que também sei.

De tarde, eu desço do ônibus pensando no encontro com Jamie. Nós vamos a um restaurante italiano novo. Eu estou animada para dar o presente dele. Quando chegar em casa, vou tirar um cochilo e então tomar um banho. A roupa já está separada. Reflito se devia usar uma tiara diferente para o jantar.

— Autumn? — chama Sylvie.

Eu paro e me viro. Ela está atrás de mim, me olhando diretamente. Ainda assim, se ela não tivesse dito o meu nome, eu acharia difícil de acreditar que ela está falando comigo de novo.

— Sim? — Eu me pergunto se ela consegue ouvir a desconfiança além da surpresa na minha voz. Ela parece nervosa.

— Você poderia entregar isso para Finn para mim? — Ela estende um envelope cor-de-rosa quadrado.

— Ok. — Eu o pego rapidamente. Os nossos dedos não se tocam.

— Obrigada.

Eu olho para ela para ver se tem algo mais. Ela olha para mim em silêncio. Depois de um tempo, eu me viro e desço pela calçada. Um segundo depois, eu a escuto me seguindo. Eu não viro a cabeça quando ela atravessa a rua. Vou fazer o que Sylvie pediu, mas ela não precisa saber que fiquei curiosa, que me importo.

O carro de Finny está na entrada; o da tia Angelina, não. Embora eu pudesse só abrir a porta de trás e gritar o nome dele, vou até a porta da frente e bato. Algo nessa transação me faz ser formal. Um momento depois da batida, vejo cortinas farfalharem e vejo a mão dele de relance.

— Só um segundo. — A voz de Finny vem abafada demais para que eu julgue o tom.

Eu espero do outro lado. Ouço-o resmungando algo quando a porta se abre. Tomo um susto ao vê-lo, e a parte da minha mente que ainda está pensando torce para que ele não tenha notado.

O peito de Finny está nu, os braços, ombros e a barriga estão todos expostos para mim. Ele não tem pelo algum, exceto por um caminho em volta do umbigo que desce na direção da cueca, aparecendo de leve por cima da calça jeans. Os olhos azuis estão sonolentos e envoltos de cinza, e o cabelo loiro está bagunçado. O nariz parece estar vermelho, mas é difícil saber com o rubor que está se espalhando pelo rosto dele. Noto que estou parada aqui em silêncio olhando fixo para ele.

— Hum, Autumn? — chama ele.

Eu consigo ouvir o quão rouca e entupida a voz dele soa. Engulo em seco e inspiro pela primeira vez desde que ele abriu a porta.

— Desculpa, você está com uma cara péssima. — Ele está com uma cara linda.

— Eu me sinto péssimo. — Ele passa o peso de um pé para o outro. — Mandaram você para ver como eu estou?

— Não... bem, talvez. Eu não sei.

Enfio a mão no bolso de trás e estendo o envelope rosa. A expressão dele é de surpresa, então confusão. Os olhos estão desconfiados quando ele o pega.

— Sylvie me pediu para entregar isso para você.

Ele fica surpreso de novo.

— Sylvie?! — exclama. — Ah. Tá bem. — A voz dele está estranhamente estável. Ele olha para o envelope e então para mim. — Ela te disse mais alguma coisa?

— Nada.

Ele franze as sobrancelhas.

— Ela foi simpática?

Eu franzo as sobrancelhas.

— Eu... acho que sim.

— Hum.

Nós nos olhamos. Noto que estou traçando as linhas dos ombros e braços dele com o olhar. Eu baixo os olhos e foco os seus pés descalços.

— Bem, você provavelmente está com frio — digo. — E eu tenho um jantar, então... — Dou de ombros.

— Ah, certo. Feliz Dia dos Namorados.

— Obrigada. Pra você também, eu acho... Melhoras.

Viro-me sem olhar para ele de novo. Eu não ouço a porta se fechar até ter saído da varanda e já estar na metade do gramado.

O meu cochilo é estragado pela lembrança da varanda. Fico deitada de lado na cama, sem olhar para a janela, e tento tirar isso da mente.

Eu sei que é normal ainda achar outras pessoas atraentes quando se está apaixonada; o que me incomoda é a sensação de derretimento e vertigem que tomou conta de mim quando eu o vi. Não era só atração, mas alguma combinação de desejo e afeto que me fez querer encostar no peito dele e arrumar o seu cabelo bagunçado. Eu até conseguia ver: a minha cabeça ali, eu olhando para cima e os meus dedos acariciando o cabelo dele. Imaginei que a pele dele estaria quente, febril, e eu absorveria esse calor enquanto sentia todas as linhas que tinha admirado no corpo dele pressionadas contra o meu.

Porque é lógico que nessa fantasia ele estava me abraçando e me acariciando de volta.

Querendo-me de volta.

Eu sou horrível e ingrata. Jamie é mais do que mereço.

E, mesmo quando eu estou me amaldiçoando por ser egoísta, outro pensamento passa pela minha mente: eu estou desperdiçando a felicidade que poderia ter.

Eu amo Jamie e ele quer ficar comigo para sempre. Ele me compra presentes e me chama de "minha linda". Ele é lindo e inteligente e engraçado e eu deveria estar perfeitamente contente, ou até mais que contente.

Mas eu não estou, porque essa preocupação com Finny me impede de mergulhar por completo no meu amor por Jamie. Me impede de ser tão feliz quanto eu poderia ser. Quanto eu deveria ser.

Quero tirar Finny da mente como uma farpa, para que eu possa adorar Jamie como ele merece ser adorado.

E mais até do que isso, porque sou uma criatura egoísta e maldosa, quero sentir essa adoração. Quero me libertar dessa culpa.

— Você gostou? — pergunto.

— Gostei — responde Jamie, como se fosse uma pergunta estúpida. Eu o vejo vasculhar a bolsa e sorrio. O restaurante está cheio e barulhento. Eu mal ouço o papel rasgando. Jamie ri e se inclina por cima da mesa para me dar um beijo. — Você é a melhor namorada!

— Eu tento — respondo.

vinte e seis

Os meninos estão construindo uma rampa assustadora com a neve. Estamos na casa de Noah, cujo quintal tem o tipo de colina que levaria as pessoas a dirigirem quilômetros para descer de trenó se ficasse em um lugar público. O plano é passar a tarde andando de trenó e depois ir ao shopping. Eu não vou ao segundo evento. A tia Angelina decidiu que é hora de nos apresentar o namorado novo; então a minha mãe vai recebê-los para jantar e até o meu pai vai estar em casa. Eu só falei para todo mundo que tenho um evento de família que não posso faltar. Tento deixar Finny de fora das nossas conversas o máximo possível. É estranho demais para eles serem lembrados de que o menino que deveria ser um dos nossos inimigos na escola faz parte da minha família.

As meninas andam de trenó enquanto os meninos discutem entre eles como tornar a rampa mais perigosa. Eles testam a rampa e decidem acrescentar mais neve. E então testam mais uma vez e acrescentam ainda mais neve. Finalmente, Jamie voa um metro no ar antes de cair, e a rampa é declarada um sucesso.

Os meninos riem quando caem de cabeça dos trenós. Eles riem quando batem uns nos outros. Eles riem quando por pouco não batem em uma árvore. Eles riem de nós por não experimentarmos a rampa.

— Vamos! — chama Jamie.

Ele desliza para trás no trenó para me dar espaço, mas eu balanço a cabeça. Ele revira os olhos e desce voando novamente, quase quebrando o pescoço quando cai do trenó para o chão.

— Essa foi incrível! — grita Alex, enquanto as meninas estremecem.

Conforme a tarde passa, eu convenço Jamie a descer comigo algumas vezes no que ele chama de "o lado menininha da colina". Ele se senta atrás de mim, envolve a minha cintura com os braços e eu me apoio no peito dele enquanto o trenó acelera. Eu gosto como o arrepio do medo me faz agarrá-lo instintivamente. Jamie ri de mim por gritar, e beija o meu rosto quando chegamos na base. Os lábios dele são quentes contra a minha pele.

— Desça na rampa comigo, por favooooor — pede ele, prolongando a última palavra como uma criancinha.

— Nããão — respondo, igualmente infantil.

Ele suspira e revira os olhos de novo.

É Sasha quem nos trai. Alex pede a ela só uma vez e ela concorda e vai até eles. Eu fico na base da colina e os vejo se equilibrando instáveis no trenó. Procuro Jamie. Ele está no topo, também olhando para os dois.

Sasha grita e Alex ri quando eles acertam a rampa. Com o peso de duas pessoas, eles não são jogados tão alto no ar, mas o trenó vira de lado quando bate no chão e eles deslizam pela neve de barriga pra baixo. Os meninos comemoram e riem, e Alex ajuda Sasha a subir e tira a neve do cabelo dela.

— Foi divertido! — declara ela.

Alex está exultante e diz:

— É, a minha namorada é a mais legal.

Brooke bufa e revira os olhos para Noah. Angie dá de ombros. Jamie e eu nos olhamos. Ele me implora com o olhar. Eu subo a colina na direção dele.

— Você vai ter que ficar na frente — exijo.

Jamie sorri e segura o trenó com o pé. Eu me sento e ele salta para a frente. Então, pega os meus braços e os coloca em torno da sua cintura e, por um momento, fico menos nervosa.

— Segure firme — diz ele.

Jamie move o peso, impulsionando o trenó para a frente, e nós voamos com suavidade. Eu enterro o rosto no casaco dele. De repente, somos arremessados. Os meus olhos se fecham com ainda mais força quando solto Jamie sem querer e sinto o meu corpo sendo jogado no ar. O ar parece gelo na garganta quando ofego. Algo duro e quente me acerta no rosto logo antes de eu cair no chão. Por um momento, a minha surpresa é maior que a dor, e então percebo que estou sentada na neve com as mãos sobre os olhos. E dói.

— Autumn, ah, porra — diz Jamie.

Eu escuto a neve estalando quando os outros descem a colina na nossa direção. Inspiro, trêmula, pelos dentes cerrados. Acho muito vergonhoso chorar por causa de dor física.

— Estou bem — respondo sem destravar o maxilar. É um reflexo, mas eu sei que não estou morrendo, então deve ser verdade.

Luvas me agarram, tentando tirar as mãos do meu rosto. Por instinto, me afasto deles, tentando proteger o lugar onde sinto dor.

— Não — reclamo.

Abro o outro olho para encarar o culpado com raiva. Jamie e Sasha estão ajoelhados na minha frente, os rostos próximos. Os outros estão em pé atrás deles.

— Você precisa deixar a gente ver — pede Sasha.

A minha irritação com ela de repente passa para Jamie, por ter me feito descer aquela rampa idiota com ele. Tenho um momento de fúria. Odeio quando ele me convence a fazer coisas que eu não quero e então me lembro que vou ficar com vergonha mais tarde se me descontrolar agora. Lentamente tiro a mão do rosto. É um esforço lutar contra o instinto de esconder o ferimento. Todo mundo respira fundo e me encara.

— Não está tão ruim — digo. Ninguém me responde.

— Hum — diz Jamie.

Sasha faz uma bola de neve e tenta pressioná-la contra o meu olho. Eu recuo de novo.

— Caramba, Autumn — fala Alex. — Você vai ficar com um olho roxo por causa da *cabeça* de Jamie.

— Tem gelo lá dentro. Para de tentar enfiar neve na cara dela — diz Noah, enquanto tento lutar contra os cuidados de Sasha.

— Precisamos colocar algo nisso — insiste Jamie. — Já está horrível.

— Eu estou bem — digo.

Levanto-me e eles me pegam pelos braços. Deixo que Jamie e Sasha me guiem colina acima, com os nossos amigos atrás de nós como em uma procissão e, quando chegamos na casa de Noah, eles me sentam na mesa da cozinha. Brooke parece considerar aquele lugar como o território dela: manda ele pegar um pano enquanto ela enche um saco plástico com gelo. O pano é enrolado em volta do saco e eu posso esconder a dor deles de novo quando o pressiono no rosto.

Jamie me faz levantar para ele poder se sentar na cadeira e me puxar para o colo.

— Eu estou bem — repito.

— Ok, ok, nós acreditamos em você — responde ele, e eu fico aliviada.

Ele me beija e me faz carinho, e eu gosto disso. Está começando a escurecer do lado de fora. Os outros meninos saem para trazer os trenós para dentro e nós falamos sobre como o roxo vai estar horrível amanhã, quanto tempo vai durar, se vale a pena tentar cobri-lo com maquiagem. Eu consigo fazer piada agora e o clima fica mais leve. Quando Jamie e eu saímos para ele me deixar em casa antes de todo mundo ir para o shopping, o meu olho roxo se torna uma história engraçada em vez de motivo de preocupação. Jamie quer que eu conte a todo mundo na escola que foi ele que fez isso comigo para ver a reação das pessoas. Ele acha que vai ser engraçado.

— Mas você fez isso comigo — digo.

Ele estaciona no cascalho em frente à minha casa.

— Eu sei. Essa é a melhor parte — responde, sorrindo.

Eu fecho a cara e começo a revirar os olhos, mas o movimento dói. Eu tiro a bolsa de gelo para me inclinar para a frente e dar um beijo de despedida nele. Ele me beija suavemente, como fez na cozinha na frente dos outros.

— Desculpa por ter te machucado, linda.

Ele aperta o meu nariz, eu sorrio e saio do carro. Aceno quando ele vai embora. Está escuro agora e quando ele chega na rua tudo que consigo ver são os faróis do carro.

A casa brilha calorosamente enquanto cruzo a neve na direção da porta dos fundos. Há vozes do lado de dentro e eu fico feliz de ter um hematoma para explicar o atraso. Tiro a bolsa de gelo do rosto e abro a porta.

— Ah, aí está... — Ouço a minha mãe gritar e então sou mais uma vez cercada de rostos, assim como na cozinha de Noah.

Tia Angelina, Finny e a minha mãe estão mais próximos. O meu pai e um estranho estão atrás deles, olhando por cima do ombro. A minha mãe pega o meu queixo na mão e o inclina para cima.

— Autumn, o que aconteceu? — A voz dela grasna.

— Estávamos andando de trenó, Jamie bateu em mim... — começo.

— O quê? — pergunta Finny. Ele não grita. Não precisa. Os olhos semicerrados dele são o suficiente para eu me atrapalhar com as palavras.

— A cabeça dele bateu em mim quando resvalamos em alguma coisa e caímos.

— Você está bem? — pergunta a minha mãe.

— Estou.

— Mas como você tem certeza? — insiste.

Finny chega mais perto de mim e pergunta:

— Você está tonta? Visão embaçada? Vendo manchas? — Eu nego com a cabeça em resposta para todas as perguntas. — Você consegue seguir o meu dedo?

Ele desliza o indicador para a frente e para trás na frente do meu rosto. Eu tiro os olhos dele para obedecer ao pedido. Ele assente.

— Certo, e você não está se sentindo confusa? Você sabe quem é todo mundo aqui?

— Sei. Bem, menos ele. — Eu aponto para o estranho atrás do ombro de Finny. Tia Angelina ri.

— Esse é Kevin, meu namorado — apresenta ela. — Kevin, essa é a minha afilhada aparentemente ferida.

— Oi, prazer em conhecê-lo. Agora, sério, vocês podem parar de pirar? Aconteceu há mais de uma hora. Eu claramente não vou morrer de concussão nem nada do tipo.

Finny se vira e marcha para fora do cômodo. Eu me pergunto se o ofendi.

— Deixa eu pegar gelo pra você — diz o meu pai.

Eu ergo a minha sacola plástica para ele ver.

— Já tenho. Viu? Está tudo bem. Eu estou bem.

Depois de mais alguns minutos de perguntas e especulações, eles se afastam e voltam para as posições casuais que eu imagino que era onde estavam antes. A minha mãe examina o olho, suspira, e então me manda sentar e comer um pouco de guacamole com todo mundo enquanto ela termina de fazer o jantar. Os adultos recomeçam a conversa. A minha boca está cheia quando Finny volta para o cômodo, então, a princípio, não posso falar nada quando vejo o que ele está carregando. Ele abre a porta do freezer. Eu engulo.

— Finny, essa meia é minha? — Ela é amarela com macaquinhos dançantes, não poderia ser de mais ninguém, mas eu ainda preciso perguntar.

— Sim — responde.

O rosto dele está escondido de mim atrás da porta do freezer. Eu escuto o som de cubos de gelo batendo uns contra os outros quando ele os pega.

— Eu já tenho uma bolsa de gelo.

— Eu sei, eu vi. Estou fazendo uma melhor.

— Então, Finny — diz Kevin antes que eu possa protestar. Ele está inclinado por cima do balcão, olhando para Finny. — Como você sabia todas as perguntas que fez para Autumn? — Eu chuto que Kevin ficou feliz por ter algo para conversar com ele; o homem parece satisfeito consigo mesmo.

— Futebol — conta Finny. Ele fecha a porta do freezer e cruza o cômodo para abrir a gaveta ao lado de Kevin. — Sempre que um cara bate a cabeça, o técnico checa se há sinal de concussão.

— Ah. Eu não sabia que futebol era um esporte violento. Eu sempre gostei de futebol americano. Futebol parece contido para mim.

Eu sei que Kevin tocou em um ponto sensível para Finny, mas o rosto dele não demonstra. Ele deixa essa gafe passar e estica a minha meia por cima da bolsa de gelo.

— Foi onde eu aprendi a fazer isso também — diz Finny. Ele se inclina por cima da mesa e me passa o pacote gelado. — Deve ficar mais confortável.

Eu o coloco contra o rosto. Finny tem razão, a ponta redonda é bem mais ergonômica e deixa o frio só nos lugares que realmente precisam dele. A meia macia é boa também.

— Obrigada.

— É só deixar isso aí por vinte minutos, então fazer uma pausa de meia hora e depois repetir o processo. Você não quer danificar o tecido.

Tia Angelina ri.

— Você fala como um médico, Finn. Vai ver você achou a sua vocação.

Fico surpresa quando Finny dá de ombros. Da última vez que falamos sobre o que queríamos ser quando crescer, tínhamos uns doze anos e ele queria ser jogador de futebol profissional. Ele é bom, mas suponho que esteja considerando outras opções a essa altura. Eu ainda estou apegada à visão da blusa preta de gola alta na cafeteria que tive no quarto ano. Claro que Jamie não quer se mudar para Nova York, e quer que eu arrume um emprego de verdade além de escrever.

O jantar corre bem. Eu não gosto tanto de Kevin quanto de Craig, o namorado preferido de quando eu e Finny éramos crianças, mas ele também não me dá motivo para desgostar dele. Eu me pergunto o que Finny acha, mas é impossível saber… Ele é sempre educado.

Na maior parte do tempo, os quatro adultos conversam e Finny e eu escutamos. Kevin bagunçou os lugares habituais, então Finny e eu estamos um ao lado do outro. Faz tanto tempo que não comemos um ao lado do outro que esquecemos que eu preciso me sentar do lado esquerdo. Eu sou canhota e os nossos cotovelos batem constantemente. É desconfortável e eu tento ignorar, mas gosto de estar tão perto dele.

Depois do jantar, o meu pai pega um vinho do Porto e Finny e eu podemos ir ver TV. Eles estão rindo atrás de nós quando saímos da sala de jantar. Todos parecem gostar de Kevin.

Finny e eu escolhemos uma *sitcom* e assistimos em silêncio. Antes, estaríamos decidindo por que odiamos Kevin. Nós desgostávamos dos namorados como regra geral, Craig foi a única exceção.

Depois de uma hora, entro na cozinha para reabastecer a meia com gelo. Enquanto a encho, tenho uma sensação incômoda de que havia algo na minha gaveta de meias que eu não queria que Finny visse. É estranho saber que ele ainda se sente confortável o suficiente para entrar no meu quarto e pegar uma coisa minha, mas então eu penso que teria feito o mesmo se ele estivesse machucado.

Finny olha para mim quando eu volto pra sala.

— E então, doeu? — quer saber.

Sento-me ao lado dele, com um metro de distância entre nós. Eu ignoro o impulso de me sentar mais perto. É assim que Finny e eu sempre nos sentamos agora.

— Doeu, bastante.

— Deixa eu adivinhar. Você não chorou e não contou para ninguém o quanto estava doendo?

Eu balanço a cabeça.

— Chorar é vergonhoso — digo.

Finny sorri.

— Mas se aquele comercial de cartões com a velhinha passar, você chora — diz. Eu dou de ombros e cubro o rosto com a bolsa de gelo.

— Aquele comercial é triste.

— Ele tem um final feliz — corrige ele.

Eu dou de ombros de novo. Nós ficamos em silêncio. É Finny que fala primeiro, quando tiro o gelo do olho vinte minutos depois para não danificar o tecido:

— Acho que não está tão ruim quanto antes.

— Você acha mesmo? — Eu toco o rosto suavemente. O inchaço diminuiu, mas eu não sei como está a aparência.

— Acho — diz ele. — O gelo está fechando os vasos capilares, mas o roxo vai ficar pior amanhã.

— Talvez você devesse mesmo ser médico.

Finny dá de ombros, como fez antes.

— Eu tenho pensado nisso, na verdade.

— Uau — respondo. — Só essa noite ou... — A minha voz se perde quando eu penso nisso.

Faz sentido agora. O estoico e calmo Finny que odeia que qualquer pessoa sofra, até mesmo minhocas na calçada.

— Eu venho pensando nisso há alguns meses, mas não sei. Quer dizer, nem todo mundo descobre o que quer fazer na Semana do Trabalho do quarto ano. — Ele me dá um sorriso afetuoso e eu preciso desviar o olhar.

— Bem, eu vou ter que achar algo mais prático que aquilo — comento.

— Por quê? Você é boa.

— Você não leu nada do que eu escrevi — retruco.

Olho para ele de novo. Ele está agindo estranho. Não consigo me lembrar da última vez que me provocou ou sorriu para mim assim.

— Eu li a história que você escreveu no sexto ano. Era boa.

— Isso foi no sexto ano.

Finny dá de ombros para me mostrar o quão pouco esse detalhe importa.

— Você deveria ser escritora. Sei que vai encontrar um jeito de fazer dar certo.

— Seria demais pedir a Jamie para me sustentar para eu poder escrever. Quer dizer, nós teremos filhos, uma casa e coisa assim.

Finny franze as sobrancelhas. A televisão foi esquecida por completo. Eu nem sei mais o que está na tela.

— Você acha que vai se casar com ele?

Eu não gosto de como ele está olhando para mim agora, com os olhos semicerrados como na cozinha. Eu desvio o rosto e olho para o sofá.

— É o nosso plano. Quer dizer, nós sabemos que somos jovens, mas nem conseguimos nos imaginar separados.

Há um silêncio depois que eu falo que me choca tanto quanto se ele tivesse gritado algo em resposta. Olho para ele de novo. Ele está me encarando. Deve achar que sou estranha por dizer que vou me casar com o meu namorado do ensino médio. Eu sinto uma onda de calor se espalhar pelo rosto.

— Você realmente ama ele assim?

Eu faço que sim.

— Hum. — Ele volta a olhar para a TV, mas continua falando: — Então o que você vai fazer? Quer dizer, se não for escritora?

— Eu pensei em dar aula. — A minha voz sobe esperançosa com a última palavra.

Eu noto que quero a aprovação dele. Ele franze as sobrancelhas de novo, mas não olha para mim.

— Não é a sua cara — responde Finny.

— Por que não? — digo rápido demais. — Eu poderia dar aula como o sr. Laughegan.

Finny balança a cabeça.

— Dar aula é muito... — Ele franze as sobrancelhas ainda mais. — Dar aulas é *normal* demais para você, Autumn.

Eu dou de ombros e volto a olhar para a TV. Quando ele fala de novo, é tão baixo que de início não tenho certeza se ele queria que eu ouvisse.

— Nada disso é a sua cara — resmunga. — Professora, uma casa, filhos. O que aconteceu com as blusas de gola rulê e o café?

— Isso foi um sonho — respondo. — Eu preciso aceitar a realidade.

Aceitar quando as coisas vão ser o melhor que elas podem ser, eu acrescento mentalmente, mas não falo nada. Não importa, aliás. Nós ficamos vendo televisão sem trocar de canal ou falar uma palavra. Quando ele e a mãe saem com Kevin uma hora mais tarde, Finny só me dá um tchau rápido por cima do ombro. Eu não ergo os olhos para vê-lo ir embora.

Mais tarde, no quarto, eu me lembro do que eu não queria que Finny visse na minha gaveta de meias: a velha foto de nós dois que eu escondi no fundo ano passado, antes de Jamie vir aqui pela primeira vez. Eu a guardei lá e mal a vi desde aquele dia. Agora ela está em cima da cômoda, no centro, como para exibição. Eu olho para ela hesitante. Os meus olhos se demoram nos nossos sorrisos fáceis, os braços em volta dos ombros um do outro.

Eu pego a foto e a guardo de novo. Fecho a gaveta com as duas mãos. Não posso me dar ao luxo de tê-lo como amigo.

vinte e sete

Claro que o olho roxo causa comoção na escola segunda-feira. Eu chego a um meio-termo com Jamie ao contar a história do jeito que contei sem querer na cozinha, deixando que todo mundo tenha a impressão errada por meio segundo. Quando Alex está perto, ele oferece uma narrativa detalhada em terceira pessoa do acidente. Soa quase poética a forma como ele nos descreve caindo.

— ...e então eles estavam girando e rodando pelo ar, a cabeça de Jamie foi para trás bem quando Autumn estava começando a descer, e eles colidiram com um som quase como de pedras se batendo. — Ele afasta as mãos e as une para demonstrar, e o público ri em aprovação.

Quando o hematoma começa a sumir, todo mundo já ouviu a história e ninguém mais tem interesse em saber o que aconteceu. Agora as pessoas querem me dizer como está parecendo melhor. Eu tenho atualizações de hora em hora, mas ainda assim cada colega acha que é a primeira pessoa a me contar isso, assim como todos me perguntaram na terça-feira se eu tinha escolhido a tiara roxo-escura para combinar com o hematoma. Eu sorrio e agradeço, mas quando chega sexta-feira já estou cansada de falar desse olho roxo idiota.

É bem nesse dia que cruzo com Sylvie no banheiro.

Estou lavando as mãos quando ouço uma cabine se abrir. Instintivamente ergo os olhos e a vejo parada atrás de mim no reflexo do espelho. Eu mantenho o rosto sem expressão e baixo os olhos para as mãos enquanto as enxaguo. Estamos no intervalo, somos as únicas aqui.

— Oi Autumn — diz ela.

Eu olho para o reflexo dela desconfiada. Não estou certa do que ela pode querer de mim; Finny está na escola hoje.

— Oi — respondo.

Ela sorri para mim. Eu estou surpresa demais para devolver a cortesia.

— O seu olho está bem melhor.

— Ah sim, obrigada.

Estou confusa e preocupada com isso ser algum tipo de armadilha. No fundo da minha mente, me pergunto se foi assim que ela se sentiu quando eu falei com ela no Quatro de Julho, exceto que naquela época ninguém estava roubando mesas ou espalhando boatos de gravidez. Ou machucando Finny. Eu me viro e pego um punhado de papel do rolo.

Ela suspira atrás de mim e fala:

— Olha, eu estou tentando ser simpática.

Eu paro de secar as mãos por um segundo.

— Ah — digo.

Embora na escola os amigos dela sejam amplamente reconhecidos como os nossos inimigos, as convenções sociais do mundo de forma mais ampla me impedem de dizer o que realmente quero: *por quê?*

Ela parece entender os meus pensamentos.

— Finn me pediu — explica.

— Ok. — Mais uma vez os pensamentos não estão de acordo com a resposta, mais uma vez eu quero perguntar a ela por quê. Dessa vez ela não responde a minha pergunta.

— Então… — incentiva Sylvie. Ela quer que eu fale alguma coisa. Os nossos olhares se encontram no espelho de novo.

— Podemos ser simpáticas — respondo. *Se é isso que Finny quer*, penso.

Sylvie sorri. Eu levanto um canto da boca para ela. Eu estou… confusa demais para conseguir mais que isso. Saio do banheiro quando ela abre a torneira para lavar as mãos. Nenhuma de nós diz tchau.

No almoço, enquanto nos agrupamos de forma protetora em volta da mesa redonda, conto a Jamie e aos outros o que Sylvie falou no banheiro. Nós tentamos adivinhar o que isso pode significar, mas eles estão tão perdidos quanto eu. Lógico, como eu não contei a eles que Finny pediu a ela para ser gentil comigo, provavelmente é culpa minha ninguém ter adivinhado a resposta. Talvez se eu tivesse contado a eles a verdade toda, *eles* teriam notado o que toda aquela gentileza de Sylvie comigo significava. Mas eu não tinha me tocado, então foi só quando entrei na sala do sr. Laughegan que tudo fez sentido.

Finny e Sylvie voltaram. Ela está sentada na carteira dele, olhando para ele, os dedos entrelaçados enquanto conversam. Eu ando até a mesa do sr. Laughegan e me sento. Ele está lendo mais Dickens, *Dombey e filho.* Eu pego o livro e finjo ler.

Tentando ser simpática, ela disse. A mesma palavra que ele usou quando eu lhe entreguei o cartão dela no dia dos namorados. Ele perguntou se ela tinha sido simpática comigo.

Eu fico surpresa quando o meu coração dispara ao perceber que ele não gosta que a namorada dele ria de mim ou espalhe boatos a meu respeito.

Sylvie ri e eu não consigo não olhar para eles com o canto do olho. Ela parece feliz e eu não posso negar que ele também.

E então ela o beija. E eu começo a ler.

vinte e oito

No último dia de aula, tenho medo de chorar quando for me despedir do sr. Laughegan. Sei que se eu chorar, ninguém, nem os meus amigos ou os de Finny, vão me deixar esquecer disso.

— Vejo você no ano depois do próximo, na minha aula de escrita — fala o sr. Laughegan para mim.

— Espero que sim. Sei que as vagas são bem disputadas.

— Você vai entrar — responde rápido. Eu tomo como uma promessa.

No primeiro dia de verão, acordo e me espreguiço na cama, sentindo todos os músculos e as articulações. Ainda é cedo, pouco depois das sete, mas o sol está forte na janela. Eu me sento e esfrego os olhos. Uma ideia de história vem rodando a minha cabeça durante os últimos dias; de repente parece ser o momento perfeito para escrevê-la. Eu não sei bem onde a história começa, mas sei o que quero que aconteça.

Como a maior parte das minhas histórias, ela vai terminar em tragédia.

Sento-me na minha escrivaninha antes de comer ou escovar os dentes. Hesito por um momento, então digito a primeira frase:

No dia em que Edward morreu, derrubei um vaso de tulipas enquanto subia as escadas.

Começo a descrever as tulipas, vermelhas, e o vaso branco de porcelana estilhaçado contra a madeira escura da escada. Eu não sei bem qual o significado das tulipas, ainda. Mas em algum momento vou descobrir.

Às dez da manhã, tenho um rascunho. Cinco páginas. Estou feliz comigo mesma. A narradora foi a assassina acidental, a culpa a deixou à beira da loucura e eu termino com a primeira imagem: as flores vermelho-sangue, a inocência quebrada do vaso branco.

———————————

A minha mãe está lendo o jornal na cozinha quando eu saltito escada abaixo. Ela olha para mim por cima da borda do papel e pergunta:

— Está de bom humor?

Eu faço que sim.

— É o primeiro dia de verão e eu já matei alguém.

— Em uma história?

— Aham.

— Ah. — Ela volta a ler.

O telefone toca e eu atendo.

— Autumn? — Ouço a voz da tia Angelina logo depois que eu falo "alô".

— Oi, vou chamar a minha mãe — digo. Ela ergue o olhar.

— Não, na verdade, Autumn, eu queria falar com você.

— Ah. — O pensamento imediato é que algo aconteceu com Finny.

— Eu vou desmontar a minha sala de aula hoje e o meu filho inútil me deu um bolo. Você acha que pode me ajudar? Prometo que vou te recompensar.

— Ah, claro — respondo.

Faz tempo que eu não entro na nossa escola do fundamental, então estou curiosa. Além disso, passar tempo com a tia Angelina pode ser divertido.

— Jura? Você consegue chegar aqui em quinze minutos?

— Deixa comigo.

Ela me agradece e repete a promessa de me recompensar.

— Quem era? — pergunta a minha mãe.

— Tia Angelina precisa de alguém para ajudar a desmontar a sala dela.

— Onde está Finny?

Dou de ombros. Não é a cara de Finny dar um bolo na mãe, mas achei estranho perguntar. Tenho medo de que descubram a frequência com que penso em Finny. Eu sempre tento não mostrar muito interesse, só para garantir.

Finny abre a porta dos fundos quando bato. O rosto dele está sem expressão; ele não parece assustado de me ver e, embora eu tenha certeza de que eu pareça surpresa, ele não reage ao meu rosto.

— Ah, oi! Achei que você tinha saído.

— Estou indo agora.

A voz de Finny é tão estéril quanto o rosto. Tia Angelina entra na sala com uma pilha de pastas e sacolas de lona.

— Que horas você volta? — pergunta ela.

— Não sei — responde Finny. — Eu passo lá se der tempo. Desculpa.

— Tudo bem, cara, pode ir.

— Tchau — diz Finny.

Ele desvia de mim e sai pela porta dos fundos. Os passos dele são rápidos pela escada. Ergo os olhos para tia Angelina. Eu não pretendia perguntar, mas deve ter ficado estampado no meu rosto. Ela sabe que eu conheço Finny bem o suficiente para ver que algo está errado.

— Ele não disse o que é, mas é algo com Sylvie.

— Ah. — Espero que a expressão e a voz não me entreguem.

Tia Angelina me passa algumas das coisas e nós saímos. Eu olho para o lugar onde Finny estaciona na entrada, mesmo que eu saiba que o carro não vai estar lá. Nós duas não conversamos enquanto colocamos as coisas no porta-malas e saímos. É uma viagem rápida até a escola; menos de um minuto depois, já estamos a algumas quadras de distância.

— Então, Finny me contou que você está pensando em ser professora — comenta tia Angelina.

Eu dou de ombros, então faço que sim.

— Preciso de algo prático — explico. — Acho que pode ser divertido.

— E é. — Ela faz uma pausa enquanto vira à esquerda na ruazinha ao lado da escola. — Mas exige muita dedicação. — Eu não respondo. Ela estaciona o carro e desliga o motor. — Mas você tem tempo pra decidir.

Nós esvaziamos o carro e entramos pela porta lateral da escola na qual Finny e eu crescemos. É um prédio antigo, dos anos 1920, com tijolos escuros, teto alto, janelas compridas e estreitas em todas as paredes. Sempre que vejo ou escuto a palavra "escola", esse prédio é a imagem que me vem à mente.

Quando cruzo o batente, penso em como não tenho tanto tempo para me decidir quanto já tive. Na época em que estudava aqui, todas as coisas do mundo pareciam possíveis. Não me mudar para longe e escrever livros não parecia apenas um sonho; era um plano. Aos dez anos de idade, eu não pensei que querer ser escritora era pouco prático; querer ser uma princesa pirata era pouco prático, e eu havia deixado esse sonho de lado.

Mas eu cresci e entendi que uma carreira feita de nada além de escrever histórias o dia todo é tão provável quanto se casar com um príncipe pirata dos sonhos. Eu fiz a pesquisa: ser publicada é quase impossível; e dos poucos que conseguem, apenas uma fração se sustenta com o próprio trabalho. Se fosse só eu, poderia ser garçonete de dia e escrever a noite toda; e eu seria feliz.

Mas tenho Jamie agora, e ele quer comprar uma casa e criar filhos comigo. Ele diz que sou perfeita. Ele diz que sou tudo que ele quer. Não posso decepcioná-lo.

Tia Angelina destranca a porta da sala e nós entramos. Eu consigo entender por que ela me queria aqui e não a minha mãe. A sala é ainda mais desorganizada e viva que a casa da tia Angelina. Há um mural semiterminado na parede que estava 25 porcento preenchido quando nos formamos quatro anos atrás. Gravuras de artistas famosos e não tão conhecidos cobrem as outras paredes e o teto. Os parapeitos das janelas estão cobertos de esculturas e várias artes tridimensionais. Na mesa dela há um vaso assimétrico cheio de flores feitas de jornal. O jornal é do dia que Finny nasceu; sei disso porque perguntei anos atrás. Na parede atrás da mesa dela fica a única arte emoldurada: um desenho que fizemos juntos no terceiro ano, de uma paisagem cheia de unicórnios, bolas de futebol, explosões e cachorrinhos.

As bolas de futebol e as explosões estão muito mais bem desenhadas que os unicórnios ou os cachorrinhos. Finny sempre desenhou melhor que eu. Eu amava as aulas de Arte mesmo assim. Todo ano, a tia Angelina arrumava os lugares de forma a nos sentarmos juntos na mesa menor, no canto, onde só cabiam dois. A maior parte dos outros professores achavam que Finny e eu éramos muito focados um no outro, eles queriam que nós fizéssemos outros amigos e com frequência nos colocavam em lados opostos da sala. Nunca funcionava.

— Se você puder começar embalando as esculturas da janela — diz tia Angelina —, eu preciso limpar essa mesa.

Ela suspira e olha para as pilhas de papel transbordando. Pelo visto, vamos ficar um bom tempo por aqui.

Na janela, consigo ver a colina na qual eu me sentava e lia enquanto Finny jogava futebol com os meninos. Eu não me importava de ele jogar durante aquela meia hora; eu sempre queria ler no recreio, e nós ficaríamos juntos depois da aula de qualquer forma.

Às vezes eu abaixava o livro e o assistia jogar, e então tentava mandar mensagens mentais para ele. *Olhe pra cima agora*, pensava. Ou: *Foi um bom chute*. Eu estava convencida de que ele conseguia me ouvir, porque às vezes ele olhava para cima, me via observando-o e sorria. Nunca mencionei as nossas conversas telepáticas secretas, no entanto. Eu sabia que se falássemos disso em voz alta a mágica pararia de funcionar.

Tia Angelina liga o rádio. Eu embalo as esculturas em papel de seda e encho as bolsas de lona com elas. Tia Angelina cantarola com a música.

Penso na história que comecei hoje de manhã. Estou orgulhosa dela. Vou imprimi-la hoje à noite e dar a Jamie amanhã.

Quando termino com as esculturas, vejo que apenas a parte de cima da mesa foi limpa; as gavetas estão todas abertas e documentos estão caindo para fora. Sem que a tia Angelina me peça, eu começo a tirar os pôsteres da parede, formando uma bola azul com as fitas colantes que fica maior a cada minuto que passa. Eu faço uma parede por vez, subindo em uma cadeira quando ficam altos demais para mim. Tia Angelina suspira quando estou quase acabando.

— Autumn, eu teria passado o dia todo aqui. Obrigada.

— Sem problemas. É até divertido estar aqui.

— Você deveria ir falar com a sra. Morgansen antes de irmos. Ela ainda pergunta de você.

— Talvez — respondo.

Tenho vergonha de ir ver a minha professora favorita. Eu não sei de onde vem esse sentimento. Tiro o último pôster da parede e o deslizo para dentro da pasta. A bola de fita colante está quase do tamanho de um punho agora. Eu a jogo no chão, mas em vez de quicar, ela gruda no linóleo com um baque.

— Droga — resmungo.

Eu me abaixo para pegá-la e a coloco na mesa mais próxima.

— Ok — diz tia Angelina. Ela solta uma pilha de livros e papéis no topo da mesa. A lixeira dela está transbordando. — Se você conseguir tirar os pôsteres do teto, eu vou limpar os armários e podemos ir para o carro depois.

— Tá bom.

Eu salto em uma das mesas e começo a puxar tachinhas do teto. Uma canção familiar toca na rádio e nós duas começamos a cantar. Eu começo a me balançar com a música e sorrio.

— Eu sempre quis fazer isso — revelo.

— Fazer o quê?

— Dançar em cima da mesa. Toda vez que entrava aqui eu imaginava isso.

Ela sorri e aumenta a música. Nós começamos a cantar de novo, e a próxima canção é outra favorita. Eu danço em cima da mesa com os braços para o alto enquanto puxo cada pôster. Eu até crio um passo para quando preciso me abaixar e deixar os pôsteres na mesa.

É só quando o rádio passa para uma música lenta que eu ouço a risada suave dele atrás de mim.

— Ah, aí está o filho perdido! — exclama tia Angelina.

— Desculpem pelo atraso.

Finny olha para nós da porta, as mãos enfiadas nos bolsos, a cabeça inclinada para o lado e o canto da boca virado para cima. Eu quero olhar feio pra ele por ter rido de mim, mas estou aliviada demais por ele parecer feliz outra vez.

— Dá para ouvir vocês lá do corredor — conta ele.

— Autumn está realizando um sonho de infância — diz Tia Angelina.

— É, eu me lembro — fala Finny. Ele cruza o batente e olha do meu rosto para o dela. — Como posso ajudar?

— Faça bom uso dessa sua altura ridícula e tire os pôsteres que Autumn não alcança.

Finny tem bem mais de 1,80 metro agora. O futebol e a corrida impediram que ele ficasse franzino quando cresceu no inverno; ele está tão esguio e levemente musculoso quanto antes. Tia Angelina gosta de reclamar do quanto ele come.

A dança acabou. Nós três trabalhamos em silêncio enquanto o rádio continua aos berros. Mesmo com a altura, Finny precisa de uma cadeira para alcançar o teto. Passo para outra mesa e ele pega todos os pôsteres no meio. Sendo dois, nós terminamos antes dela de novo.

— Feito — diz Finny.

Ele arrasta a cadeira pelo chão e de volta ao lugar. Eu fico em cima da mesa, sem querer abandonar o meu sonho tão rápido.

— Vão dizer oi para a sra. Morgansen — diz tia Angelina. — Eu vi o carro dela estacionar alguns minutos atrás.

— Tá bom — diz Finny.

Ele olha para mim. Eu dou de ombros e salto da mesa. Os tênis fazem um barulho alto quando batem no linóleo.

Caminhamos lado a lado até o corredor. O som do rádio some atrás de nós enquanto nos afastamos da sala e, quando chegamos às escadas, o prédio de repente fica assustadoramente quieto. Todas as minhas memórias deste lugar são bem mais barulhentas. O corrimão de madeira é suave e familiar. Eu sonhava em dançar nas mesas de arte e deslizar por esses corrimãos e escalar as estantes da biblioteca. Eu amava isso aqui, tanto que eu nem notei o quanto. Embora ficasse ansiosa pelo verão, chorava em todo último dia de aula. Não chorei ontem.

E é lógico que as outras crianças me achavam estranha por gostar da escola, mas essa era só mais uma peculiaridade entre as muitas pelas quais Finny teve que me defender.

Eu olho para ele com cautela, me perguntando no que está pensando, se as memórias dele são tão felizes quanto as minhas. O normal seria que eu tivesse me sentido uma excluída aqui, uma pária, e Finny deveria ser o menino popular que ele é agora. Eu não era, por causa dele, e ele não era, por minha causa.

Finny olha para o lado e me pega encarando. Olho para a frente de novo. Ele não diz nada.

Quando chegamos na porta da sala da sra. Morgansen, ele bate e dá um sorriso suave para a janela. Do outro lado da madeira, ouço um som de susto. Dou um passo para o lado quando Finny abre a porta.

— Phineas! — Escuto a voz conhecida gritar antes mesmo de vê-la. — Eu achei que ia te ver hoje.

— Claro — responde Finny.

O prazer dela faz um rubor levíssimo se espalhar pelas bochechas dele. A nossa professora favorita se inclina para a frente e o abraça ali na porta mesmo, e eu a vejo pela primeira vez em anos. Ela parece só um pouco mais velha, como se estivesse deixando a meia-idade para se tornar uma idosa. Ainda assim, eu reconheço imediatamente o broche na blusa dela e o cheiro do perfume. Ela me vê quando se afasta. Eu sinto algo dolorido em mim durante o meio segundo de confusão nos olhos dela, então o sorriso se alarga.

— E você trouxe *Autumn* — diz.

Os braços dela rapidamente se transferem para mim e sinto uma onda de alívio tomar conta do meu corpo. Eu tinha medo de que ela fosse rejeitar essa versão adolescente de tiaras e calças jeans rasgadas, que a afeição dela estaria reservada para a menininha bonita que eu tinha sido.

— Sentem-se — convida a sra. Morgansen.

Ela nos leva até a sala de aula dela, meio desmontada, meio familiar. Ela puxa uma cadeira e faz sinal para nos sentarmos. As mesas e cadeiras são um pouco pequenas demais.

— Agora, me contem o que vocês andam fazendo.

A sra. Morgansen nos olha com expectativa. Finny e eu trocamos o mesmo olhar de quando somos encurralados pelas Mães.

— Não tenho feito muita coisa — respondo.

— Você ganhou aquele concurso de poesia — corrige Finny.

Eu dou de ombros.

— Não é lá grandes coisas.

— Claro que é — retruca a sra. Morgansen. — Embora eu não esteja surpresa.

— Foi só para a escola. Eles pegaram um poema de cada ano e os publicaram no anuário. Só isso.

— Mas ela ganhou o prêmio geral também — acrescenta Finny. — Ela venceu os alunos do último ano.

— Não é grande coisa — repito, porque realmente não é. Os outros poemas ganhadores iam de banal a clichê, não era uma concorrência muito acirrada.

A sra. Morgansen ri.

— Bem, vocês não mudaram nada — diz ela. Eu franzo as sobrancelhas involuntariamente. Ela não nota. — A sua mãe me contou que você começou na equipe de atletismo na primavera — comenta com Finny.

Ele conta que a equipe ficou com bronze no campeonato regional. Ele não menciona que isso era algo que eles nem sonhavam em conseguir antes de Finny entrar para o time. Eu não estava sendo modesta, mas ele sim. Enquanto escuto, deixo o olhar vagar. Sei que é impossível que todos os dias que passei aqui tenham sido felizes, mas é assim que me lembro.

O soco que Finny deu na barriga de Donnie Banks realmente acabou com qualquer provocação vinda dos meninos. Quando tínhamos onze anos todas as meninas decidiram se apaixonar por Finny, e elas sabiam que serem antipáticas comigo não ajudaria. Não que tenha feito diferença. Finny não se interessava por elas. A única garota de que já o vi gostar é Sylvie Whitehouse. Eu fecho a cara de novo, tentando pela milionésima vez entender como Finny, que é devotado à mãe, nunca fala mal de ninguém e que todo inverno limpa a calçada da senhorinha do outro lado da rua e se recusa a aceitar um dólar sequer por isso, pode estar apaixonado por uma garota conhecida por suas peripécias bêbadas e mente suja.

— Foi tão bom ver vocês — diz a sra. Morgansen e volto para o momento presente. — E é bom ver que ainda são bons amigos.

Finny e eu trocamos um olhar e desviamos rapidamente. As bochechas dele já estão ficando rosa-escuro. Não é como se pudéssemos corrigi-la.

— Ou vocês são mais que amigos a essa altura?

Percebo que ela entendeu errado o rubor dele. Finny fica vermelho.

— Não — digo. Olho de volta para ela e balanço a cabeça. — Não, não, não. — Pela expressão surpresa dela, me ocorre que talvez eu tenha negado um pouco veementemente demais. — Quer dizer, estou com o meu namorado há quase dois anos, bem, no final do verão serão dois anos. Então, não.

— Ah, entendo. E como ele é?

— Ele é o quinto da classe — digo. Finny é o terceiro. — E ele é muito bom comigo.

— Bem, isso eu sabia. Caso contrário, Finny não o deixaria chegar perto de você. — Ela sorri e eu finjo uma risada. Finny não diz nada. — Na verdade, Phineas, acho que a sua mãe chegou a falar algo sobre você e uma namorada da última vez que perguntei.

— Ah, sim — responde Finny. Ele se levanta. — Falando na minha mãe, é melhor irmos. Precisamos ajudar a carregar as coisas para o carro.

Nós recebemos mais abraços. Prometemos voltar de novo em breve. A sra. Morgansen me fala para mandar uns poemas para ela e, envergonhada, eu tento fazer piada. Finny fecha a porta atrás de nós e descemos a escada de volta. Eu penso nas lembranças que a sra. Morgansen tem de nós. Claro que ela não teria motivos para pensar que somos qualquer coisa menos do que melhores amigos. Quando eu me permito lembrar como nós éramos, é difícil acreditar que as coisas podem mudar tão rápido.

Penso na sra. Morgansen dizendo que nós *não tínhamos* mudado e penso na menina que fui aqui, nessa escola. Quero que seja verdade. Não quero ser tão diferente dela.

— Eu vou fazer — digo para Finny quando chegamos nas escadas. Nós dois paramos.

— Fazer o quê?

— Vou descer pelo corrimão. — Eu agarro o corrimão com as duas mãos e passo a perna por cima.

— Calma — diz Finny. — Deixa eu ficar embaixo para poder pegar você se cair. — Eu reviro os olhos quando ele desce correndo os degraus.

— Você é ridículo! — grito para ele. A voz ecoa pelo corredor.

— Você está usando uma tiara e descendo pelo corrimão — grita de volta para mim.

Eu o deixo ganhar e espero até ele chegar ao pé da escada.

Eles devem ter encerado a madeira, porque eu voo e preciso me segurar no final para não cair no chão. Finny me segura pelos cotovelos, mas eu me equilibro rápido e a mão dele se afasta.

— Pareceu muito divertido — fala Finny.

— E foi mesmo — concordo.

Tia Angelina cambaleia pelo corredor carregando uma árvore em um vaso que claramente é pesado demais para ela. Finny corre para pegar e nós três levamos tudo para o carro rapidamente.

— Você pode almoçar com a gente ou vai voltar pra casa de Sylvie? — pergunta tia Angelina quando terminamos, parada ao lado do carro.

O rosto de Finny volta à expressão vazia da manhã.

— Eu preciso voltar — responde em um tom monótono.

— Tá bem — diz ela, e então fica na ponta dos pés para lhe dar um beijo no rosto. — Obrigada por vir ajudar.

— Claro. Tchau.

Ele dá uma olhada em mim e segue até o carro vermelho do outro lado da rua.

Na lanchonete lá perto, tia Angelina conversa comigo sobre os meus planos para o verão e sobre a nossa visita à sra. Morgansen. Eu conto a ela sobre ter descido pelo corrimão e sobre Finny ter me esperado no final. Ela ri.

— Às vezes vocês dois são tão previsíveis — diz, me fazendo pensar de novo no comentário da sra. Morgansen.

Nós conversamos sobre outros assuntos durante o almoço, e é só quando estamos indo para o carro que ela menciona Finny de novo.

— Imagino que ele não tenha contado a você o que está acontecendo com Sylvie, certo? — pergunta tia Angelina.

Eu balanço a cabeça.

— Achei que não — comenta ela. Então muda de assunto de novo.

vinte e nove

Nós estamos deitados na grama olhando as estrelas como personagens de um livro infantil. Mas aconteceu naturalmente, sem intenção de parecer um momento fofo, então eu não me importo.

É o quintal de Brooke, e o chão é plano e macio, com a grama cara com a qual o pai dela é obcecado. Com a mão que não está segurando a de Jamie, eu acaricio as folhas frescas com os dedos. Os outros estão espalhados por aí. Estávamos rindo de algo que os meninos disseram, mas um silêncio se fez nos últimos minutos, o tipo de silêncio que faz você se sentir mais próximo das pessoas com quem está. Ouço a respiração de todos, embora eu não consiga distinguir nenhum ritmo individual além do de Jamie. Alguém (Brooke?) dá um suspiro feliz.

— Então, qual é o sentido da vida? — começa Angie.

— Ser feliz — responde Jamie, de imediato.

— Acha mesmo? — pergunta Noah. — Eu estava pensando que era ser bom ou algo assim.

— E eu estava pensando que era ter orgasmos — fala Alex.

Eu ouço um som que imagino ser Sasha batendo nele.

— Isso não é o mesmo que ser feliz? — pergunta Brooke.

— Bem, isso é só um tipo de felicidade — responde Jamie. — Eu estou falando de ter vários tipos *diferentes* de felicidade.

— Mas você não acha que devemos tornar o mundo um lugar melhor? — insiste Noah.

— Claro que devemos — diz Jamie. — Esse é outro tipo de felicidade.

— Hum — murmura Angie.

— Eu consigo ver aonde você quer chegar — comenta Sasha.

— Eu acho que é amar alguém verdadeiramente antes de morrer — acrescenta Brooke.

Eu somo tudo que desejo profundamente na vida: escrever o máximo que puder, ler de tudo, as impressões vagas da maternidade que guardo em mim, ver a aurora boreal e o Cruzeiro do Sul. E outros desejos que nem me permito pensar por muito tempo porque já resolvi essa parte da minha vida.

Eu tento encontrar a soma dessas coisas.

— Eu acho… — começo — …eu acho que devemos vivenciar o máximo de beleza que pudermos.

— Isso não é o mesmo que felicidade também? — pergunta Jamie.

Eu nego com a cabeça. A grama prende nos meus cabelos.

— Não, porque às vezes coisas tristes são lindas — explico. — Como quando alguém morre.

— Isso não é lindo. É só uma droga — retruca Jamie.

— Você não entendeu o que quero dizer — falo.

— Orgasmos podem ser lindos — interrompe Alex.

— Sim, eles podem — concordo. Embora eu nunca tenha tido um orgasmo que poderia ser descrito como lindo, concordo com a ideia. — E tornar o mundo melhor seria lindo também.

— Mas nós não estamos aqui para sofrer — insiste Jamie.

— Eu não acho que estamos — corrijo.

— Mas você acha que estamos aqui para ver coisas bonitas e acha a tristeza bonita?

— Ela pode ser — reafirmo.

— Eu não pensei que essa discussão seria tão séria — fala Angie. — Achei que todo mundo ia fazer piada.

— Eu tentei. — Alex se justifica.

— Você realmente não acha que coisas tristes podem ser lindas? — pergunto quando Jamie me leva para casa.

Ele não é superficial, com certeza já sentiu o que estou falando. A música favorita dele estava tocando no rádio quando entramos e só fui autorizada a falar quando ela acabou. Estava pensando em exemplos para fazê-lo entender. Jamie não tira os olhos da estrada, não olha para mim.

— Não. Você é estranha.

— Por que isso faz de mim uma pessoa estranha? — quero saber. Esqueço por um momento qualquer argumento ou exemplo. — Só porque penso diferente de você não quer dizer que eu seja estranha.

— Eu aposto que se fizéssemos uma pesquisa, todo mundo concordaria comigo.

— Isso não faz com que você esteja certo — falo. — E você deveria ser contra ser igual a todo mundo.

— Não é ser *igual* a todo mundo. Quando alguém morre, é ruim. É só uma coisa que todo mundo *sabe*.

— Você não entende — falo.

— Entendo, sim. — Ele estaciona o carro na frente da minha casa. — Você só enxerga as coisas de um jeito diferente e tudo bem, porque eu gosto que você seja esquisita. Você é a minha menina linda, esquisita e mórbida. — Eu o deixo me dar um beijo de boa-noite e suspiro. — Ei, qual o problema?

— Nada — respondo.

— O quê? — insiste.

— E *Romeu e Julieta*? — contraponho. — É lindo e triste.

— Mas não é a vida real.

— E?

— Existe a vida real e existem os livros, Autumn — explica Jamie. — Na vida real, essa história só seria triste e idiota.

— Como pode a ideia de duas pessoas morrerem por amor ser idiota? — retruco.

Nós estamos sentados no escuro, encarando um ao outro, sem cintos de segurança.

— Você se mataria se eu morresse? — quer saber Jamie.

Eu olho para o rosto dele no escuro. Ele me encara de volta calmamente. Eu penso nele correndo pelos degraus com os outros meninos. Penso no sorriso travesso no seu rosto antes dele falar algo para me provocar. Penso nele embaixo da terra, onde eu nunca mais o veria de novo.

— Não, acho que não — respondo.

— Viu? — Ele se inclina para a frente e me beija de novo. — Eu também não iria querer que você se matasse. Eu iria querer que você fosse feliz.

— Mas eu ficaria muito triste — continuo. — Por muito tempo. E eu jamais te esqueceria.

— Eu sei. Eu também.

— Mas você não se mataria.

— Não.

Eu somo de novo todas as coisas que quero da vida. Existe a vida real e existem os livros. Eu tento separar o que é real e o que não é, o que eu posso ter e o que nunca terei.

— Mas você me ama — falo.

— Sim — concorda Jamie —, da forma como as pessoas se amam na vida real.

Eu me inclino para a frente e apoio a cabeça no ombro dele.

— Eu acho que amo você da forma como as pessoas se amam na vida real também.

Ele sorri e eu sinto os lábios dele no meu cabelo. Fecho os olhos e enterro o rosto nele.

trinta

Estou sentada na varanda dos fundos lendo depois de ter ido à biblioteca hoje à tarde. O livro é velho e está com aquele cheiro de poeira e mofo que eu amo. O autor é irlandês, provavelmente já morreu, e é alguém de quem eu nunca tinha ouvido falar. O livro com certeza está fora de catálogo hoje em dia, e eu me sinto tendo um tesouro perdido nas mãos. Eu paro de repente e fecho os olhos. Esse livro *é* um tesouro. Eu não imaginava que seria tão bom quando o escolhi, mas agora consigo sentir as palavras impressas atravessando a pele e entrando nas minhas veias, correndo para o meu coração e o marcando para sempre. Quero saborear essa maravilha, esse acontecimento que é amar um livro e lê-lo pela primeira vez; porque a primeira vez é sempre a melhor, e eu nunca mais vou ler esse livro pela primeira vez de novo.

Eu suspiro e olho para o outro lado do quintal. Hoje é o dia mais longo do ano, e só agora o sol está chegando no horizonte atrás das árvores. O ar é agradável nos pulmões e os meus músculos estão relaxados e quentes sob o sol que some lentamente. Vou ficar sentada aqui por um momento a mais e vou ser feliz. Embora esteja morrendo de vontade de olhar para baixo e ler mais, vou ficar sentada aqui e amar esse livro e saber que ainda tenho muito mais para ler, porque isso não vai ser uma possibilidade por muito mais tempo.

Na casa ao lado, a porta dos fundos bate com força e duas vozes estão falando baixo na varanda. Ergo os olhos, assustada.

— Então é isso — diz tia Angelina. A voz dela é calma e controlada.

— Sim, é isso — diz a outra voz. — Eu ligo pra você mais tarde, mas por enquanto é isso.

— Certo, então. Tchau.

— Tchau, Angelina.

Kevin, o Homem do Futebol Americano, sai da varanda e entra no carro sem olhar para trás. Tia Angelina fica na varanda vendo-o manobrar para fora da entrada estreita e comprida e desaparecer.

Depois que ele vai embora, tia Angelina continua a olhar para o caminho de cascalho e o quintal e o sol se pondo, e olho para ela.

— Autumn — diz. Eu me assusto e paro de respirar. Ela ainda está olhando para a frente. — Tente se casar com o seu primeiro amor. Pelo resto da vida, ninguém vai tratar você tão bem.

Ela se vira para ir embora e fecha a porta atrás de si.

De repente, está tudo muito quieto aqui fora e o brilho deixou a grama e as folhas; e embora o sol esteja apenas começando a se pôr, em breve vai ficar escuro demais para ler. Fecho o livro e me levanto.

Vou entrar, fazer algo para jantar e ler um pouco mais. Terei que esperar a mágica voltar antes de abrir o livro de novo. Vou esperar até me lembrar que a tia Angelina está feliz com a vida dela e que eu *vou* me casar com o meu primeiro amor. Só vai ser a primeira vez uma vez.

trinta e um

SASHA E EU CAMINHAMOS ATÉ A FARMÁCIA, EMBORA ELA PUDESSE pegar o carro da mãe emprestado. Caminhar ocupa mais do nosso dia longo e quente e faz parecer mais como uma aventura do que apenas uma tarefa. Contra o som das cigarras, as sandálias estalam na calçada enquanto seguimos na direção da rua principal. Paramos no caminho para coçar picadas de inseto nos tornozelos e garantir que as alças do sutiã não estejam aparecendo por baixo das regatas que estamos usando. Conversamos enquanto andamos, apesar do vapor quente que desce pelas nossas gargantas com cada inspiração.

Quando chegarmos lá, vamos suspirar no ar-condicionado e passar os dedos pelos cabelos. Agachadas lado a lado em cima da camada de revistas na prateleira de baixo da estante enorme, vamos folhear artigos sobre sexo e beleza. Vamos até equilibrar a enorme revista de noivas no joelho e olhar vestidos brancos e alianças com um tipo de reverência. Depois, nós vamos passear pelos corredores e escolher brilho labial e balas, esmaltes e refrigerantes. Então, voltaremos para a minha casa e, no meu quarto, vamos nos jogar na cama, as pernas encostando, ler as revistas que compramos e comer bala.

Esse é o pano de fundo do nosso dia juntas, mas o verdadeiro propósito é conversar. Sasha e eu podemos conversar sobre quase qualquer coisa e, quando conversamos, falamos por muito tempo, até mesmo um dia inteiro.

Há um interlúdio súbito na nossa conversa, uma pausa pouco natural depois da minha história sobre o encontro com Jamie na noite passada. Eu olho para ela, mas ela está encarando a calçada, como se tivesse alguém ali esperando por ela.

— Preciso contar uma coisa — diz ela, ainda encarando a pessoa invisível.

— O quê? — pergunto. A minha mente já está listando todas as possibilidades. Eu sou o tipo de pessoa que tenta adivinhar o fim do livro antes de ler, e não é diferente com conversas.

— Acho que vou terminar com Alex.

— Você não pode — digo enquanto cinco tipos de pensamentos diferentes passam pela minha cabeça e tento examinar as linhas de raciocínio e reações: inveja por ela ser tão corajosa, superioridade por Jamie e eu termos durado, preocupação com Alex, surpresa...

— Eu vou. Na verdade, já decidi.

— Mas por quê? — pergunto, o choque ofuscando todas as outras reações por um momento.

Ela dá de ombros e baixa os olhos para a calçada. Logo adiante está a esquina na qual esperaremos para atravessar. Em nossa impaciência com o calor, vamos apertar o botão várias vezes, e embora saibamos que isso não vai fazer o sinal verde aparecer mais rápido, vamos encarar o semáforo ansiosas.

— Eu ainda amo Alex, mas não da mesma forma. Não vejo mais romantismo. É como se fôssemos apenas velhos amigos.

— Mas relacionamentos longos são assim — afirmo. — Você não pode simplesmente jogá-lo fora.

— Eu não estou jogando fora, mas não estou mais apaixonada por ele e preciso do seu apoio.

— Desculpa — digo. Eu paro de andar e nos viramos uma para a outra. Abraço a minha amiga e ela me abraça de volta. Nós duas estamos suadas e quentes. — É que eu fiquei surpresa. E triste.

E com inveja, me sentindo superior e preocupada.

Nós nos soltamos e seguimos o nosso dia juntas.

trinta e dois

O TÉRMINO ACONTECE E A DISCUSSÃO DURA DIAS. JAMIE ESTÁ IR-ritado com Sasha, mas eu defendo o direito dela de terminar o relacionamento. Os meninos são vagos quando dizem como Alex está. Eles tentam nos convencer de que não falam de Sasha quando estão juntos, mas isso é ridículo demais para ser verdade.

Em agosto, Angie arranja um namorado novo, também da escola Hazelwood, mas, para o nosso divertimento, ele está no time de futebol e é bem arrumadinho. Angie nos diz isso, jurando que ele na verdade é bem legal e conhece todo tipo de música boa. Pergunto-me que tipo de aviso ele recebeu sobre nós.

Combinamos de conhecer o Dave de Angie em um encontro triplo no cinema. Brooke e Noah vão de carro com a gente para o shopping e nós rimos e imaginamos como Dave Mauricinho é. Por Angie, estou determinada a gostar dele, mas fico um pouco preocupada com os meninos.

— Isso vai ser hilário — diz Jamie.

— Não provoque muito — peço.

— Eu não vou ser cruel com ele. — Jamie se defende. Embora esteja dirigindo, ele revira os olhos, e eu presto atenção na estrada por ele. — Mas talvez a gente precise de uma iniciação, só para saber se o playboy é bom o suficiente para Angie. Certo, Noah?

— Nós não podemos deixar Angie ficar com alguém que não a merece — concorda Noah.

— Vocês dois vão se comportar, ou terão problemas — ameaça Brooke.

Eu me viro no banco para assistir enquanto ela olhando feio para Noah. Brooke se vira para olhar feio para o primo no banco do motorista, mas ele obviamente não consegue vê-la, então ela dá um tapa na cabeça dele.

— Ei! — reclama Jamie.

Ele estica uma mão para trás e agarra o joelho dela. O carro dança e nós todos rimos e gritamos. Brooke dá um gritinho mais alto quando Jamie belisca o ponto macio em cima do joelho dela e nós rimos de novo. Jamie endireita o carro e nós descemos a toda pela estrada, falando alto por cima do rádio e rindo enquanto trocamos ameaças com os meninos.

Eu sinto uma pontada de culpa por Sasha e Alex estarem em casa enquanto saímos sem eles, mas é assim que as coisas são agora. Talvez algum dia os dois estejam saindo com outras pessoas e nós possamos ter um encontro quíntuplo.

Angie, com mechas cor-de-rosa recém-pintadas no cabelo loiro, está esperando por nós na praça de alimentação com um menino alto e de ombros largos com um cabelo vermelho-vivo. Ela acena animada quando nos vê e puxa a mão dele enquanto aponta. Ela está usando a saia de poodles diferentona que comprou na primavera passada e ele está vestindo uma camisa polo. Eles não ficariam mais estranhos juntos se fossem de espécies diferentes. Ele parece nervoso quando nos aproximamos, e isso me faz simpatizar imediatamente com ele.

— Ei, pessoal! Esse é o Dave. Dave, esse é o pessoal.

Os meninos apertam a mão de Dave e se apresentam de maneira formal, uma tática que eu sei que é para tentar desestabilizá-lo. Noah finge um sotaque britânico. Dave imita a formalidade deles sem hesitar, mas consegue passar o mesmo ar de piada que os outros e fico esperançosa por ele.

Nós temos uma hora até o filme começar, então decidimos passear pelo shopping. Quando Brooke e eu nos aproximamos de Angie para admirar o cabelo novo, os meninos subitamente cercam Dave. Sinto uma onda de preocupação, mas eles parecem ter decidido pensar nele como um tipo de animal de estimação. Jamie diz a Dave que também tem uma camisa polo. É preta e tem um homenzinho em um cavalo. Noah, ainda fingindo ter sotaque britânico, diz que só usa camisas polo quando vai jogar polo, mas ele defenderia até a morte o direito de um homem usar uma camisa polo a qualquer hora. Dave ri e conta a eles que também tem uma calça jeans rasgada; sugere que talvez, na próxima vez que se encontrarem, ele possa usá-lo, enquanto Jamie usa a polo. Noah acha que é uma ideia bacana.

Eu fiquei curiosa e surpresa quando ouvi falar de Dave pela primeira vez, mas ali, pessoalmente, eu consigo ver o apelo dele. Dave é tímido e as bochechas frequentemente ficam coradas embaixo das sardas. O sorriso dele é discreto e despretensioso. Quando vamos comprar os ingressos, estou encantada.

Há algo de adorável na aparência de Dave junto da gente, uma única ovelha cáqui em uma matilha de lobos rebeldes. Até a expressão dele é suave enquanto fala conosco e segura a mão de Angie. Enquanto esperamos na fila, ela nos conta baixinho que Dave estava com medo de não gostarmos dele por ele ser diferente.

— Claro que não — digo. — Nós não somos assim.

— Eu sei, foi o que eu disse pra ele — responde ela.

trinta e três

Nós estamos no terceiro ano e de repente tudo está indo rápido demais, exceto que sempre foi assim, só não tínhamos notado antes. Este ano e então mais um. Este ano e então mais um e mais um e mais um.

Podemos ir para a escola de carro agora, então Jamie me busca em casa todos os dias de manhã. É estranho e maravilhoso ser responsável por chegar na escola, sabendo que Jamie poderia continuar dirigindo para sempre e não notariam a nossa ausência até o fim do dia, e quando isso acontecesse nós já estaríamos muito, muito longe. Mas sempre vamos para a aula.

Comecei a receber correspondência toda tarde, pilhas de folhetos de universidades e cartas de reitores. Imagens de alunos brilhantes reunidos em frente a estátuas e fontes, jogando Frisbee ou deitados em toalhas, cercados de livros. Esses alunos caminham por outonos perfeitos e verões quentes.

— Aqui é todo dia assim — contam os sorrisos deles. — De verdade.

Todos eles estão estudando Letras. Se o folheto não tem pelo menos uma formação em Escrita Criativa, eu o jogo fora. Se tem, então vai direto para a pilha pequena e organizada, mas crescente, que se formou na minha escrivaninha. Ela aparenta eficiência, embora fique lá esperando enquanto eu não faço nada.

Nos Degraus para Lugar Nenhum, comparamos sonhos que começam a soar como planos. Jamie diz que vai fazer Administração. Eu nos imagino vivendo em uma casa vitoriana na cidade. Ele terá que dirigir até um escritório no centro todo dia. Olhando para o futuro, sinto-me encarando um globo de neve onde há uma casa pequena e perfeita com uma pessoinha que sou eu em pé no quintal, como um poste. Uma cena meticulosamente esculpida que representa o mundo todo — minúsculo, perfeito e fechado.

Finny e eu temos uma aula juntos: a turma de Inglês Avançado que nem os amigos dele nem os meus estão. A nossa é a última aula da tarde; a deles é de manhã. É estranho pensar nessa divisão, nós e eles. Eles de manhã, nós de tarde, nós antes do último sinal tocar.

O meu lugar fica bem no meio da primeira fila e, se eu me esticasse para a frente, poderia tocar a mesa do professor. A cadeira de Finny fica atrás da minha, e eu precisaria de menos esforço ainda para tocar qualquer parte dele.

Nessa aula, ficamos mais próximos do que quando jantamos com as Mães ou nos sentamos no mesmo sofá esperando a noite terminar. Às vezes, os joelhos dele batem na minha cadeira quando ele se vira para responder a um colega, ou então nós nos viramos para pegar algo na bolsa ao mesmo tempo e, embora eu não olhe, sei que os nossos rostos estão a centímetros de distância.

Nós nunca nos cumprimentamos. Apenas nos sentamos nos lugares e tiramos os cadernos e as canetas da bolsa em silêncio ou enquanto conversamos com outras pessoas ao redor. É um acordo tácito não nos falarmos aqui, assim como a decisão implícita de sempre trocar algumas palavras na frente das Mães, e as desculpas silenciosas pela Guerra no ano passado.

Sou grata por ele concordar comigo que não deveríamos conversar aqui, porque ninguém nessa aula nos conheceu no fundamental. Tudo o que eles sabem é que ele é Finn Smith, o menino mais popular do nosso ano, e eu sou Autumn Davis, a namorada de Jamie Allen que usa tiaras, e é assim que deveríamos interagir: como se ele fosse só mais um colega. E isso é a única coisa que existe entre nós. O esforço de ter que falar assim com ele, junto com todas as outras coisas não ditas, seria demais para mim, e eu não sei o que eu diria ou faria.

Certa tarde escuto uma menina perguntando a Finny se ele escolheu o que vai estudar na faculdade. Ela vem tentando flertar com ele desde o primeiro dia de aula, mas ele de alguma forma não percebeu. Finny parece pensar que ela é só simpática. Eu olho para a frente, mas escuto a conversa. Ouço um som que deve ser a menina jogando o cabelo.

— Eu quero fazer Medicina — responde ele — Mas não sei.

— Uau, isso é *muito* legal — comenta a menina. Pelo tom de voz dela, acho que não existe nada que Finny pudesse ter dito que ela não acharia legal.

Ela não conhece Finny bem o suficiente para entender o quão legal é ele ter realmente achado uma vocação. Quando nós dois éramos pequenos, ele dizia que queria ser jogador de futebol profissional, mas sempre parecia não se importar muito com isso. Ele amava, ama, jogar futebol, mas nunca sentiu *necessidade* de jogar da mesma forma que eu precisava inventar histórias. Os instintos de Finny sempre o levaram a ajudar pessoas, e agora ele encontrou uma forma de ajudar que é muito direta e real.

Eu invejo como Finny escolheu a direção da vida dele sem ter que se comprometer com um destino. Ele não sabe que especialidade médica quer seguir. Tia Angelina disse que ele falou sobre pediatria ou o Médicos Sem Fronteiras, mas também mencionou interesse em psiquiatria.

— Acho legal — concorda Finny. — Só vou ter que tomar uma decisão em algum momento.

— É — diz a Menina do Flerte. Eu ouço ela jogando o cabelo de novo. — Eu não faço ideia do que eu quero.

Eu me impeço de me virar e dizer a ela que saber o que você quer pode ser muito pior. Não há motivo algum para eu estar interessada nas conversas de Finn Smith.

trinta e quatro

O PRIMEIRO JOGO DE FUTEBOL DE FINNY É NA TARDE DE UMA terça-feira de setembro, na terceira semana de aula. Não parecia que o dia seria importante.

Eu nem planejava ir.

Finny e Sylvie não estavam no ônibus naquela tarde. Eles ficaram na escola para o jogo dele e o treino de líder de torcida dela. Eu fui a única pessoa a descer na nossa parada. Estou sozinha enquanto desço a rua na direção de casa. O dia anterior havia sido tão quente quanto em agosto, mas nessa manhã uma chuva fresca esfriou o ar. Algumas folhas nas árvores estão começando a ficar amarelas ou um pouco vermelhas. Se o tempo continuar assim nos próximos dias, então mais algumas vão mudar de cor, mas logo mais estará quente de novo. Setembro ainda é um mês de verão.

A roseira ao lado da porta da frente parece a descrição superentusiasmada de um poeta. Ela está literalmente caindo sob o peso de tantas flores e botões.

Eu fecho a porta contra o ar gelado e jogo a bolsa no chão.

— Mãe?

Na mesa de centro há uma pilha de correspondência. Não é a cara dela deixar o correio assim, já deveria estar tudo aberto e arquivado. Por baixo da conta de luz, eu vejo uma pilha de sorrisos brilhantes, todos vestindo o mesmo moletom vinho. "Venha para Springfield!", dizem. Eu reconheço um deles. Todos os alunos nas aulas avançadas fizeram uma excursão para a feira de universidades. Era só uma sala imensa com estandes e representantes estudantis com folhetos. Uma das meninas da foto estava lá. Ela sorriu para Jamie e eu, como todas as outras pessoas nos estandes fizeram. A menina me fez perguntas e anotou as respostas em uma prancheta. Eu repeti o roteiro: fazer uma licenciatura em Letras, me especializar em Escrita Criativa, porque eu poderia escrever nos verões etc. Ela contou que estava cursando Escrita Criativa, e eu fiquei irritada comigo mesma por isso ter me causado uma pontada de dor. Jamie estava impaciente para passar para outro estante, então me puxou pela mão e seguimos em frente.

O folheto é sobre o curso de Escrita Criativa de Springfield, não a licenciatura. A menina deve ter anotado errado as minhas informações. Eu folheio as páginas. Ele não é muito longo.

A minha mãe entra no hall toda sorridente e diz:

— Oi, querida.

— Oi. — Eu dobro o folheto e tiro os sapatos.

— Pensei que você ficaria na escola até tarde para o jogo de Finny.

— Por que eu faria isso?

— Angelina não pode ir por causa de uma reunião de professores. Eu vou. Achei que você sabia.

— Eu preciso ir? — pergunto. Eu quero ficar sozinha no quarto.

— Imaginei que você fosse querer.

— Não é como se ele fosse se importar se eu estou lá ou não — retruco.

Olho de volta para o folheto na minha mão. A dobra cortou o rosto da menina ao meio.

— Autumn, por que você sempre diz essas coisas? — reclama a minha mãe. A voz dela é um suspiro.

Dou de ombros. Eu poderia ler o folheto no jogo. E não é como se eu *não* quisesse ver Finny. Às vezes é legal poder olhar para ele sem me preocupar se parece que eu o estou encarando.

— Tá bom, eu vou. — Por fim cedo.

Enfio o folheto no bolso de trás.

Faltam cinco minutos para o jogo começar e eu já li o folheto duas vezes. Só porque uma coisa parece impossível, não significa que você não deveria tentar.

Estamos na fileira mais alta das arquibancadas de metal, de frente para o campo de futebol enlameado. Uma brisa gelada bagunça o meu cabelo. Os jogadores estão se alongando enquanto os árbitros caminham pelo campo.

Não é que eu queira ser escritora e não professora, porque eu já sou escritora. O que eu quero é ser uma autora publicada, ter alguns leitores, poder esperar que em algum lugar alguém ame o meu livro. Quando falo sobre isso com adultos, eles me contam sobre como conheciam alguém que queria algo assim e o que essa pessoa acabou fazendo.

Um apito soa e Finny lidera o time para o campo. Ele joga na defesa. Há muito tempo ele me explicou que isso significa que o trabalho dele é proteger um lado do campo. Ele é naturalmente bom em proteger. Eu dobro o folheto e guardo no bolso de trás. Finny tem aquela expressão determinada no rosto que sempre tem no início de um jogo. É a mesma que fazia quando criança, as mesmas sobrancelhas franzidas que conheço tão bem. Ele se equilibra nos calcanhares enquanto espera no campo com os outros, mais um hábito familiar.

Finny disse que dar aulas era normal demais para mim.

Não é sobre isso que todos os livros e filmes infantis sempre falam? Como mesmo que a tarefa pareça impossível ou que você seja pequeno demais ou que não tenha o tipo certo do que quer que seja, você ainda deveria tentar? Mas então você chega no ensino médio e de repente precisa escolher um caminho seguro. Um caminho que não vai te levar para muito longe de casa. Um caminho que não é muito arriscado. Um caminho que tem seguro-saúde e aposentadoria.

Finny está com a bola. Quatro jogadores do outro time o cercam. Eles estão tentando tirar a bola dele e falhando.

Não posso continuar fingindo que escrever apenas durante algumas semanas do verão vai ser suficiente. Não posso arriscar olhar para a minha vida lá na frente e saber que eu não fiz tudo ao meu alcance para tentar publicar um livro.

Um dos jogadores cercando Finny escorrega na lama e desliza na direção dele. Finny está correndo rápido demais para parar; ele tropeça e cai de cabeça. Ao meu lado, a minha mãe dá um gritinho. Parece que ele caiu em cima do pescoço.

Meu coração para.

Eu tenho dez anos de idade de novo e não posso imaginar a vida sem ele.

— Estou bem — ouço Finny gritar, mas de tão longe a voz dele soa baixa. Se não fosse uma voz que eu conheço tão bem, eu não a teria escutado.

Os técnicos e o árbitro correm pelo campo e o cercam. Eu não consigo mais vê-lo, mas posso imaginar a respiração acelerada e consigo adivinhar as batidas do coração sob as costelas. Conheço as cicatrizes nos joelhos dele e o cachinho solitário que cai sobre a testa. Eu tentei fingir que não, mas não consigo mais continuar.

Sei o que estou sentindo. Sei que é real e, neste momento, não há nada dentro de mim além dessa ideia.

Eu estou apaixonada por Finny.

As pessoas se afastam e eu vejo Finny se levantar com cuidado. Ele olha para a arquibancada e eu sei quando encontra a minha mãe e eu, porque ele ergue a mão em um aceno, avisando para a gente que está bem.

Eu o amei a minha vida inteira e, em algum momento, esse amor não mudou, mas cresceu. Ele cresceu para preencher as partes de mim que não existiam quando eu era criança. Ele cresceu com cada nova vontade do meu corpo e desejo do meu coração, até não haver nenhum pedaço de mim que não o amava. E, quando eu olho para ele, não há outro sentimento em mim.

O apito soa e o jogo continua. Eu pego o folheto, mas estou apenas fingindo ler.

trinta e cinco

Os meus pais estão na terapia de casal. Quando voltarem, vamos sair para jantar e eles me farão perguntas. Fazemos isso uma vez por semana. Foi ideia do meu pai. Ele chama de Jantar de Família. Isso me confundiu de início, porque sempre costumávamos incluir a tia Angelina e Finny quando falávamos em família.

Preciso estar pronta para sair assim que eles chegarem, então vou esperá-los na porta. O sol está se pondo lá fora, mas não consigo vê-lo pela janela da frente. O céu está cinza. As folhas estão caindo cedo este ano.

Estou animada para jantar fora. Escrevi três poemas e os copiei no caderno com a caneta-tinteiro que Jamie me deu. Eu usei a tinta roxa e estou me sentindo talentosa e alegre. Já fiz o dever de casa e amanhã é sexta-feira.

Um carro desce a rua e os faróis iluminam brevemente uma forma no gramado. Ela é quase da minha altura e tem três vezes a minha largura. Levo apenas um momento para saber do que se trata, então me pergunto como não notei antes.

Abro a porta e corro pelo gramado. Não estou de casaco e me sinto congelar. Logo antes de saltar, pergunto-me se as folhas podem estar molhadas, mas mergulho mesmo assim. As folhas estão deliciosamente secas e crocantes. Eu me vejo cercada pelo cheiro empoeirado, mesmo acima da cabeça. Eu rio alto e o aroma desce pela garganta. Vou até o topo e a pilha cai de lado por cima da grama. Pego punhados de folhas e as jogo no ar. Elas caem à minha volta como neve, e eu me jogo de costas e olho para a luz desaparecendo no céu.

Quando éramos pequenos, Finny amava o outono, não porque ele começava com os nossos aniversários, mas por causa das folhas. Ele construía fortes com caixas de papelão cobertas por pilhas de folhas e tentava me convencer a ficar lá dentro a noite toda com ele. Eu era menos entusiasmada com as folhas caídas, elas significavam que o meu inimigo, o inverno, estava se aproximando. As árvores nuas me faziam pensar na morte, e naquela época eu tinha todos os motivos para ter medo da morte.

Mas eu amava pular nas pilhas de folhas. Finny sempre conseguia me convencer a fazer isso. Enquanto eu esperava, ele criava montes enormes com elas, maiores que nós, até eu ficar muito impaciente e não conseguir mais esperar, e ele falava para eu esperar porque ainda tinham muitas folhas nos nossos quintais imensos e ele podia fazer uma pilha ainda maior, mas eu saltava mesmo assim e Finny era obrigado a ir comigo. Às vezes nos revezávamos e às vezes dávamos as mãos e saltávamos juntos. Pulávamos e pulávamos até a pilha estar achatada de novo e as folhas espalhadas pelo quintal. Então Finny pegava o ancinho e dizia que dessa vez ele faria uma pilha ainda maior, mas eu também a estragava antes de ele terminar. Nós passávamos tardes inteiras assim.

Eu salto mais uma vez, espalhando mais folhas, e corro pelo gramado de novo para dar um segundo mergulho. Eu miro com mais cuidado dessa vez, o objetivo é aterrissar no topo, tipo a rainha da colina, em vez de me enterrar no meio. Eu salto, e no momento de alçar voo ouço a voz dele.

— Autumn!

O estalo das folhas abafa todos os sons por um momento. Eu deslizo de lado e sou enterrada de novo. A minha perna esquerda está para fora e eu a puxo na direção do corpo, o instinto mandando eu me esconder, embora eu saiba que é tolice.

— Autumn? — A voz dele está mais perto agora.

Eu quero me enterrar mais fundo e esperar ele ir embora, mas sei que isso não vai funcionar. Então me levanto e me sento na pilha.

Finny está parado a um metro de distância de mim, braços cruzados sobre o peito. Ele está emburrado.

— Passei a tarde toda limpando os dois quintais — diz.

Olho em volta. Eu espalhei metade da pilha na grama de novo.

— Desculpa — respondo.

A raiva dele ao mesmo tempo me fascina e me assusta. Eu a vejo tão raramente. Por um momento, estudo a postura dele, os olhos apertados. Lembro-me do tom da voz dele quando falou. Tudo nele é importante. Há um momento de silêncio. Ele revira os olhos e suspira.

— Tudo bem. — Um canto da boca dele vira para cima. — É o meu castigo por ter deixado pra jogar fora amanhã. Eu deveria saber que uma pilha de folhas sem supervisão seria uma tentação grande demais para você.

Preciso desviar o olhar. Dói ter ele sorrindo assim para mim, um sorriso fácil e amigável que não diz nada em particular e, portanto, me conta tudo que preciso saber dos sentimentos dele por mim.

Pensei que passaria o resto de setembro, o resto da vida, evitando Finny, mas não passei. Nada mudou. Eu o amei naquela primeira manhã no ponto de ônibus e todas as noites que me sentei na frente dele na mesa de jantar. Não importa que um de nós agora saiba, isso não muda nada.

— Eu arrumo. Até jogo fora pra você — ofereço.

— Não precisa. Tá tudo bem. Mesmo.

Quando ergo os olhos para ele, vejo que a raiva breve já evaporou e o rosto dele está limpo de qualquer emoção que não seja divertimento.

— Como é que dizem por aí? — pergunta Finny. Ele contrai as sobrancelhas de novo, mas de um jeito diferente. — O tempo passa e nada muda?

Eu me levanto desajeitada e tento me limpar, de repente estou me coçando e com frio.

— É melhor eu me limpar. Preciso estar pronta quando os meus pais chegarem.

— Tem folhas no seu cabelo — avisa Finny. — E na sua tiara. E em toda parte.

Levanto a mão e passo os dedos pelo cabelo; Finny não se move. O sol já se foi agora, e a noite se instala à nossa volta enquanto carros jogam o farol sobre nós quando passam. Eu vejo o rosto bonito dele, o meio sorriso e o cacho dourado de cabelo caído na testa.

Eu te amo, Finny, penso.

— Aonde vocês vão? — pergunta ele.

Não consigo me impedir de franzir as sobrancelhas.

— Jantar de família — digo.

— Ah.

As minhas palavras seguintes me surpreendem, mas Finny não parece chocado:

— O meu pai decidiu que ele quer que sejamos uma família comum.

— Me soa familiar — comenta Finny.

— Ah — respondo. — Fiquei sabendo disso.

O pai de Finny convidou Finny e Angelina para jantar. Eles marcaram para o próximo mês.

— É ok, eu acho — diz ele, e fico feliz.

Ok quer dizer que ele não está magoado ou ressentido. Ok quer dizer que ele não está colocando expectativas demais naquele homem. Um pouco do fardo que eu vinha carregando alivia. Mas não vai durar para sempre. Sempre vai haver algo do qual eu não posso protegê-lo. Sylvie pode partir o coração dele de novo. Os tendões da perna dele podem se romper no próximo jogo de futebol. Algum dia alguém que ele ama vai morrer.

O farol do carro dos meus pais nos ilumina.

— Bom jantar — diz ele.

— Para você também — respondo, e acho que ele entende o que eu quero dizer, porque faz que sim com a cabeça.

Nós nos afastamos um do outro sem dizer tchau. O som das folhas estalando sob os pés dele diminui conforme atravesso o longo gramado na direção do carro.

— Você e Finny estavam mergulhando nas folhas? — pergunta a minha mãe quando eu deslizo para o banco de trás. Eu olho para mim mesma e noto que ainda estou coberta de folhas.

— Não — digo.

Quando fecho a porta, as luzes se apagam e eu vejo o que ela deve ter visto: nas sombras, alguém alto e magro emerge das folhas e se limpa.

trinta e seis

Estou lendo *O morro dos ventos uivantes*. É uma leitura obrigatória da escola, então acordei hoje de manhã e decidi ler o primeiro capítulo na cama. É fim de tarde e eu ainda estou aqui. Uma hora atrás, terminei o romance e adormeci. Tive um sonho agitado em que Heathcliff me trancafiava e, quando acordei, peguei o livro de novo e recomecei.

Eu não acho que Cathy seja um monstro.

Jamie me liga e diz que tem um presente para mim. Ele foi ver um filme com Sasha hoje à tarde, daqueles com armas e explosões que eu me recuso a assistir, mas Sasha sempre topa. Depois de passar um dia lendo na cama, sinto-me grogue e desconexa da realidade, como se eu estivesse só assistindo a todas as coisas que estão acontecendo.

— Você está bem? — pergunta Jamie.

— Sim.

— A sua voz está estranha.

— Eu estava lendo.

— Bem, estou indo aí — avisa ele. — Então tente estar inteira para mim.

Depois de desligar o telefone, fico parada no meio do quarto, incerta do que fazer agora. Estico os braços para o alto e a minha mente clareia o suficiente para pensar que eu deveria me arrumar para vê-lo. Enquanto escovo o cabelo, fico um pouco preocupada com a ideia de Jamie estar dirigindo na neve, até me lembrar de que é um dia ensolarado de outono. Só estava nevando dentro do livro. Estava nevando e o narrador estava vendo os restos do erro trágico de Cathy.

O sol está forte, mas a brisa traz a promessa do frio. Sem se darem conta de que já não estão mais na estação delas, as rosas da minha mãe se balançam com o vento e espalham algumas pétalas por entre as folhas vermelhas e douradas. Eu me pergunto se elas conseguem sentir o frio. Espero por Jamie nos degraus da varanda dos fundos.

Eu amo Jamie tanto quanto sempre amei.

O meu amor por Finny é como um bebê natimorto enterrado. É tão querido quanto se fosse real, mas nada vai sair disso. Eu o imagino enrolado em renda, bem guardado em um canto silencioso do meu coração. Ele vai ficar lá pelo resto da minha vida, e quando eu morrer ele vai morrer comigo.

Uma das pétalas de rosa voa por entre as folhas amarelas e para na ponta da minha bota.

Fico olhando para essa pétala de rosa até ouvir o carro de Jamie encostar na entrada. Eu ergo os olhos e o vejo sorrindo e fechando a porta.

— Olá, linda — diz ele, e eu sorrio de volta.

O rosto bonito do meu namorado me surpreende como se eu o estivesse vendo pela primeira vez. Ele se senta ao meu lado e me cutuca com o cotovelo.

— Está acordada? — pergunta Jamie.

Eu faço que sim. Essa é a minha vida, percebo. E eu ainda não cometi nenhum erro trágico. Eu fiz uma escolha, sim, mas ninguém sofre por ela além de mim, e no final vai ficar tudo bem.

— Como foi o filme? — pergunto.

— Incrível. Depois fomos almoçar e eu comprei isso para você.

Ele me entrega um ovo duro de plástico, daquele tipo que abre e fecha e que você compra por 25 centavos nas máquinas em frente a lanchonetes. Eu rio e Jamie sorri com a minha reação. Ele abre com um estalo. Do lado de dentro há um dinossauro de borracha mal pintado. Os olhos estão arregalados como se ele tivesse levado um susto. Eu rio de novo.

— Ele vai ter o seu nome e morar na minha escrivaninha — falo.

— E isso. — Jamie acrescenta e me dá uma bolinha perereca cor-de-rosa.

Antes de eu atirá-la contra os degraus, ele estende a mão fechada novamente. Jamie abre os dedos e um anel de alumínio com uma pedra de plástico cai na minha mão. A pedra é roxa e do tamanho do nó dos meus dedos.

— Gastei todas as minhas moedas — diz ele.

O anel quase brilha na luz fraca. Ele me deu outro pingente no nosso aniversário de namoro e gastou todas as moedas por mim na tarde que passamos separados. Eu não posso perdê-lo.

— Obrigada — digo. — Vou guardá-lo para sempre.

Jamie me beija e eu me inclino contra o ombro dele e o escuto falar sobre o filme. Ele não percebe que a minha mente está bem longe.

trinta e sete

Normalmente, o nosso grupo troca presentes de Natal de forma meio caótica na última semana de aula, mas Angie nos convenceu a fazer algo especial este ano. No último dia do semestre, trocamos presentes no nosso restaurante favorito.

Cada um dos meus amigos me dá uma tiara. Eles planejaram juntos e cada um ficou com uma cor. Duas semanas atrás, a minha primeira tiara caiu da minha cabeça enquanto eu corria pelo estacionamento da escola e foi atropelada antes de eu conseguir recuperá-la. Seguindo o exemplo de Jamie, os meus amigos acharam a minha angústia divertida, e, mais uma vez liderados por ele, todos tentaram substituir a favorita perdida. Jamie me dá uma sapateira que ele transformou em uma "vitrine de tiaras", uma pedra legal que ele achou e um CD que ele fez com músicas que são importantes para nós.

Os meus amigos acatam minha sugestão de cada um usar a tiara que me deu para eu poder julgar qual é a nova favorita. Os garçons acham que estamos comemorando um aniversário.

Eu precisava disso. Durante as últimas semanas, eu senti uma melancolia me seguindo. Estou feliz hoje e acho que talvez as coisas melhorem agora.

Eu comprei para Alex um carrinho de controle remoto que dá cambalhotas, para Angie dois livros de romance em edições vintage, para Noah um conjunto de walkie-talkies e para Brooke uma echarpe de seda amarela com flores marrons.

Para Jamie, encontrei uma câmera Polaroid em uma venda de garagem. Ele diz que vai usá-la para produzir provas que ganhem discussões e capturar momentos importantes da vida, como derrotar Noah no xadrez ou roubar cones de trânsito.

Para Sasha comprei uma roseira, porque ela me disse que queria ter uma desde quando era pequena. A planta está em um balde de plástico preto e parece quase morta tão perto do inverno. Os meninos riem, mas Sasha a chama de Judith e pede ao garçom para trazer uma cadeira para ela.

Sasha e Alex finalmente são amigos de verdade, não apenas fingindo para deixar as coisas menos desconfortáveis para todo mundo. Alex dá a ela frutas de plástico e os dois riem e não contam qual é a piada. Jamie promete que vai arrancar dele mais tarde e contar para mim.

Angie ainda está com Dave Mauricinho e todos nós ainda gostamos dele. Ele vai nos encontrar no cinema depois do jantar. Eles estão felizes. Eles se vestem e agem de jeitos tão diferentes, mas algo nos dois deixa evidente para todo mundo que eles são um casal, mesmo que estejam só parados ao lado um do outro.

No nosso último encontro duplo com Noah e Brooke, nós, meninas, decidimos ter um casamento duplo. Desenhamos croquis dos nossos vestidos em guardanapos e irritamos os meninos tomando decisões todas as vezes que estamos juntas. Hoje concordamos em ter pelo menos cinco cisnes passeando pela cerimônia, que esperamos fazer em uma igreja abandonada à meia-noite.

Estamos rindo e eu olho em volta e mal posso acreditar que só alguns anos atrás eu não conhecia nenhum deles.

— Eu proponho um brinde — diz Jamie.

— Você deveria subir na cadeira — sugere Noah.

— Eu acho que aí seria a gota d'água para os garçons — avisa Brooke.

— Discurso! Discurso! — pede Alex.

Jamie ergue o copo e brada:

— A nós!

E nós bebemos a isso.

trinta e oito

O INVERNO ME ACERTA COM TUDO NESTE ANO. NÃO HÁ CÉU NESTE inverno e nenhuma folha nos galhos. O vento gelado queima através das luvas e os meus dedos doem até ficarem dormentes e silenciosos.

Eu não consigo encontrar nada para ler. Passeio pelas estantes da biblioteca e levo pilhas de livros comigo, mas todos eles me decepcionam depois de cinquenta páginas e eu os deixo jogados no chão.

Depois da escola, tiro cochilos na minha cama e acordo para o jantar sem arrumar os lençóis de novo. A essa altura o sol já está se pondo e não há nada para fazer além de comer e fazer o máximo de dever de casa que consigo antes de ir dormir. Eu sei que devia parar de dormir de tarde; comecei a acordar uma hora ou mais antes do despertador tocar, e fico no escuro observando a janela passar de preto para cinza.

É então que eu me deixo pensar em coisas que nunca me permito pensar durante o dia.

Na escola, estou exausta por ter acordado tão cedo e, quando chega a última aula, é uma luta ficar acordada. A minha professora de Inglês não gosta tanto de mim quanto eu acho que ela deveria. Quando ela me vê cochilar umas duas vezes na aula, decide que não sou uma boa aluna, não importa o que eu escreva ou diga em sala. Eu paro de participar das discussões.

Quando chego em casa de tarde e as horas cinzentas e frias se esticam diante de mim, eu não consigo me impedir de entrar debaixo das cobertas e me enterrar no vazio.

Eu brigo com Jamie porque ele não entende nada do que eu digo. Eu o odeio por não me conhecer profundamente, e no final dos nossos encontros eu me agarro ao casaco dele e lhe imploro para nunca me deixar. Ele diz que nunca vai fazer isso.

Neva algumas vezes, mas uma neve molhada e rala que junta sujeira e forma poças. Nunca é o suficiente pra cancelarem as aulas ou para ser bonito.

Faz sentido Finny amar Sylvie e não sentir a minha falta.

Pelo menos uma vez na semana, ele e a tia Angelina vêm jantar aqui ou nós vamos na casa deles e as Mães conversam enquanto comemos e depois eu digo que tenho dever de casa e subo ou cruzo o gramado sozinha. Não consigo ficar sentada assistindo à televisão em silêncio com ele. Não consigo suportar a conversa fiada enquanto ele passa o controle remoto para mim. Ele é o melhor de nós dois, sempre foi. Talvez ele fique aliviado de não me ter mais o prendendo. Ele tem tantos amigos agora. Ele tem Sylvie. Faz sentido.

O meu pai voltou ao velho ritmo, sem mais Jantares de Família, e eu fico com raiva da minha mãe por estar chateada. Ela deveria ter esperado isso, ela já deveria saber, e eu a odeio por me deixar triste por ela. Eu já tenho problemas o suficiente sem ter que me preocupar com ela também.

Estou com as mãos ressecadas e vermelhas e os lábios rachados. Eu me olho no espelho e não me acho bonita. Em certos dias, sequer me dou ao trabalho de usar as tiaras, até que os comentários e perguntas das pessoas tornam mais fácil só pegar qualquer uma na hora de sair. Eu nem me preocupo em ver se está combinando com a roupa.

Não consigo escrever nada de bom. Tento e falho. Agora sei que é tudo falso. Sempre foi. Eu desligo o computador e rasgo o papel.

Eu digo a mim mesma que só preciso sobreviver ao inverno, que só preciso esperar. Que as coisas vão melhorar depois.

E sei que o inverno deve acabar, mas as coisas nem sempre são como deveriam ser.

trinta e nove

A MINHA MÃE SE SENTA NA CAMA. ESTOU DEITADA DE LADO, OLHAN-do pela janela. Se eu a ignorar, talvez ela vá embora.

— Autumn? — chama ela, a voz baixa. Ela pensa que estou dormindo.

— Autumn, nós precisamos conversar.

Ela passa os dedos pelo meu cabelo e eu deixo; é gostoso. Ela segue fazendo carinho em mim e o ressentimento se suaviza. Eu suspiro.

— Sobre o quê?

— Você pode se sentar?

— Estou cansada.

— Eu estou preocupada com você.

Tiro as mãos dela do meu cabelo e me sento.

— Tá tudo bem. Só estou com problemas para dormir. Vai passar assim que o inverno acabar, eu só preciso aguentar enquanto isso.

— Eu acho que é mais do que isso, querida. Marquei uma consulta com o dr. Singh.

De início, essa declaração é tão banal que eu não sei por que ela está me contando. O dr. Singh é o psiquiatra dela. A minha mãe se consulta com ele de tempos em tempos. Mas ela continua me encarando.

— Para mim? — pergunto. Ela faz que sim e tenta tocar o meu cabelo de novo. Eu recuo e corrijo: — Não estou deprimida, você que está.

— Eu conheço os sintomas.

— Não. Você só está projetando isso em mim. Está tudo bem. Quando esquentar de novo, vou me sentir melhor. É só isso que está errado.

— Eu vou te buscar mais cedo na quinta — avisa ela e começa a se levantar.

— Eu não preciso de remédios — afirmo.

A minha mãe fecha a porta ao sair. O único som na casa são os passos descendo a escada. Ela não diz nada no jantar, e no dia seguinte ela me deixa dormir.

O chamado da secretaria chega quinze minutos depois do início da aula de Inglês. Começo a arrumar a mochila assim que o interfone toca. Só quero que acabe rápido.

— Não vou passar dever de casa. Tem alguém com quem você possa pegar as anotações? — pergunta a sra. Stevens.

— Sim — respondo, enquanto já estou me levantando.

— Quem? — quer saber ela. É por isso que eu não gosto dela. Tenho a teoria de que suspeita de mim.

— Finn — digo, e só então me lembro que Jamie e Sasha também fazem essa aula. Mas voltar atrás agora não resolveria nada.

A sra. Stevens parece surpresa. Ela gosta de Finny; talvez ela nunca tenha imaginado que ele andaria com alguém como eu. Os sussurros dispersos que eu ouço me dizem que alguns dos meus colegas estão surpresos também.

— Eu posso passar na sua casa para deixar hoje à noite — responde Finny.

Eu me pergunto se ele está meio que me defendendo. Não olho para ninguém quando saio.

A minha mãe está sentada na secretaria vestindo um terninho e escarpins de couro, uma carteira no colo. Os tornozelos estão cruzados e ela e a secretária estão rindo. Ela se levanta quando abro a porta e sorri para mim.

— Tenha um bom dia — diz a secretária para ela, sorrindo também.

Tenho certeza de que ela nunca poderia imaginar o resto da vida da minha mãe: a medicação e as brigas com o meu pai, o tempo que ela passou internada. Às vezes, eu admiro a capacidade da minha mãe de parecer perfeita. Hoje, eu odeio.

Os sapatos dela estalam de forma uniforme no chão de linóleo enquanto descemos pelo corredor.

— Que aula você está perdendo? — pergunta.

— Inglês.

— Ah. Desculpa, uma pena que não seja Matemática — lamenta ela. Eu dou de ombros. — Eu te amo — acrescenta.

— Mãe — respondo.

Ela não diz mais nada.

O consultório tem a menor sala de espera na qual já estive. Lembra o closet da minha mãe, o cômodo pequeno e sem janelas no qual Finny e eu apagávamos as luzes e contávamos histórias de fantasma no meio do dia. Sento-me em uma das cadeiras de plástico e a minha mãe dá o meu nome à enfermeira. Estremeço ao ouvi-lo. Eu não deveria estar aqui. A duas cadeiras de distância, um velho está sacudindo a perna esquerda, então a direita. De vez em quando, ele estala os dedos como se alguém tivesse gritado "bingo" em frente a ele.

— Droga — resmunga ele.

Do outro lado da sala, uma mulher negra alta está chorando em silêncio. As mãos estão cheias de lenços de papel. Ainda soluçando, ela enfia a mão na bolsa e pega um chiclete, espalhando papel pelo carpete cinza.

A minha mãe se senta ao meu lado e cruza os tornozelos.

— Vai demorar um pouco. Ele está meio atrasado. — Ela pega uma revista e começa a ler.

Eu baixo o olhar para a mesa. A maior parte das revistas são sobre maternidade ou golfe. Enquanto estou olhando, um homem se levanta, pega uma revista infantil e se senta de novo.

— Mãe? — sussurro. Ela olha para mim e ergue as sobrancelhas. — Todas essas pessoas são muito estranhas.

Ela cobre a boca e ri em silêncio.

— Querida — sussurra de volta —, o que você esperava? E o que você acha que eles diriam da menina de tiara e meia três quartos rasgada?

Eu fecho a cara e ela volta a ler.

— Ah, caramba — resmunga o velho.

— Autumn? — chama uma enfermeira de azul.

Eu me levanto, sentindo-me subitamente exposta na frente dos outros. O velho e a moça chorando foram substituídos por uma menina da minha idade e o bebê mal-humorado dela.

— Vou ficar esperando aqui — diz a minha mãe.

Eu não olho para ela. A enfermeira me conduz por um corredor estreito. Um homem indiano baixinho está me esperando.

— Autumn? — pergunta ele. Eu faço que sim. — Ah, entre — diz com um sotaque forte.

Seguimos para um consultório ainda menor que a sala de espera e lotado com uma escrivaninha, uma estante de livros, um arquivo e uma pequena cadeira. Ele faz um sinal para eu me sentar nela. Fico decepcionada por não ser um divã. O médico se senta na escrivaninha e abre um arquivo.

— Então, Autumn, o que traz você aqui hoje?

— A minha mãe.

— Aham, e por quê?

— Ela diz que está preocupada comigo.

— Hummm — murmura o dr. Singh. Eu olho de volta para ele. — Por que você usa tiara?

— Porque eu gosto.

— Entendo. E há quanto tempo isso vem acontecendo?

— Não sei. Alguns anos.

— Você tem medo de ficar sem ela? Ansiosa ou preocupada?

— Não.

Nós nos encaramos por mais alguns momentos. Ele anota alguma coisa.

— Como está o seu apetite, Autumn?

— Bem — respondo.

— Mesmo? O que você comeu hoje?

— A minha mãe me fez mingau de aveia no café…

— E você comeu o mingau que a sua mãe fez?

— Sim.

Ele toma algumas notas. Eu o observo. A letra dele é pequena e feia demais para eu conseguir ler.

— Autumn — chama. Ele se levanta. — Venha até aqui para que eu possa pesar você.

Ele me leva até uma pequena balança, que está coberta com o nome de um remédio que eu já vi sendo anunciado na TV. Eu subo na balança e ele toma notas.

— Eu não tenho um transtorno alimentar — digo.

— Uhum — resmunga ele, e toma mais notas. Nós nos sentamos de novo. — Por que a sua mãe está preocupada com você?

— Ela acha que estou deprimida — respondo. — Como ela.

— Como ela? — Ele me dá um olhar cúmplice, como se eu tivesse deixado escapar um segredo.

— Ela é uma das suas pacientes — conto.

— Ah. — Ele verifica alguns papéis na ficha, lê alguma coisa e olha para mim. E então lê de novo e finalmente fecha a pasta. — Então me conte sobre a sua depressão, Autumn.

— Eu não acho que estou deprimida.

Ele inclina a cabeça para o lado.

— Você está triste? — pergunta.

— Bem, sim.

— O que está deixando você triste?

— Eu não sei.

— Você não sabe? — repete. Eu balanço a cabeça e olho para o chão. Ele anota algo e continua falando. É o tempo mais longo que ele passou sem olhar para mim desde que cheguei. — Há quanto tempo você está triste?

— Alguns meses. É inverno.

— Você se sente triste todos os dias?

— Quase todos, mas isso não é estranho, certo? Quer dizer, não é nada demais.

— Você tem um sentimento intenso de raiva, Autumn?

— Eu não sei.

— Você se pega irritada com mais frequência?

— Bem, sim — respondo.

— Você está ansiosa ou preocupada?

— Não.

— Como você tem dormido?

— Ok, acho — falo. — Eu durmo bastante, mas também tenho acordado cedo de manhã.

— E você não consegue voltar a dormir? — pergunta ele.

— Não.

O dr. Singh faz que sim. Então baixa a caneta e olha para mim.

— Você já teve algum pensamento suicida? Você quer morrer?

— Não — respondo.

— Tem certeza, Autumn?

Faço que sim com a cabeça, devagar. A pergunta me assusta. Ele prossegue:

— A depressão afeta o ritmo de sono. Alguns dormem mais e outros menos. Em geral, as pessoas que acordam muito cedo de manhã são aquelas com pensamentos suicidas.

— Mas eu não estou deprimida — corrijo.

— Você acha que merece estar triste — responde o dr. Singh. Há um momento de silêncio enquanto nos olhamos. — Você acha que tudo bem se sentir triste todos os dias. Mas não está tudo bem. E você não merece.

Eu olho para o chão, embora eu saiba que ele viu as lágrimas queimando os meus olhos.

— Não é algo para se envergonhar. Está tudo bem. — Ele tenta me tranquilizar.

Eu faço que sim. Ouço a caneta dele arranhando o papel enquanto ele escreve de novo.

———————————

A minha mãe pega a receita de mim sem dizer nada e passamos na farmácia antes de irmos para casa. De início, ela me pergunta o tempo todo se tomei os remédios, então deixa para lá e ninguém mais menciona o assunto.

Depois de algumas semanas, começo a me sentir melhor, mas se é por causa dos comprimidos ou porque a primavera finalmente chegou, eu não sei.

quarenta

O CHEIRO DE DESCOLORANTE QUEIMA AS NARINAS E SASHA ESTÁ rindo no meu ouvido enquanto eu me inclino por cima dela. É quinta--feira depois da escola e nós estamos pintando o cabelo dela, primeiro descolorindo, e então iremos acrescentar algumas mechas azuis na frente. Estou tentando espalhar o creme branco por todo o cabelo dela sem deixar cair na pele de ninguém. Os meus dedos trabalham com intimidade no couro cabeludo de Sasha, entrelaçados no cabelo.

— Não mexa a cabeça — ordeno.

As mãos estão suadas dentro das luvas de plástico que vieram com o kit. A janela atrás de mim está aberta. O ar ainda está um pouco gelado, mas o sol está quente e o cheiro é forte demais para não a deixar aberta.

— Quando você vai pintar o cabelo de novo? — pergunta Sasha. A cabeça dela está inclinada para trás e os olhos seguem o meu rosto enquanto as minhas mãos se movem pelos fios.

— Nunca. Dá trabalho demais.

— É porque você acha que Jamie não iria gostar?

— Não — respondo. — Jamie diz que me acha linda de qualquer jeito.

— Vocês são tão fofos. Às vezes eu tenho inveja.

Sasha é a única solteira do grupo agora. Alex começou a ficar com uma caloura que usa um piercing de diamante falso no nariz. Não gostamos dela. Nós a achamos presunçosa e com uma aparência meio vulgar. Jamie a chama de "cadelinha do Alex" quando eles não estão por perto.

Tiro as luvas e coloco um timer de vinte minutos, então escorrego na beira da banheira.

— Eu queria que você voltasse com Alex — comento.

— Tenho pensado nisso ultimamente — confessa Sasha.

Eu me sento e agarro a borda da banheira.

— Mesmo? — quero saber.

— Eu sinto saudade dele. Mas ele está com aquela Trina agora.

— Se você voltasse com ele, seria um favor para todos nós.

— É, eu sei.

Nós fazemos uma cara de nojo uma para a outra. Eu me levanto de um salto.

— Precisamos começar a trabalhar nisso imediatamente, vou ligar para Jamie. — Eu saio correndo do banheiro e vou até o quarto, onde o meu celular está em cima da cômoda.

Jamie atende no primeiro toque.

— E aí? — diz ao atender.

— Vamos fazer Alex e Trina terminarem — aviso.

— Genial! Como?

— Vamos fazer Alex e Sasha voltarem.

— Ah. Não dá para fazer Alex e Trina terminarem de outra forma?

— Não. Sasha quer voltar com ele. E isso vai deixar o grupo todo organizado de novo. — Eu dou uma voltinha e vou para o outro lado do quarto.

— Ela quer?

— Você parece surpreso.

Começo o caminho de volta ao banheiro. Já consigo ouvir o *tic-tac* do timer de novo.

— Não sei se gostava deles como um casal — confessa ele.

— O quê? — Congelo em frente à porta do banheiro. — Por que não?

— Não sei. Deixa para lá. A gente precisa se livrar da cadelinha do Alex.

— Exato — concordo. Abro a porta e o cheiro de descolorante me acerta de novo. — Por que você não vem aqui depois que eu terminar de pintar o cabelo de Sasha, para planejarmos?

— De que cor vocês estão pintando?

— Azul.

— Legal.

— Eu sei. Ela queria verde, mas fiz ela mudar de ideia. Eu ligo para você, ok?

— Ok. Te amo.

— Te amo mais. — Sasha faz um barulho de ânsia e eu bato no braço dela. Jamie desliga. — Ele topou — conto. Sasha ri. Eu olho para o timer. Ainda faltam dez minutos. Sento-me de novo. — Você vai amar o cabelo.

———————————

No dia seguinte, na escola, reclamamos para Alex que não o vemos mais. Fazemos piadas internas que ele perdeu porque estava com Trina. De noite, vamos ao cinema e Angie leva Dave Mauricinho, mas nós não falamos para Alex convidar Trina. Sasha se senta ao lado dele e eles dividem um saco de pipoca. Alex dorme na casa de Jamie. Ele conta a Alex que não gosta de Trina. Que ninguém gosta dela. Que todo mundo gosta de Sasha. Que ela sente saudade dele.

É só na segunda-feira seguinte, depois que Alex terminou com Trina e está de mãos dadas com Sasha nos Degraus para o Nada, que eu vejo algo de assustador no que fizemos. Eu não sabia que tínhamos tanto poder uns sobre os outros, que podíamos fazer Alex mudar de ideia com a mesma facilidade com que eu pintei o cabelo de Sasha. Em grupo, tínhamos criado algo que era mais poderoso do que qualquer coisa que poderíamos ter separadamente. Acima, em volta e por meio de nós, somos uma força, entrelaçada, atada e reunida. Se nos separarmos no futuro, vai parecer muito simples pelo lado de fora, um desgaste, laços que se desfazem. E, do lado de dentro, estaremos destruídos e destroçados, rasgados enquanto os laços que nos uniam são arrancados.

Tomamos direções diferentes, diremos. Foi um acidente.

Eu me sento nos Degraus para o Nada com os meus amigos e nós rimos. É primavera e a brisa está bagunçando os nossos cabelos como dedos carinhosos. Estamos sentados tão juntos que encostamos uns nos outros constantemente. Nós nos tocamos com a casualidade que o amor permite. Noah e Alex fazem uma briga de dedão, Angie me cutuca e pergunta o que vou fazer depois da aula. Brooke passa a mão no cabelo novo de Sasha para admirá-lo. Nós nos sentamos assim em centenas de dias e acreditamos que faremos isso por mais uma centena.

Isso é amizade e é amor, mas eu já sei o que eles ainda não aprenderam: o quão perigosa a amizade é, o quão destruidor o amor pode ser.

quarenta e um

Estou dormindo, sonhando com algo que não vou lembrar daqui a alguns momentos porque o celular está tocando. O brilho da tela na noite escura me acorda tanto quanto o toque animado. Um pouco atrapalhada, eu o procuro instintivamente na mesinha de cabeceira e, em algum lugar da mente, registro a hora no relógio, de alguma forma tentando entender o sonho que estou perdendo. Os meus dedos encontram o telefone e o levam até o rosto para eu ver quem está ligando.

Finny.

O sonho se foi e tudo que sobrou é a realidade do nome de Finny brilhando para mim no escuro. O celular toca de novo.

— Alô? — falo.

— Cara, é uma menina. — Eu não reconheço a voz ou a risada ao fundo.

— Alô? — repito. A minha lógica sonolenta conclui que se eu disser as falas certas, o outro lado vai corresponder.

— Ei, o que vocês... — Eu ouço um grito e alguns ruídos, e então o barulho para. Olho para o celular, que me avisa que a conversa durou quinze segundos. Eu pisco para ele e o celular toca de novo. Finny. Eu atendo:

— Alô?

— Autumn? Desculpa.

— Finny?

— É, sou eu.

Eu caio de volta no travesseiro e fecho os olhos. Sinto-me aliviada, mas estou cansada demais para tentar entender o porquê. É ele, então tudo bem.

— O que foi aquilo?

— Uns caras pegaram o meu celular, eu estou em uma festa, acho que eles ligaram para você porque você é a primeira na minha lista de contatos...

— Eu sou a primeira na sua lista de contatos? — Sinto os cantos da minha boca se curvarem para cima e torço para ele não conseguir ouvir a felicidade e surpresa na minha voz.

— Bem, é. Ordem alfabética. Você sabe. — A voz dele se perde no fim.

— Ah, certo. — Esfrego os olhos e suspiro. — Eu ainda estou meio dormindo.

— Desculpa — diz Finny.

— Tudo bem. Mesmo.

— Eles estão bêbados e idiotas. Não vai acontecer de novo.

— Você está bêbado?

— Não, eu sou o motorista da rodada.

— Isso é bom — comento. Eu não sei o que quero dizer com isso, mas parece ser verdade, então é o que eu digo.

— Ei, espera. — E então diz em voz baixa, sem ser para mim: — Ela está passando mal de novo? — Outra voz, feminina, responde algo. — Tá bom — diz ele. — Ei, Autumn?

— Sim?

— Vou deixar você voltar a dormir, ok? Desculpa por antes.

— Tudo bem. Boa noite.

— Boa noite.

Eu espero que ele desligue primeiro. Consigo ouvir o barulho da festa ao fundo. Conto lentamente até três e ainda consigo ouvir a respiração dele.

Ele desliga.

O celular cai no chão, eu me viro e enterro o rosto no travesseiro. A dor no peito lateja e murmura com o meu coração. Quando foi a última vez que a voz dele esteve neste quarto comigo, no escuro? Um dilúvio de memórias me atinge. Nós dois, muito pequenos, dormindo enrolados como coelhinhos bebês. Mais velhos, sussurrando segredos um para o outro à noite. Nós colocamos dedos sobre os lábios um do outro para abafar as risadinhas. O nosso desespero quando as Mães disseram que estávamos velhos demais para dormir na mesma cama. Finny me fazendo sinal com a lanterna da janela dele e eu levando o copo com barbante até a orelha.

— Você consegue me ouvir?

O amor que tentei represar quebra a barreira e flui por mim, contraindo os dedos dos pés e fechando as mãos em punhos enquanto eu exalo o nome dele para o travesseiro.

— Finny — digo para a escuridão solitária. — Finny. Meu Finny.

A respiração falha e as pálpebras se fecham contra a dor de amá-lo. Finny. Meu Finny.

quarenta e dois

No último dia de aula, Jamie e eu estamos nos pegando na piscina dele depois que os outros foram embora. A borda de concreto pressiona as minhas costas quando ele se aperta contra mim. A minha mão está enfiada na parte de trás da sunga dele e eu consigo sentir os músculos contraídos. Quero morder o ombro dele, mas Jamie não iria gostar. Em vez disso, volto os lábios pros dele e ele desliza a língua para dentro. O gemido dele vibra na minha boca.

— Jamie, eu te amo.

— Quanto? — pergunta. Ele se aperta contra mim de novo.

— Muito — respondo. O desejo me toma de novo e eu beijo o ombro dele.

— Por favor? — suplica e, quando pressiona ainda mais o corpo ao meu, a minha pele raspa no concreto.

— Ai — reclamo.

— Quer entrar?

— Sim.

Caminhamos descalços pelo pátio até a parte interna da casa. Parece que o meu coração está batendo entre as pernas. O arranhão nas costas dói quando a pele se contrai com um arrepio. Gelada da caminhada pelo ar-condicionado, começo a entrar embaixo das cobertas assim que chegamos no quarto dele.

— Não. Você vai molhar os lençóis.

— Estou com frio.

— Então tira o biquíni.

— Tá bom — respondo. Ele desliza para o meu lado, me olhando bem nos olhos. Nós ficamos deitados de lado, olhando um pro outro.

— Autumn — começa Jamie. Ele tem aquela expressão nos olhos que revela o que ele vai dizer antes mesmo de abrir a boca.

— Jamie, eu...

— Isso é ridículo. Olhe para nós.

— Você não pode só me beijar?

— Eu quero fazer amor com você — pede Jamie.

Eu não consigo dizer nada em resposta. Não consigo dizer que quero fazer amor com ele. Mas também não consigo dizer o contrário. Ele não faz nada. Eu me pergunto o que Jamie acha que estou pensando enquanto olhamos um para o outro. Talvez pense que estou considerando a ideia, decidindo se estou pronta ou não.

Ele poderia ter só me perguntado se eu quero subir no telhado e tentar voar. Poderia ter sugerido que dirigíssemos até o aeroporto e comprássemos duas passagens para Paris. Não é que eu não goste da ideia; apenas não é possível.

— Não podemos simplesmente fazer sexo — digo.

— Por que não?

— Porque... — começo, mas não consigo encontrar palavras para explicar o que é tão óbvio para mim.

— O que eu posso fazer para que pareça certo para você? — pergunta Jamie.

— Eu preciso... — Eu não sei do que preciso, então falo qualquer coisa. — Eu preciso de tempo.

— Quanto tempo?

Nós olhamos um para o outro. O olhar dele é intenso, calculista. Ele estuda o meu rosto.

— Um ano — respondo.

— Tudo bem — diz.

— Tudo bem?

— Depois da formatura.

— Tudo bem.

Jamie me beija.

Talvez em um ano eu tenha descoberto do que é que eu preciso de verdade. Talvez, se eu não conseguir descobrir em um ano, então eu nunca vá descobrir. E, se for assim, provavelmente será melhor ceder.

Jamie me beija. Eu fecho os olhos e me perco na sensação puramente física disso, o calor, a pele e a nossa respiração. Nós estamos quase nus, na cama e apaixonados; isso é quase sexo. E é quase certo.

quarenta e três

TALVEZ A MINHA MÃE PRECISE VOLTAR PARA A CLÍNICA. A TIA Angelina está no telefone com os médicos. A minha mãe está chorando na cozinha. Eu estou sentada nas escadas. O meu pai está no trabalho, mas ele vai vir para casa assim que puder.

Eu não posso ir para a cozinha. Eu não deveria saber. Mas a verdade é que sou sempre a primeira a saber. A roupa limpa começa a aparecer na frente do quarto em um cesto, em vez de já dobrada e guardada nas gavetas. Há vegetais congelados e já cortados no freezer, em vez de cabeças inteiras de couve-flor fresca, pimentões amarelo-vivo e abóbora. Ela passa a deixar louça suja na pia de um dia para o outro. Não está de maquiagem quando chego em casa à tarde.

E aprendi que se eu tentar avisar qualquer um, eles vão rir. Eles não percebem que a tensão e a perfeição dela são as únicas coisas que a mantêm de pé. Até mesmo a tia Angelina vai franzir as sobrancelhas e dizer que a minha mãe está aprendendo a pegar leve, que isso vai ser bom para ela, que talvez esteja aprendendo a relaxar um pouco.

A tia Angelina desliga. Eu ouço a cadeira raspando no chão. A voz dela é baixa quando fala com a minha mãe, que responde com a voz aguda, mas logo abaixa o tom.

Finny e eu adorávamos ouvir a história de como elas se conheceram, porque nunca era igual. A tia Angelina nos contou que a minha mãe a tinha resgatado de uma tempestade, ou que elas tinham ficado presas no topo de uma roda-gigante e tiveram que descer pela estrutura. Elas se salvaram de um afogamento, conheceram-se nos bastidores de um show do Rolling Stones, ficaram trancadas no mesmo armário no primeiro dia do ensino médio e já saíram de lá amigas quando foram resgatadas pelo faxineiro.

A minha mãe dizia que elas se sentavam uma do lado da outra na aula de Matemática do oitavo ano. Uma vez ela disse que foi no sétimo.

Os soluços dela estão mais fracos agora. Embora eu nunca as tenha visto em uma das crises da minha mãe, consigo imaginar com clareza. Ela com a cabeça sobre os braços na mesa. A tia Angelina acariciando o cabelo dela.

Elas se amaram quase toda a vida, mas não estão apaixonadas. São intensas e devotadas. Estão ligadas uma à outra e são balanceadas uma pela outra — o caos exterior da vida de Angelina e a escuridão interna da minha mãe. A força de Angelina e a vontade da minha mãe.

Eu imagino os dedos de Angelina se entrelaçando no cabelo da minha mãe e descansando ali.

— Eu te amo — diz ela. E sempre vai amar.

O meu pai entra pela porta da frente, carregando a pasta de trabalho em uma das mãos. Ele chegou mais cedo do que eu esperava. Ele e a minha mãe começaram a namorar no primeiro ano do ensino médio, como eu e Jamie. Eu não sei o que os une.

— Oi, Autumn.

— Oi, pai.

— Dia difícil, hein? — pergunta.

Eu não sei se ele está falando de mim, da minha mãe ou de todos nós.

— Ela está na cozinha — aviso.

Ele faz que sim e olha para mim.

— Tudo bem com você?

— Tudo — respondo. Sempre está tudo bem comigo. Relativamente. Não consigo imaginar não querer viver. Não consigo imaginar não acreditar que as coisas vão melhorar algum dia. Não consigo imaginar que não exista nada mais para ver, que não exista nada mais me prendendo à Terra. Enquanto eu ainda tiver vontade de viver, acho que estou bem.

O meu pai entra. A tia Angelina sai.

— Oi, menina — diz ela. Eu não respondo. — Vai ficar tudo bem.

— Eu sei disso. Tudo já está bem. Está sempre bem. Está sempre bem, bem, bem.

Eu faço que sim.

— Quer que eu chame Finny? — sugere ela.

Eu acho que tenho um arrepio, não tenho certeza. O rosto dela muda em reação a mim, então eu devo ter feito algo.

— Certo — fala.

— Não é o que você está pensando. — Tento corrigir o mal-entendido.

Eu o quero. Eu o quero aqui e eu quero Jamie e eu quero Sasha e Angie e Noah e Brooke e a minha avó que morreu há muitos anos. Eu quero a minha mãe. Eu quero que a minha mãe fique bem, bem de verdade. O que outras pessoas querem dizer quando falam "bem".

A tia Angelina assente. Um canto da boca dela sobe, só por um momento.

— O amor é complexo — conclui ela.

Eu faço que sim de novo. E então apoio a cabeça nos joelhos e não choro.

quarenta e quatro

Na minha frente está um copo de rum com Coca-Cola. Há três cubos de gelo dentro dele. Brooke está servindo Coca-Cola no copo de Noah. Jamie está sentado ao meu lado na mesa da cozinha. Ele já deu um gole no drinque dele, mas protestamos e afirmamos que todos nós precisávamos dar o primeiro gole ao mesmo tempo.

A minha mãe ainda está no hospital e o meu pai está em uma viagem de negócios. Essa é a primeira vez que pude passar dias sozinha. Tenho que falar toda noite com a tia Angelina. Ela quer saber como estou me sentindo e se vou jantar com eles. Estou bem e sempre tenho planos, como hoje.

Jamie e os outros estacionaram na esquina para que a tia Angelina não veja os carros na entrada. A irmã mais velha de Brooke comprou o rum. Nenhum de nós tomou bebida alcoólica desde aquele Ano-Novo. Decidimos que era hora de experimentar de novo.

— Certo — diz Brooke.

Todos nós erguemos o copo. O gelo dentro de cada um deles estala de uma só vez como uma melodia que perdeu o ritmo.

— A nós — digo, me lembrando do brinde de Natal de Jamie.

E estou sendo sincera. Olho para o rosto de cada um deles. Nós viramos os copos. De início, o gosto é o mesmo, como se só tivesse Coca-Cola no copo; mas, quando engulo, a garganta queima e o estômago esquenta. Angie faz uma careta. Alex tosse. Jamie dá outro gole.

— É ok — conclui Noah.

Eu dou mais um gole.

Alex está tentando prender o cabelo de Sasha. Ele está com uma escova, um punhado dos meus grampos e um elástico.

— Você vai ficar fabulosa, querida, simplesmente fabulosa — diz para ela.

Nós estamos sentados no chão da sala de estar, observando-os e assistindo à televisão e rindo. A minha cabeça parece pesada e leve ao mesmo tempo. Estou feliz. Amo os meus amigos.

— Ai! — reclama Sasha.

— A dor é o preço da beleza, querida — diz Alex.

Nós rimos de novo. Eu ergo o copo e Brooke se inclina para enchê--lo. Um pouco de rum cai no meu braço e Jamie se inclina para lamber.

— Que nojo — digo.

Eu limpo a saliva do braço e olho feio para ele. Ele ri para mim. Brooke enche o resto do copo com Coca-Cola e eu o levo aos lábios. O gelo derreteu há um tempo, mas ninguém liga. Na televisão, um carro capota e pega fogo.

— Ah não — lamento.

— O quê? — pergunta Jamie.

— Ele morreu — explico.

— Não, esse é o carro do espião russo.

— Ah.

Jamie se inclina e lambe o meu braço de novo.

— Não — reclamo enquanto o empurro para longe. Todos dão risada. Eu tento me levantar e preciso me apoiar no braço do sofá. Eles riem de novo. — Eu vou lavar o braço — aviso.

— O quê? — pergunta Jamie.

— Você lambeu o meu braço duas vezes. Preciso lavar.

— Não precisa, não.

— Estou indo lavar o braço — concluo, soltando o sofá e atravessando a sala. Os meus pés não estão indo exatamente na direção que falo para eles; pisam para o lado e me impulsionam para a frente antes de eu estar pronta.

— Me traga mais daqueles negocinhos de cabelo, querida — pede Alex.

— Você ainda não acabou? — pergunta Sasha.

Eu agarro o batente da porta quando passo para o corredor e não escuto o que Alex diz em resposta. Desde o segundo drinque, estou com uma sensação calorosa, me sentindo feliz e livre, como se estivesse em um gostoso banho quente e fosse invencível. Agora eu já tomei quatro drinques e algo está borbulhando em mim como uma risada presa no peito, me fazendo cosquinhas enquanto tenta sair.

Vou até o banheiro de cima, meu preferido por causa da banheira. Quando eu tinha dez anos, eu conseguia me deitar de costas com os pés em uma ponta e a cabeça tocando a outra perfeitamente. Agora eu preciso dobrar os joelhos. Eu entro nela e me remexo até estar confortável. Então, preciso me remexer de novo para tirar o celular do bolso.

Mudo de posição, tentando me acomodar novamente enquanto ouço o telefone chamando. Quando ele atende, eu paro de me mover.

— Autumn?

— Finny, oi — sussurro.

— O que houve?

— Nada. Estou bêbada.

— Ah — diz ele. E então: — Ah.

Sinto uma onda de orgulho no peito. Eu surpreendi Finny. E agora, assim como ele, eu já fiquei bêbada. Eu rio, então me lembro que estou tentando ser silenciosa.

— Agora eu sei por que você faz isso — falo baixinho. Cubro a boca com uma mão para abafar a risada.

— Onde você está? — pergunta ele.

— Na banheira — respondo.

193

— De quem?

— Na minha. A com os pés. Estou me escondendo dos meus amigos.

— Por quê?

— Para poder ligar para você, bobinho. — Ele ri, um som curto que se torna um suspiro. Eu franzo as sobrancelhas e me mexo de novo. As laterais de porcelana estavam batendo nos meus cotovelos. — Foi uma coisa maldosa de se dizer? — pergunto.

— Não, não é maldoso. Só é verdade.

— Mas eu ainda preciso contar para você por que liguei.

— Por que você me ligou?

— Quando a gente for visitar a minha mãe amanhã à noite, você vai também?

— Você quer que eu vá?

— Sim.

— Então eu vou, mas você precisa me prometer duas coisas.

— Tá bom — concordo.

— Número um, quando a gente desligar, eu quero que você desça e beba um copo d'água grande. E, antes de ir dormir, beba outro.

— Por quê?

— Com sorte, você vai passar menos mal amanhã.

— Ok.

— A número dois é muito importante, Autumn.

— Ok.

— Não transe com Jamie enquanto estiver bêbada — diz Finny.

Eu fecho os olhos. Sei o que quero dizer, mas continuo em silêncio. As palavras não conseguem encontrar o caminho na neblina da minha mente para fora da boca. Tem algo ali, algo importante, se eu só conseguisse encontrar.

— Autumn? — chama ele.

— Eu não ia fazer isso — respondo. As palavras caem de mim como pedras mergulhando na água, uma, duas, três, quatro, cinco.

— Ok. — Agora nós dois estamos em silêncio. Há uma batida lá embaixo e o som de risadas. — Eu ia com vocês de qualquer forma.

— Jamie e eu vamos transar depois da formatura — revelo.

Há uma pausa. Eu consigo ouvi-lo respirando.

— Por que depois da formatura?

— Sei lá. — Quero que ele me diga que está tudo bem, que é a coisa certa a fazer.

— Quantos drinques você tomou? — pergunta.

— Três. E tem um me esperando lá embaixo.

— Acho que você devia parar depois desse.

— Você é sempre tão mandão — reclamo.

— Me prometa — pede Finny.

— Eu prometo.

— Tá bom, então.

— Eu deveria estar lavando o braço. Preciso ir.

— Por que você está lavando o braço?

— Jamie me lambeu. Duas vezes.

— Isso é uma coisa que ele costuma fazer?

— Não, ele está bêbado também.

— Não se esqueça de beber água.

— Não vou. Tchau.

— Tchau.

Lá embaixo, o espião bom está voando em um helicóptero com a mocinha. Eu esqueci dos adereços de cabelo que Alex pediu, mas a cabeça de Sasha está apoiada no ombro dele agora, então ele nem repara. O braço está vermelho e coçando onde eu esfreguei com água quente, prova de que eu o estava lavando lá em cima. Sento-me ao lado do outro garoto por quem estou apaixonada.

— O que é isso? — pergunta ele.

— Um copo d'água — respondo. — Quer um gole?

— Claro.

Eu passo o copo para Jamie. Ele dá dois grandes goles e o devolve para mim. Termino de beber e me aninho ao lado dele. Ele inclina a cabeça contra a minha. O espião beija a mocinha e a música aumenta. A tela fica preta.

195

Hoje eu vou dormir com Jamie, mas não faremos sexo. De manhã, ele vai me beijar e exalar o hálito quente no meu pescoço e eu vou enterrar a cabeça no ombro dele. Angie vai estar vomitando no banheiro do corredor. Alex vai passar mal também. Jamie e eu não vamos passar mal. Os que conseguirem comer vão fritar ovos e, com olhos vidrados, assistiremos juntos, no sofá, ao noticiário da manhã.

Ninguém vai falar muito. Eu não vou contar a eles que vou visitar a minha mãe mais tarde. Quando forem embora, eu vou me sentir aliviada e vou voltar a dormir.

À noite, vou colocar uma saia e ir até a casa ao lado. Vou recusar quando Finny me oferecer o banco da frente. A tia Angelina vai colocar o rádio na estação de clássicos e ninguém vai cantar junto. Eu vou observar a nuca de Finny quando o carro entrar no estacionamento do hospital porque ele está ali, bem ali, e ele estaria de qualquer forma.

quarenta e cinco

ACHO QUE JÁ LI TODOS OS LIVROS DA BIBLIOTECA. TODOS OS ROmances, no caso. Todos os romances que eu queria ler. Ou que eu estaria disposta a tentar. Se alguém tivesse me dito que isso era possível dez anos atrás, eu não teria acreditado. Livros são ilimitados.

Eu giro a estante com a placa NOVAS AQUISIÇÕES em negrito. O ar--condicionado está frio demais e estou arrepiada. A minha mãe voltou para casa. O meu pai está no trabalho. Amanhã é Quatro de Julho.

A estante não é nova, ela range quando gira. Daqui a dois dias, nós vamos visitar uma universidade, todos nós — a minha mãe, a tia Angelina, Finny e eu. Preciso encontrar alguma coisa para ler ou não vou conseguir ficar sentada ao lado dele durante quatro horas, com o cheiro dele e o perfil olhando pela janela.

Eu me estico e pego um livro que já vi duas vezes. Talvez tenha alguma coisa ali, algo que eu possa tirar, que possa me fazer escapar por algum tempo.

Fui a outra consulta com o dr. Singh ontem. Ele assentiu para tudo que eu disse e renovou a receita. Eu penso na minha casa dos sonhos na qual a mobília — mesas, cadeiras e cabeceiras — são todas pilhas de livros. Pergunto-me se ele concordaria com a cabeça de forma pensativa para isso também. Talvez ele me perguntasse o que os livros significam para mim. Eu diria a ele que são uma forma de viver uma outra vida; que eu estou apaixonada tanto pelo meu ex-melhor amigo quanto pelo meu namorado e que preciso acreditar em outra vida. Ele faria alguma anotação depois disso.

No caminho de volta do consultório, perguntei para a minha mãe se alguma vez ela pensou que eu precisaria ir para uma clínica e ela começou a chorar. Ela não encostou o carro, nem mesmo desacelerou. Só encarou a rua e chorou.

— Desculpa — falei.

— Me desculpe. — Ela não estava se desculpando por chorar, mas por algo maior, algo que ela tinha dado para mim, feito comigo, guardado de mim.

— Tudo bem — respondi. Não era culpa dela.

Na parte de baixo da estante há uma pequena coleção de *haikus* japoneses. Uma coletânea de poesia pode ser uma boa. Poemas podem ser lidos várias vezes e estudados.

Jamie chega por trás de mim. O peito dele roça as minhas costas.

— Já terminou? — pergunta.

— Não.

— Tá bom — diz, e eu consigo sentir o meu amor por ele, um lugar pequeno e quente enfiado entre o estômago e os pulmões; ele se agita e se acomoda de novo.

— Só mais um pouquinho — acrescento. Ainda não me virei para olhar para ele.

— Sem pressa. — Ele me tranquiliza.

Nós vamos ao cinema. Iremos comer hambúrgueres na praça de alimentação do shopping e Jamie vai fazer piada sobre a maneira que eu como as batatas.

Jamie vai se candidatar a universidades diferentes da minha. Ele nem está considerando o lugar para onde vamos depois de amanhã. Essa faculdade é a única que posso pagar e que tem um programa de Escrita Criativa. Jamie tem fé de que isso não tem a menor importância; vamos nos casar assim que terminarmos a faculdade. Escolhemos uma casa a algumas quadras da minha. Ela tem uma porta amarela, é por isso que eu gosto dela. Ele gosta dela porque eu gosto dela.

Eu pego *A redoma de vidro*. Parte de mim sempre teve muito medo de lê-lo, e a outra parte ficava irritada demais pelo clichê para superar esse medo.

— Pronto — digo.

— Legal — responde Jamie.

Eu me viro. Ele está sorrindo para mim. O cabelo escuro está caindo por cima dos olhos verdes. Eu me lembro de vê-lo nos degraus pela primeira vez, lembro-me de como fiquei olhando para ele como se não conseguisse acreditar que aquele rosto pudesse existir.

— O quê? — pergunto.

— Você está bonita hoje — comenta ele.

— Queria que você considerasse se candidatar para Springfield — falo.

— Nós vamos sobreviver. — Jamie me tranquiliza. — Eu vou ligar para você toda noite antes de dormir.

— Vou sentir saudade — digo.

— Ótimo, assim você não vai me trocar por um poeta.

Lá fora, o ar quente nos envolve como uma membrana, tão grosso que parece palpável. O meu arrepio desaparece.

— E você sabe que não precisa ir para lá — acrescenta Jamie.

— Não, eu preciso — discordo.

Jamie ainda quer que eu dê aulas. Quer que eu pelo menos faça Licenciatura junto. Ele fica em silêncio. O carro está sufocante e Jamie desce as janelas antes de dar a partida. Ele não consegue entender a minha necessidade de estudar Escrita Criativa. Nem mesmo a necessidade de escrever. Aceitação foi o que ele me deu e sei que tenho sorte de ter isso. E acho que é suficiente.

quarenta e seis

HOUVE UM MOMENTO, DEPOIS DO TOUR PELO CAMPUS, EM QUE FINNY e eu ficamos sozinhos, parados ao lado da fonte. O sol iluminava tudo à nossa volta em um branco doloroso e brilhante. Quando o vento soprava, a água que espirrava da fonte nos refrescava, então nós ficamos ali, esperando as Mães pararem de tirar fotos para voltarmos ao hotel. Eu estava olhando para tudo, qualquer coisa que não fosse ele, quando Finny quebrou o silêncio:

— Então, o que você achou?

Dei de ombros.

— Eu gostei, mas não tenho certeza se seria feliz aqui.

— Você seria — afirmou Finny.

Eu olhei para ele. Ele estava olhando para mim.

— Por quê? — Eu quis saber.

Finny deu de ombros e respondeu:

— Muitas árvores.

Estamos indo para casa agora. Finny está dirigindo. Fiquei surpresa, embora não devesse, quando a tia Angelina sacudiu as chaves e perguntou se ele queria dar uma voltinha. Ela me ofereceu o banco da frente também, para que eu pudesse esticar as pernas. No banco de trás, as Mães estão sentimentais. Elas querem falar sobre o Natal em que faltou luz ou do time de futebol de Finny no quinto ano ou do poema sobre fadas mortas que eu escrevi quando tinha dez anos.

— Vocês se lembram do primeiro dia de aula de vocês? — pergunta a minha mãe.

— Não — respondo.

— Eu me lembro — acrescenta Finny.

— Você saiu correndo sem esperar por Finny — contou a tia Angelina. — Ele ainda estava agarrado à minha saia na porta e você disparou pela pré-escola até o trepa-trepa.

— E então você se pendurou de cabeça para baixo e quase me matou de susto — completa a minha mãe.

Eu não só *não* me lembro, como também não *acredito* nessa história. Eu morria de medo de ficar longe de Finny e ele se sentia em casa em qualquer lugar a que íamos.

— Vocês devem estar invertendo — falo.

— Você estava usando uma saia e todo mundo viu a sua calcinha — conta a minha mãe.

— Você sempre foi a corajosa — conclui a tia Angelina.

— Foi você sim — confirma Finny. Os olhos dele não saem da estrada. Ele não me vê olhar para ele.

Eu não me lembro de ser sempre a corajosa. Eu me lembro de ter medo que ele fosse me deixar algum dia. Eu nunca o teria deixado.

———

— E você? — perguntei a ele quando estávamos sentados na beira da fonte. As Mães ainda estavam andando por aí e tirando fotos. Eu as vi andando para cá e para lá.

— Eu gostei também — respondeu ele.

— Mesmo?

— Sim — confirmou —, e não é tão longe de casa. — Então parou e eu olhei de volta para ele. Ele não estava olhando para mim. — Mas acho que talvez eu vá para Nova York depois, para estudar Medicina.

Finny em Nova York, e não eu. A essa altura, estarei casada com Jamie e de volta a este lugar. É engraçado como as coisas não acabam como você imaginou que acabariam.

— Você vai usar blusas pretas de gola rulê e beber café por mim? — perguntei.

— Eu não gosto de café — disse ele. Eu ri.

— Sabe o que mais? Nem eu — confessei.

Nós dois rimos. As Mães tiraram uma foto de nós sem que percebêssemos. Elas estavam longe e nós estávamos pequenos, sentados juntos no canto da fonte. Eu estava olhando para o chão, ele estava olhando para mim. Parecia que nós tínhamos nos sentado juntos ali todo dia.

A caminho de casa, eu olho pela janela e observo as árvores passarem voando como marcadores nos dizendo o quão longe chegamos.

quarenta e sete

No dia 8 de agosto, nada aconteceu.

Um raio não caiu sobre a Terra. Nenhuma senhora idosa apareceu na minha porta com um aviso. Finny não viu um cachorro preto encarando-o quando saiu do carro vermelho. Ninguém diz nada de profético ou irônico. Eu não acordo no escuro e ouço treze badaladas do relógio.

Finny sentiu alguma coisa? Houve algo inominável que mudou dentro dele? O último ano lhe pareceu como o fim da tarde, o sol se espalhando pelas tábuas do chão no quarto dele, desaparecendo lentamente até haver apenas um véu fino de cinza entre o dia e a noite?

Eu senti alguma coisa? Eu sabia?

Como todos os acontecimentos que se tornam história, agora sinto como se sempre soubesse, como se durante todo esse tempo, a coisa estivesse espreitando nas sombras. A história por baixo da história.

quarenta e oito

No primeiro dia de aula, Jamie e eu passamos pelo antigo ponto de ônibus e os calouros pareciam crianças. Uma garota com cabelo preto e coturnos passa o peso de um pé para o outro e olha feio para os outros. Eu desejo sorte a ela.

— Último ano! — Eu e as meninas gritamos umas para as outras.

Os meninos imitam os nossos gritinhos e reviram os olhos. Está insuportavelmente quente nos Degraus para o Nada, mas nós teremos que nos sentar lá antes da aula e durante o almoço para que todos os calouros saibam que aquele é um lugar proibido para eles. Nos reunimos antes do primeiro sinal e conversamos sobre perceber que, de certa forma, esse era o nosso último verão. No próximo, não seremos crianças em nenhum sentido da palavra. Já estamos quase lá, essa linha de chegada que esteve na nossa frente desde sempre. Somos quase adultos, a nossa vida está prestes a começar.

Estou na aula de Escrita Criativa do sr. Laughegan.

— Eu disse a você que nos veríamos de novo — diz ele quando entro na sala, que mais parece um armário.

Ele nos pede para escrever uma página sobre que tipo de fruta ou vegetal seríamos. Eu seria um kiwi, óbvio.

Também tenho uma aula de Literatura que conta créditos para a faculdade, duas aulas de Inglês e nenhuma aula de Matemática. É quase mais do que posso suportar.

Porém, tenho Educação Física, uma aula temática chamada Esportes da Vida. Supõe-se que sejam esportes que você pode praticar a vida toda, como boliche, caminhada ou coisas assim. Eu me matriculei nela porque parecia fácil.

Não sei por que Finny se matriculou também. Ele é bom em todos os esportes, não consigo pensar em um motivo que o fez querer uma aula com tão pouca atividade. Já estou sentada nas arquibancadas quando ele entra no ginásio. A professora anota o nome dele e ele se senta na minha frente. Não sei se me viu.

Enquanto a srta. Scope reforça as expectativas da aula, o que faremos e quando faremos, eu observo a parte de trás da cabeça de Finny. A mãe dele provavelmente acha que ele precisa cortar o cabelo, mas eu gosto quando fica um pouco comprido. No final do discurso, a srta. Scope diz que precisamos escolher um parceiro para o semestre, alguém para jogar bocha junto e competir na sinuca. Todo mundo olha em volta e sussurra, achando um par o mais rápido possível para não ficar para trás. Finny se vira e me olha nos olhos.

— Quer? — pergunta ele.

— Claro — respondo.

Lembro-me de nós dois no ponto de ônibus naquele primeiro dia do primeiro ano, eu me sentindo desconfortável demais para dar oi de volta para ele. Nós não poderíamos ter sido parceiros naquele ano; talvez nem mesmo ano passado. Ele ainda é o menino mais popular da escola e eu ainda sou a namorada do líder dos esquisitos, mas como somos os únicos alunos do último ano na aula, podemos ser parceiros. Não vai parecer que significa alguma coisa.

A srta. Scope anota todas as duplas e nos diz que estamos livres pelo resto do período e que podemos jogar basquete ou ficar sentados na arquibancada. Todo mundo se levanta ou sobe mais para fofocar nos cantos.

Finny e eu ficamos sentados. Ele se vira para mim de novo. Não posso usar uma tiara na aula de Educação Física e me sinto estranhamente exposta.

— Então, último ano — diz ele.

— Pois é.

quarenta e nove

ANGIE E DAVE MAURICINHO TRANSARAM NA SEGUNDA SEMANA depois das aulas começarem.

— Onde vocês fizeram? — pergunta Sasha.

É hora do almoço e os meninos estão se jogando no campo, socando ombros e xingando uns aos outros. O degrau de concreto está quente mesmo através da calça jeans. Eu me lembro de estar sentada neste mesmo lugar e escutar Brooke contar a história dela.

— Nós estávamos no carro dele. Não planejamos, só meio que aconteceu — conta Angie.

Mas ela não parece chateada, está linda. Há um rubor nas bochechas pálidas dela e os olhos estão brilhando.

— Mesmo? — pergunto.

Não entendo como sexo pode acontecer por acidente. Quando Jamie e eu estamos nos beijando há muito tempo, eu digo a ele que é melhor pararmos, porque é isso que a garota precisa dizer em certo ponto. Mas eu nunca disse que a gente precisava parar porque eu realmente achava isso. Eu nunca me esqueci de que estávamos no carro dele, de que o momento não era certo.

— Dói para caramba, né? — pergunta Brooke.

— Na verdade, eu vomitei — responde Angie.

— Ai, meu Deus — falo.

Ela olha para o meu rosto e ri.

— Ele tinha… você sabe, terminado? — pergunta Brooke.

— Tinha — confirma Angie. — Mas foi, tipo, logo depois.

— Você vomitou no carro dele? — quer saber Sasha.

Angie sacode a cabeça.

— Não, eu me virei de barriga para baixo, abri a porta e vomitei na entrada da garagem.

— Ah — comento.

Não consigo pensar no que dizer sobre isso, mas Sasha consegue:

— Espera aí, se vocês não estavam planejando, você usou alguma coisa?

— Bem, não. Mas foi só essa vez, na próxima vamos comprar camisinhas, ou, sei lá, alguma coisa — garante Angie.

— Basta uma vez — diz Brooke.

— Aham — confirma Sasha. — E vocês precisam se sentar e *conversar* sobre opções de métodos contraceptivos antes que role de novo.

— Gente. — Angie suspira. — Não estraguem isso para mim.

Eu fecho a cara de novo. Se estar no banco de trás de um carro e vomitar na entrada da garagem já não tinha estragado, não sei o que poderíamos fazer que estragaria. Eu não entendo como Angie pode estar feliz com um lugar tão clichê para perder a virgindade. Eu não entendo por que Dave não caiu em si quando notou que não tinham camisinha.

Brooke passa os braços em volta de Angie e a apazigua:

— Desculpa. Estamos felizes por você, de verdade.

— De verdade — confirma Sasha.

— Que bom, porque não consigo parar de sorrir e… — Angie suspira de novo. — Eu o amo tanto que toda vez que penso nele me abraçando depois eu só quero chorar.

Eu iria querer chorar também, se fosse Angie, mas por outros motivos. Não entendo como algo assim pôde acontecer.

Voltando da escola para casa, conto a história de Angie para Jamie. Ele escuta em silêncio e olha para a estrada em frente.

— Quer dizer, acho que estou feliz por ela se ela está feliz — falo. — Mas não parece horrível?

— Sei lá — responde Jamie. — Acho que seria bonitinho se você vomitasse.

— O quê?

Jamie parece calmo. Ele dá de ombros e sorri.

— Eu seguraria o seu cabelo e cuidaria de você.

— Eu não vou vomitar — garanto.

— E não vai fazer no carro. Eu sei, não se preocupe. — Jamie encosta na entrada da minha casa.

— Bem, não da primeira vez.

— Vamos reservar um quarto de hotel — fala Jamie. Ele olha para mim agora. — Um bem chique. E vamos nos arrumar e sair para um jantar caro antes.

— Isso soa... — Eu paro. — Bom. — Eu solto o cinto e me viro para ele.

Jamie me beija e me dou conta de que, nesse jantar, ele vai me dar um pingente para a minha pulseira, algo sutil que só eu e ele vamos entender. É romântico e eu queria não ter pensado nisso para que pudesse ser uma surpresa. Tento ao máximo me esquecer disso.

cinquenta

ESTAMOS JOGANDO BADMINTON E EU DESVIEI QUANDO A COISINHA com a pena de plástico voou na minha direção. Apesar de ela estar ao lado do meu tênis, Finny veio buscar. Ele recua alguns passos e ergue a raquete. Há muitas duplas e não tem rede para todo mundo, então estamos espalhados aleatoriamente pelo ginásio.

— Tente de novo — diz ele. — Estou sacando devagar. A peteca não vai te machucar.

Obedientemente, ergo a raquete. Com movimentos exagerados, Finny joga a coisa no ar e a acerta, lançando-a de leve na minha direção. Eu rebato defensivamente e o objeto arqueia na direção do chão. Finny mergulha, mas o meu retorno ruim é demais até para ele. Ele arranca a coisinha branca das tábuas amarelo brilhante do ginásio e olha para mim de novo.

— Certo. Foi melhor. Agora, tente bater para cima. — Ele entra em posição de novo, então para. — Mas não totalmente para cima — acrescenta.

Dessa vez, quando bato na pluminha, ela vai para a esquerda. Finny corre para o lado e, de repente, ela está voando de volta na minha direção.

— Uau! — grito. Eu movo a raquete na direção dela, mas erro e a coisa cai no chão. — Desculpa.

Abaixo-me e a pego. É meio como uma bolinha perereca, acho. Eu gosto de bolinhas pererecas. Se ela não tivesse essas penas de plástico saindo para fora, eu poderia gostar mais do jogo. Mas então ela seria mais difícil de ver. Tento imaginar a bolinha voando pelo ar. Talvez se ela tivesse uma cor vibrante.

— Autumn? — chama Finny.

Eu olho para ele novamente e me dou conta de que fiquei parada ali encarando a bola.

— Desculpa — digo, pela segunda vez em dois minutos. — Eu dei uma viajada por um segundo.

— Percebi. Então, quer sacar?

— Claro — aceito.

Eu jogo cuidadosamente a pluminha no ar e a vejo cair. Eu bato nela e ela voa para o alto e para fora. Finny salta à frente e rebate na minha direção, com graça, e ela voa alta e lenta. Ela vem direto para mim e, sem ter que dar um passo, eu a mando para o alto de novo. Nós conseguimos passá-la de um lado para o outro cinco vezes antes de eu errar mais uma vez.

— Isso foi bom! — diz Finny.

A srta. Scope apita e nós vamos até ela e colocamos as raquetes em uma pilha. Finny e eu caminhamos juntos, mas não lado a lado. Eu fico um pouco para trás dele e mantenho certa distância entre nós.

— Ah! — exclamo. — A minha mãe me pediu para perguntar o que você quer de aniversário.

— Tanto faz. Qualquer coisa.

— Eu preciso de algo para dizer para ela — insisto.

— Hum, talvez eu precise de tênis novos? — sugere Finny.

— Eu vou falar para ela comprar uma fazenda de formigas para você — digo quando viramos na direção do vestiário.

Finny dá de ombros.

— Ok. Quer uma também?

— Quero — respondo, embora a ideia não tenha me ocorrido antes. Eu poderia colocá-la na escrivaninha e observar as formiguinhas quando tiver um bloqueio criativo.

Nós estamos nos aproximando das portas agora. Depois que eu trocar de roupa, vou para a aula de Literatura e Finny e eu não vamos nos falar de novo até amanhã, mesmo que eu o veja de longe aqui ou em casa.

— O que você vai fazer no seu aniversário? — pergunto.

— O mesmo de sempre. Vou receber todo mundo lá em casa na sexta-feira, vamos comer e ver um filme.

— Parece divertido.

— Quer vir? — pergunta Finny.

Eu congelo. Ele se vira para mim. Estamos parados na frente dos vestiários e os nossos colegas se desviam de nós para entrar.

— Eu não... — Tropeço nas palavras e preciso desviar os olhos do rosto dele. — Quer dizer, não iria dar certo, iria?

Finny dá de ombros, mas não sorri.

— Eu só achei melhor perguntar de qualquer jeito.

— Quer dizer, eu chamaria você também, só que... você sabe.

— É, eu sei — concorda Finny.

— Mas nos nossos aniversários de verdade vamos jantar com as Mães, então... — Dou de ombros, sem saber como terminar essa ideia.

— Então tudo bem, estamos bem — completa ele por mim.

— Sim — concordo. — Tudo bem.

— Finn! Autumn! — grita a srta. Scope. — Querem chegar atrasados?

Eu noto que somos os últimos no ginásio. Nos afastamos um do outro e entramos por portas separadas.

cinquenta e um

— A ROSEIRA QUE VOCÊ ME DEU NO NATAL AINDA ESTÁ FLORIDA — me conta Sasha. Ela se senta nos degraus ao meu lado e coloca a bolsa entre os joelhos.

— Elas fazem isso — comento.

Estamos na primeira semana de outubro. Tenho um pingente novo na pulseira que Jamie me deu e uma fazenda de formigas na escrivaninha. O tempo está esfriando, mas ainda está quente, e algumas árvores começaram a mudar. A empolgação por estarmos no último ano passou um pouco. Agora é apenas a prova de que somos mais velhos e mais legais. Todos os outros alunos são tão jovens e estranhos, como não seríamos?

— Deveríamos fazer uma festa de Halloween este ano — sugere Brooke. — Quer dizer, com pessoas além de nós. A minha irmã pode comprar umas bebidas...

— A gente pode usar fantasias? — pergunta Alex.

— Não — respondemos Sasha e eu.

Em algum lugar no fundo da minha cabeça, penso em como uns anos atrás eu jamais conseguiria imaginar o Halloween sem uma fantasia.

— Por que não? — pergunta Brooke.

— Eu não vou usar uma fantasia — afirma Jamie.

— Eu também não — falo. — Mas os meus pais vão para um tipo de retiro de terapia de casal no fim de semana de Halloween, então...

— Eu estou grávida — diz Angie.

Todos nos viramos ao mesmo tempo na direção dela. Ela está no topos dos degraus, acabou de chegar. Está com a mochila sobre os dois ombros, como uma criança. As mechas rosa no cabelo dela desbotaram e cresceram. Ela olha de volta para nós como se tivéssemos acabado de fazer uma pergunta.

— Já? — pergunta Sasha.

— Eu fiz um teste ontem.

O sinal toca e nos levantamos. Caminhamos em grupo na direção das portas, mas os meninos ficam para trás. As meninas fazem uma série de perguntas: quais são os sintomas? Como Dave está lidando com isso?

— Estou cansada e os meus peitos doem — responde ela. — Mas é só isso e a menstruação atrasada. — Angie conta que Dave ficou bem pirado, mas também animado. — É quase como se ele estivesse meio orgulhoso de si mesmo — afirma ela, no mesmo tom monótono. Então ri, e soa estranhamente feliz.

cinquenta e dois

— VAMOS DAR UMA FESTA DE HALLOWEEN NO FIM DE SEMANA QUE os meus pais vão viajar — digo a Finny.

Ele quica a bola de pingue-pongue contra a mesa e bate nela lentamente.

— É, eu ouvi falar — comenta ele. A bola quica e passa por mim.

— Ouviu?

— Sim. Você sabe que devia bater a bola de volta para mim, né?

— Desculpa. — Eu me abaixo para pegar a bola e mando na direção dele. — A questão é... eu quero pedir um favor para você.

— Qual?

— Bem, como você sabe, eu *falei* para os meus pais que queria dar uma festinha de Halloween...

— Aham. — Finny bate a bola na minha direção, com calma, e eu corro para rebatê-la.

— Mas você também sabe que vai ser mais do que só uma festinha. E eu estava preocupada com a sua mãe. — Apesar da minha corrida desengonçada, nós temos um ritmo constante agora. Bate, quica, bate, quica.

— Então?

— Então, eu concluí que se você estiver lá a sua mãe vai presumir que não pode ser tão ruim, entende? Ela ia fazer vista grossa.

Finny pega a bola com uma mão e ergue as sobrancelhas.

— Você quer que eu vá?

— Sim — respondo e dou de ombros sem querer. — Quer dizer, claro que você pode levar Sylvie e todo o resto do seu grupo.

— Você sabe que a minha mãe não é tão tonta quanto a sua.

A srta. Scope sopra o apito e Finny e eu colocamos as raquetes na mesa e vamos nos sentar nas arquibancadas. A outra metade da sala se reúne em volta das seis mesas.

— É, mas isso é porque ela é bem mais legal que a minha mãe — argumento.

Nós nos sentamos com trinta centímetros de espaço entre nós, na fileira de baixo.

— Isso é verdade — concorda ele.

— Você vem?

Finny dá de ombros.

— Os seus amigos não vão ligar?

— Já discutimos sobre isso — digo. É uma forma precisa de descrever a briga que essa proposta causou nos degraus esta manhã, mas ele não precisa saber disso.

— Olha, pessoal. Não vou receber toda essa gente a menos que eu tenha certeza de que a tia Angelina não vai dizer nada.

— E você acha mesmo que, se Alexis e Sylvie forem, a festa vai parecer inofensiva? — perguntou Sasha.

— Se Finny for, sim — expliquei.

— Eu não sei qual é o problema, eu imaginei que ele ia. Ele é seu vizinho — comentou Noah.

— Se Finny for, todos eles vão — explicou Jamie. — Eles nunca fazem nada sozinhos.

— Nem nós — considerou Brooke.

— Eu não quero sair com eles — disse Jamie.

— Nem eu — respondeu Sasha.

— Que tal assim: se eles tentarem chegar perto de vocês, eu os ataco com balas — sugeriu Alex.

— Você não vai precisar, eu duvido que eles queiram sair com a gente também — argumentei.

— Mas você acha que eles vão vir se você chamar? — perguntou Jamie.

— Se eu chamar Finny, sim. E eu vou convidá-lo.

―――――――

Finny se abaixa e amarra o cadarço.

— Ok — diz —, nós vamos.

— Ótimo! Mas não achei que seria difícil convencer um grande festeiro como você.

— Eu não sou muito festeiro. No geral, eu só fico lá. E quase sempre levo Sylvie para casa, então não posso beber.

— Parece divertido. Então por que você vai?

Finny desvia os olhos e dá de ombros.

— Sylvie precisa de alguém para cuidar dela — explica ele.

— Ah — respondo.

É como se alguém tivesse aberto uma janela e um vento frio começasse a soprar ao nosso redor. E, de repente, volto a achar inacreditável que eu tenha convidado Finny — e Sylvie! — para uma festa de Halloween com todos os meus amigos. Finny e Sylvie foram Rei e Rainha do Baile este ano. No palco, Finny parecia estar sofrendo e ficou muito vermelho quando foi coroado, enquanto Sylvie estava radiante. Eles ficaram de mãos dadas. Não posso recebê-los na minha casa.

— Bem, obrigada pelo favor. Você não precisa ficar o tempo todo se não quiser.

— Tudo bem — responde Finny, e eu sei que ele sentiu também.

Nós ficamos em silêncio o restante da aula.

cinquenta e três

EU ABRO O CADERNO E VIRO PARA UMA PÁGINA EM BRANCO.

— Certo, lembrem-se das regras: sem riscar palavras, sem parar. Prontos? — diz o sr. Laughegan. Nós o olhamos, ansiosos. — A sua memória mais forte. Agora!

Eu me inclino sobre a carteira e a minha mão voa pela página.

Na noite em que Finny me beijou, eu...

A minha mão recua da página como se estivesse queimando. Essa não é a resposta certa. Essa não é a minha memória mais forte. Essa é a memória que eu fiz muito esforço para esquecer. Eu não posso me lembrar disso com clareza suficiente para escrever.

— É um fluxo de consciência, Autumn. Não pare.

Eu não posso desobedecer ao sr. Laughegan.

Na noite em que Finny me beijou, eu não sabia o que fazer.

Passamos semanas falando apenas o necessário um com o outro. Durante o outono nós nos afastamos cada vez mais e eu nunca sabia o que dizer para ele. Na última semana de aula antes das férias de inverno do oitavo ano, nós até paramos de andar juntos para o ponto de ônibus. A minha mãe perguntou se tínhamos brigado.

Mas então era véspera de Natal. A minha mãe e eu fomos até a casa da tia Angelina e eu me sentei ao lado de Finny no sofá; e não havia as outras meninas populares, aulas diferentes ou a forma como as pessoas da escola pensavam que a nossa amizade era estranha. Era só a nossa família junta, a árvore e os presentes, e nós assistimos a *A felicidade não se compra* juntos enquanto as Mães faziam o jantar.

Nós não falamos sobre como as coisas estavam diferentes, porque de repente tudo estava igual de novo. Na manhã de Natal, rimos e jogamos bolas de papel de presente um no outro. Estava estranhamente quente naquela tarde, então fomos para o quintal e, pela centésima vez, ele tentou me ensinar a jogar futebol. No dia seguinte, ele foi lá em casa e construímos um forte no sótão. Nós nos deitamos de costas e olhamos para a luz do sol entrando pela colcha rasgada acima das nossas cabeças e eu contei a Finny a trama do romance que eu ia escrever, sobre uma princesa sequestrada cujo navio afunda e ela precisa começar uma nova vida entre o povo da ilha na qual ela vai parar.

Durante uma semana, fomos nós de novo; eu esqueci de ligar de volta para Alexis e Finny iluminou a minha janela com a lanterna à noite. Nós fizemos pipoca e assistimos a filmes. Tiramos fotos bobas um do outro com a câmera da mãe dele. Eu fiz flocos de neve de papel e nós os penduramos na janela.

Foi como navegar por um rio veloz. Eu tinha sido afastada de Finny pela popularidade sem ter tido a chance de tomar fôlego. Mas agora eu estava respirando novamente e achei que nós poderíamos encontrar uma forma de continuar amigos. Eu não sei o que estava se passando na cabeça dele.

Nós tivemos uma semana. Então era noite de Ano-Novo. Os meus pais iam sair e eu ia ficar com Finny e a tia Angelina até eles voltarem para casa. Depois do jantar, Finny e eu fizemos um bolo com a mãe dele e, enquanto assava, nós nos sentamos na mesa da cozinha e fizemos uma lista cada vez mais absurda de resoluções: fazer amizades com patos e construir jatos de propulsão, conhecer cinco celebridades mortas e comer uma pizza não cortada começando pelo meio.

— Aqui vai uma de verdade: vamos construir uma casa da árvore neste verão — propôs Finny.

— Tudo bem — falei. — Posso pintar ela?

— Claro.

— Da cor que eu quiser?

— Sim.

— Mesmo se for rosa?

— Se você quiser. — Finny anotou isso na parte de baixo da lista, colocou um traço e acrescentou uma observação sobre esquemas de cores. — Eu senti a sua falta — disse ele, com a cabeça ainda baixa.

A minha garganta apertou. Ele levantou os olhos. Nos encaramos. Eu não sei qual era a aparência do meu rosto. As bochechas dele estavam rosa e eu me lembro de pensar que os olhos pareciam diferentes, mais escuros de alguma forma. E havia outra coisa. Algo tinha mudado nas semanas que tínhamos passado separados, mas eu não conseguia identificar o que era.

— Finny, Autumn, está quase na hora — chamou a tia Angelina.

Finny desviou o olhar primeiro e foi pegar colheres de pau e panelas para batermos. Quando chegou a hora, corremos pelo gramado juntos e os vizinhos estavam soltando fogos. Ficamos na calçada batendo e gritando enquanto assistíamos. Finny fazia mais barulho do que eu já tinha visto ele fazer. Ele gritou e a voz falhou, ele levantou a panela acima da cabeça e bateu nela como em um gongo. Isso me perturbou um pouco, como os olhos dele. Ele não parecia mais o mesmo.

— Ok, vamos lá gente — disse a tia Angelina.

Nós nos viramos e, ainda ofegantes, começamos a nos arrastar pelo gramado atrás dela. Ela tinha quase chegado na varanda quando Finny me pegou pelo braço.

— Espera.

Eu parei e olhei para ele. Ele engoliu em seco e me encarou.

— O quê? — perguntei.

Eu o vi se inclinar, mas pensei que estava imaginando coisas. Ele não poderia estar prestes a me beijar. Então, ele virou o rosto para o lado, o nariz dele roçou a minha bochecha e os lábios de Finny estavam sobre os meus. Quentes. Os lábios dele se moveram de leve contra os meus uma vez, apenas tempo suficiente para as minhas pálpebras se fecharem instintivamente e se abrirem de novo. Ele se afastou devagar, sem nunca tirar os olhos do meu rosto. A mão dele ainda estava me segurando, os dedos agarrando o meu braço. O meu estômago deu um nó.

— O que você está fazendo?! — exclamei, embora Finny não estivesse fazendo nada naquele momento.

Ele estava apenas me olhando com uma expressão que eu nunca tinha visto. Os dedos apertaram o meu braço com mais força. Nós respiramos.

— Crianças? — chamou a tia Angelina da porta. — Vamos lá. O bolo está pronto.

Eu puxei o braço de leve e a mão dele caiu. Eu dei um passo para longe dele. Os nossos olhos nunca desviaram um do outro.

— Crianças?

Eu me virei e corri gramado acima. Ele me seguiu, e eu o imaginei me agarrando e me jogando no chão.

Finny, o meu Finny, tinha me beijado. Foi horrível. Foi estranho e maravilhoso. Parecia que eu estava assistindo a uma chuva de meteoros e não sabia se isso significava que as estrelas estavam caindo e o céu se abrindo ao meio.

Quando voltei para casa, fechei as cortinas e enfiei o rosto no travesseiro. As lágrimas queimavam os meus olhos e era difícil respirar.

— O que você está fazendo? — perguntei. — O que você está fazendo? — sussurrei para ele de novo e de novo e chorei até dormir.

Na manhã seguinte, enquanto as Mães faziam nosso brunch de Ano-Novo, Finny e eu nos sentamos no sofá com um metro de distância entre nós e não nos falamos. Apenas olhamos para a frente.

Havia quatro hematomas redondos no meu braço marcando o lugar em que a mão dele tinha me segurado. Ele nunca tinha me machucado antes.

E nós não éramos mais amigos.

Não é justo, eu não estava pronta não foi culpa minha. Você me beijou porque queria beijar uma menina ou me beijou porque O que eu deveria fazer eu não estava pronta eu não estava pronta eu não sabia

— O tempo acabou — informa o sr. Laughegan. Eu solto a caneta e ela rola da minha carteira para o chão. — Certo. Agora leiam o que escreveram. Há uma história aí?

cinquenta e quatro

ESTOU BEBENDO VINHO BRANCO EM UMA CANECA AZUL. A FESTA está lotada e quente, é um sucesso. Algumas pessoas estão vestidas como piratas ou andarilhos, eu estou vestida de mim mesma em uma camiseta azul, saia preta, meia-calça neon e tiara prateada. Observo a festa sozinha, apoiada na porta da sala. Brooke e Noah estão na cozinha fazendo drinques. Eu não sei para onde Alex e Sasha foram. Angie e Dave Mauricinho estão abraçados no sofá, bebendo Coca-Cola e sussurrando. Jamie está em cima da mesa de centro, contando uma história para o público cativo dele. Ele abre os braços e dá de ombros, todo mundo ri.

— Então eu voltei para o carro *de novo* — diz ele.

Uma risada se destaca dessa vez e eu olho ao redor, para o outro lado da sala. Sylvie está sentada de pernas cruzadas no chão ao lado do sofá, uma cerveja na mão e os olhos brilhando. Eu conheço essa expressão. Sylvie está encantada por Jamie. Acontece fácil e com quase todo mundo.

Jamie joga a cabeça para trás e ri da própria piada e Sylvie sorri. A minha própria boca se abre em um sorriso e eu observo Jamie saltar da mesa de centro e se curvar. Sylvie pode gostar dele agora, talvez até desejá-lo, mas ele está cruzando a sala e vindo até mim. Ele coloca as mãos no meu quadril e se aproxima.

— Ei.

— Foi uma história muito divertida — elogio.

— Eu sei. — Ele se gaba.

Agora que a narrativa épica terminou, a sala está começando a se encher de novo com outras vozes, um rumor baixo. Ele está tão próximo que tudo que consigo ver são os olhos risonhos e marotos dele encarando os meus.

— Eu quero muito... — falo.

— Quer o quê? — pergunta ele.

— Ficar sozinha com você.

A pele em volta dos olhos dele enruga quando ele sorri.

— Vamos lá. — Ele se anima.

Eu balanço a cabeça.

— Se nos verem subindo juntos, podem passar por cima da corda também.

Antes de todo mundo chegar, eu passei um pedaço de barbante na escada, para manter a festa no andar de baixo e conter a loucura e a bagunça.

— Eu subo agora — sugere Jamie. — E você vai daqui a um minuto com bebidas.

— Tá bom — aceito.

Ele me beija com força, me pressionando contra o batente da porta, de uma forma que não costuma fazer na frente dos outros. Fico sem fôlego e corada; inclino a caneca para trás e termino o vinho de um gole só.

Vou até o sofá e afundo ao lado de Angie. Eu cubro a boca com as mãos e digo no ouvido dela:

— Sussurros, sussurros, sussurros. — Ela me empurra suavemente e ri. — O que vocês estão tramando aí?

— Nós vamos nos casar — responde Dave Mauricinho.

— Em dezembro, talvez. Vamos contar para os nossos pais em breve. — completa Angie.

— Uau, isso é muito... — começo a falar, então com o canto do olho eu noto Finny entrando na sala — ...grande — concluo.

Os dois fazem que sim e o braço de Dave aperta os ombros dela com mais força. Eu me levanto desengonçada e me apoio com uma mão no sofá.

— Vou deixar vocês agora, crianças — anuncio. — Tenho um encontro no meu quarto.

— Use camisinha — diz Dave Mauricinho.

— Pois é — concorda Angie.

Eu rio, tiro a mão do sofá e, quando me viro, trombo com o peito de Finny.

— Ah!

— Desculpa — diz ele, embora tenha sido claramente culpa minha.

A bebida derramou na blusa dele quando nos esbarramos. Ele seca o peito com uma mão enquanto eu procuro alguma coisa para limpar a camiseta.

— Ah, lindo — diz Sylvie. Ela toca o peito dele e solta um suspiro irritado.

— Desculpa mesmo — repito.

— Tudo bem — diz Finny.

— Você vai ficar fedendo a álcool, lindo — reclama Sylvie.

— Vamos pegar um pano na cozinha — sugiro. — E você pode pegar alguma bebida do nosso estoque. — Ele contorna a mesa comigo e me acompanha.

— Não precisa fazer isso — garante ele.

— Preciso, sim.

— É muito gentil da sua parte, Autumn — diz Sylvie.

Finny e eu não respondemos.

Na cozinha, Brooke e Noah estão tentando criar uma coqueteleira encaixando um copo de plástico por cima de um de vidro. Gotas de vodca voam pelo cômodo a cada sacudida.

— Acho que não está funcionando — comenta Noah.

— Não mesmo — concorda Brooke. Ela abaixa a coqueteleira improvisada com tristeza.

— Ei, façam algo para Finny com o nosso estoque — peço.

— Você gostaria de um martíni personalizado? — pergunta Noah.

Abro uma gaveta para pegar um pano de prato.

— Diga não — aconselho.

— Hum… — Finny considera. — Talvez algo que não vá fazer uma zona na cozinha da tia Claire.

— Quem? — pergunta Brooke.

— A minha mãe — explico.

Passo o pano para Finny e ele seca o peito, mas a camiseta continua úmida e isso não ajuda muito. Enquanto Brooke e Noah criam um drinque com rum para Finny, eu encho a caneca e um copo de plástico com vinho.

— Aqui está, meu bom homem — diz Noah.

— Obrigado.

Nós três, eu, Finny e Sylvie, voltamos para a sala. O corredor está vazio. Eu me enfio por baixo da corda e olho por cima do ombro para ter certeza de que ninguém viu.

Finny está parado ao pé da escada, segurando a bebida intocada. Sylvie sumiu. Eu ouço a risada dela no cômodo ao lado.

— Ei? — chama ele.

— Eu?

— Não esqueça do que você me prometeu, ok?

Reviro todas as memórias que tenho de nós dois, tentando encontrar uma promessa que ainda não tenha sido quebrada. Houve muitas promessas, mas poucas restaram.

— Não enquanto você estiver bêbada — lembra.

Eu aperto o vinho com mais força e começo a assentir, então dou de ombros.

— Você não precisa se preocupar comigo, Phineas.

Ele olha para mim, sem piscar, sem se mover. Ele não cora. No cômodo ao lado, Sylvie chama o nome dele. Ele parece não ouvir. Eu engulo em seco, tentando empurrar o coração de volta da garganta para o peito.

— Tá bom, eu não vou… nós não vamos, ok? — prometo.

— Ok — responde ele e se vira.

— Finn? — chama Sylvie.

cinquenta e cinco

— ENTÃO, VOCÊ FICOU SABENDO DO DIA DE AÇÃO DE GRAÇAS? — pergunta Finny, enquanto alinha o taco de sinuca com a bola branca.

Ele bate e desfaz o triângulo formado por bolas no meio da mesa. Elas rolam em todas as direções. Uma cai no buraco do canto esquerdo da mesa.

— Essa conta? — quero saber. Finny dá de ombros e faz sinal para eu jogar. — A gente poderia contar, já que você vai ganhar de qualquer jeito.

— Ainda não dá para saber — diz ele.

— Dá sim. — Eu me inclino e tento me posicionar como ele fez.

— Não segure tão alto na parte de trás — aconselha Finny. — Não fique corcunda também.

Eu dou a tacada de qualquer jeito e acerto a bola de lado. Ela voa por cima da borda da mesa e cai no chão. Finny a pega e coloca de volta no lugar. Ele abre a boca para me explicar o que fiz de errado.

— O que você estava dizendo sobre o Dia de Ação de Graças? — pergunto. Ele olha para baixo e começa a se posicionar para a próxima tacada.

— O meu pai quer que eu vá até a casa dele e conheça a esposa e a filha dele. — Finny dá a tacada e a bola branca bate na que eu acho que ele estava mirando, mas ela não entra no buraco.

— Você tem uma irmã?

O meu peito está quente e o estômago se aperta. Finny dá de ombros e qualquer outra pessoa acharia que ele não poderia se importar menos. Eu sei que ele se importa. E é outra conexão que compete com a minha. Primeiro Sylvie e agora uma irmã.

— Qual é o nome dela?

— Elizabeth.

— Quantos anos ela tem?

— Quatro — responde Finny. Eu relaxo um pouco.

— Há quanto tempo você sabe dela? Por que não me contou?

Ele olha para mim. Nós estamos de frente um para o outro, em lados opostos da mesa, tacos de sinuca na mão. Ao redor, outras conversas zunem e bolas batem umas nas outras. Eu sei por que ele não me contou, porque nós praticamente não nos falávamos quando ela nasceu. Mas ele não se dá ao trabalho de me lembrar disso.

— Sua vez — avisa ele.

— Então você não vai passar o Dia de Ação de Graças com a gente? — pergunto.

Eu dou uma tacada e a bola branca bate na laranja de número seis, que bate inutilmente no canto da mesa e para.

— Não, eu vou — diz ele. — É para eu ir mais tarde, para o enterro dos ossos.

— Ah — falo. Ele dá a tacada e outra bola entra na caçapa.

— Você parece aliviada. — Ele nota e sorri.

— Você iria querer ficar o dia todo sozinho com elas?

Finny dá de ombros. Eu me inclino e tento mirar.

— Para — diz. — Eu não aguento.

— O quê?

Finny não responde, mas dá a volta na mesa e fica atrás de mim. Ele coloca as mãos por cima das minhas. Elas estão secas e quentes. O quadril dele pressiona contra o meu.

— Assim. — Ele ajusta a minha mão.

Eu fecho os olhos. Nós ficamos parados. A mão dele aperta a minha. Eu inspiro. Ouço as bolas batendo.

— Ops — diz Finny.

Eu abro os olhos. A bola que estávamos mirando quica na borda e para lentamente. Nós nos endireitamos e nos afastamos um do outro.

— Acho que sou tão ruim que nem você consegue dar jeito — brinco. Ele não me responde ou se move para dar uma tacada. — Finny? — chamo.

Ele pisca e diz:

— Não foi culpa sua, foi minha.

Finny me dá a vez de novo.

cinquenta e seis

NÓS ESTAMOS NO CARTÓRIO DO CENTRO. EU ESTOU SEGURANDO A nova câmera digital que ganhei de presente de aniversário. O vestido de Angie é curto e branco, contrastando com a meia-calça azul. Uma grande flor branca adorna o cabelo dela. Ela está de costas para mim agora, mas, quando se virar de perfil, vou notar o aumento quase imperceptível da barriga. Dave Mauricinho está de terno cinza. O cabelo dele está molhado e penteado divido ao meio. A mãe dele está chorando. Não sei se são lágrimas de felicidade. Ergo a câmera e tiro outra foto. Jamie se inclina e olha para a tela. Ele aprova com a cabeça. Todos nós estamos sentados em uma fileira da esquerda. Do outro lado, estão três dos colegas de time de Dave Mauricinho. Eles são as únicas outras pessoas jovens aqui, o resto são pais e avós, alguns tios e tias. Tem um bebê no meio, e de vez em quando ele balbucia e é ninado.

Eu pego a mão de Jamie.

— Somos os próximos — sussurro.

Ele sorri rapidamente e aperta a minha mão.

Dave Mauricinho e Angie se viram para olhar um para o outro; eu solto a mão de Jamie e ergo a câmera de novo. O sorriso dela é uma facada na minha barriga. As minhas mãos tremem e a foto fica borrada. Eu deleto antes que Jamie veja.

Algum dia eu vou ser feliz assim, eu digo para mim mesma.

As mãos de Angie apertam as de Dave e eu penso na mão dele na minha quando miramos a tacada de sinuca. Eu aperto a mão de Jamie.

cinquenta e sete

DURANTE TODO O DIA, AS MÃES FIZERAM UM ESTARDALHAÇO SOBRE esse ser o nosso último Natal antes de irmos embora para a faculdade e Finny e eu nos esforçamos para não revirar os olhos ou rir quando elas ficaram todas sentimentais. Às vezes, trocávamos olhares e dávamos avisos silenciosos um para o outro para não desdenharmos ou suspirarmos em resposta a elas. Nós não conseguimos entender de que forma as coisas podem ser tão diferentes assim no ano que vem, e achamos que elas estavam sendo ridículas e exageradas.

Os meus pais me deram um notebook. Bom para os trabalhos de escola, disseram. Bom para escrever, pensei. Comecei algo novo, algo secreto, e agora eu posso carregá-lo comigo para onde for, balançando contra o quadril, dentro da bolsa.

Finny ganhou um aparelho de som para o pequeno carro vermelho do pai. Ele nunca gostou muito de música, mas deu de ombros e meio que sorriu.

***

Estamos sentados no sofá vendo televisão com as luzes apagadas. Este ano o Natal é na casa da tia Angelina. O pinheiro perto da janela às vezes pisca aleatoriamente em uma parte ou outra, mas nunca todo ao mesmo tempo ou no ritmo. Finny tentou encontrar o problema e consertá-lo, até que a tia Angelina decidiu que gostava assim. Por causa da árvore, a luz da sala dança pelo teto e faz as janelas escurecerem e acenderem de novo. Finny está com o controle remoto. Ele pula os canais até encontrar *A felicidade não se compra*. Deixa o controle na mesa de centro, se acomoda nas almofadas e estica as longas pernas para a frente.

No Dia de Ação de Graças, quando se levantou de noite para nos deixar e ir ver sua outra família, nós trocamos olhares breves, mas não dissemos nada. Sem ele, fiquei sentada no canto com um livro e subi cedo para o meu quarto. Nenhuma informação sobre a noite dele na casa do pai chegou a mim pelas Mães, e Finny não me contou nada na aula de Educação Física. Tudo o que eu sei é que ele não vai nos deixar hoje.

As Mães riem na cozinha e Jimmy Stewart cai na piscina. Nós dois sorrimos e o filme vai para o comercial. Eu me levanto e pergunto:

— Quer uma Coca-Cola?

— Pode ser.

Eu chuto o pé dele.

— Você está bloqueando o tráfego com essas coisas — reclamo, e ele dobra as pernas e as estica de novo quando passo, como uma cancela de pedágio.

Essas pernas levaram a nossa escola para a final do campeonato estadual de futebol no outono. Eu fui ao último jogo com as Mães e pude vê-lo correndo por uma hora e meia. As pernas definidas, a forma como ele erguia a camisa para secar o suor do rosto, a concentração nos olhos enquanto corria, tudo isso fez o meu peito apertar. Eu sentia como se nunca mais fosse vê-lo jogar e, de alguma forma, sabia que eles não venceriam o jogo, que não ganhariam o campeonato, e que esse seria o último jogo da vida de Finny. O último jogo da vida de Finny no ensino médio, corrigi, mas o meu peito ainda doeu quando o apito soou e ele se arrastou pelo campo, derrotado.

Na cozinha, a minha mãe está de olho no cordeiro e a tia Angelina está servindo uma taça de vinho.

— Mais vinte minutos — diz a minha mãe.

— Eu só vim pegar Coca-Cola.

A tia Angelina alcança a parte de cima da geladeira e pega duas latinhas para mim. Eu levei uma lata quente em cada mão. Finny e eu não gostamos de beber refrigerante em latas geladas. Em algum momento por volta do terceiro ano nós ficamos com a ideia de que tinha algo de livre e rebelde em beber refrigerante direto da lata e, durante anos, nos recusamos a beber de outro jeito. Isso acabou se tornando um hábito. Jamie acha estranho, provavelmente porque eu nunca lhe dei nenhuma explicação, não que a verdadeira fosse ajudar. Ele ainda insiste em dizer, sempre que possível, que a minha relação com Finny é esquisita.

— Pode jogar — diz Finny, quando eu volto. Ele estica as mãos.

— Você quer morrer ou algo assim? — pergunto.

Eu cruzo a sala e coloco a lata nas mãos dele.

— Que nada. Mesmo que você acertasse a minha cabeça, não consegue jogar com força suficiente para machucar de verdade.

Eu me sento no sofá e abro a lata. Ele provavelmente tem razão. Estou dando o primeiro gole quando ele fala algo baixo demais para eu ouvir.

— O quê? — pergunto.

Finny pigarreia.

— Vou sentir saudade de fazer aula de Educação Física com você.

— Você quer dizer que vai ficar com saudade de rir de mim na aula de Educação Física?

— Não. Quero dizer que vou sentir saudade de passar tempo com você.

Um nó se forma na minha garganta. Dou de ombros, sorrio e tento desviar.

— Nós nos vemos o tempo todo. Jantamos com as Mães tipo duas vezes por semana.

— Eu sei — diz Finny. Ele olha para a lata. — Mas sei lá. Acho que devíamos sair uma hora dessas, sem que sejamos obrigados pelas Mães. Ir ver um filme ou coisa assim.

— Hum — respondo.

Desvio o olhar. Sinto-me quente e tonta por dentro. Eu não consigo pensar no que dizer. Talvez seja possível que a gente tenha dado a volta completa, de sermos o mais próximos que duas pessoas podem ser, até estranhos desconfortáveis, de volta para quase amigos e...

E o quê?

O que nós poderíamos, deveríamos, ser agora? Sei que é possível amar duas pessoas ao mesmo tempo, mas será que é possível se manter fiel a uma?

Eu olho para o rosto dele, as bochechas coradas e os olhos azuis nervosos, e eu quero dizer "claro". Eu quero muito dizer isso.

— Não sei, Finny — falo. Até me permitir dizer o nome dele dói. — Eu não sei se Jamie iria gostar. Acho que seria meio estranho.

— Mas achei que Jamie e Sasha saíssem juntos o tempo todo.

— É, eles saem. Mas eles são amigos...

Estremeço e não consigo falar mais nada. Olho para a frente e tento respirar sem tremer.

— Entendi — responde Finny.

Eu escuto o celular da minha mãe tocar na cozinha. Respiro fundo e me levanto.

— Provavelmente já está quase na hora do jantar — comento.

Finny olha para a TV, em silêncio. Eu desvio da mesa de centro e saio da sala o mais rápido que posso.

No banheiro, me sento na borda da banheira e pressiono a palma das mãos nos olhos até ver formas estranhas na escuridão. Os dedos tremem no meu cabelo.

— Não chore, não chore, não chore, não chore — sussurro.

— Finny! Autumn! — chama a tia Angelina.

Finny e eu nos encontramos no corredor e não falamos nada. Nós vamos para a sala de jantar juntos e paramos na porta. Uma hora atrás, Finny e eu colocamos uma mesa para cinco. A tia Angelina está tirando a louça e talheres de um dos lugares. Ela os leva para a cozinha. A minha mãe coloca o pedaço de cordeiro na mesa e se senta com as mãos no colo.

— Mãe, para onde o papai foi?

— Eu não sei, querida, mas ele acabou de ligar para avisar que não vai voltar hoje.

— Ah — respondo.

A tia Angelina volta para a sala e coloca as mãos nos ombros da minha mãe.

— Sentem-se, crianças. — A voz e o rosto suplicam.

Finny dá um passo à frente, mas eu não. Ele se vira e me olha. Os nossos olhares se encontram. Ele estende a mão e a coloca no meu braço.

— Vamos, Autumn — chama. Ele aperta de leve e meio que sorri.

— Ok — aceito.

A tia Angelina e Finny falam por nós enquanto comemos. Depois, as Mães se fecham na cozinha e Finny e eu assistimos à TV até meia-noite. Não dizemos mais nada um para o outro.

cinquenta e oito

JAMIE ATENDE NO ÚLTIMO TOQUE, LOGO ANTES DA MENSAGEM ENgraçadinha da caixa postal começar a tocar. A voz dele está arrastada de sono. São oito da manhã, o primeiro sábado desde que as aulas voltaram. Este é o ano da nossa formatura, o ano em que deveríamos virar adultos.

— Jamie?

— O que houve? Eu estava dormindo.

— Jamie, os meus pais vão se divorciar.

Há um silêncio. Eu o imagino se sentando, esfregando o rosto com uma das mãos.

— Nossa, linda, sinto muito.

— Eu nem sei por que estou chateada — falo. Estou no meu quarto, aninhada na cadeira da escrivaninha. Está chovendo lá fora, deixando o dia escuro e frio. Uma colcha me cobre e estou com o rosto apoiado no joelho. — Quase nada vai mudar. Aparentemente o meu pai se mudou para um apartamento no centro há uma semana e eu nem notei.

— Quando você ficou sabendo?

— Eles me contaram ontem à noite, no jantar. E falaram todas aquelas bobagens de como não era culpa minha e de como os dois me amavam etc. Como se eu tivesse seis anos ou coisa assim.

— Por que você não me ligou?

— Eu liguei. Você não atendeu.

— Ah, merda. Lembrei. Eu estava no cinema com Sasha...

— Eu sei. Tudo bem.

— Eu ia ligar de volta.

— Tudo bem — digo. As palavras soam duras para mim, mas Jamie não fala nada. Engulo em seco. — Você pode vir aqui?

— Posso, só me deixa tomar banho primeiro... Ei, quer que eu leve você para tomar café?

— Acho que não consigo comer.

— Tem certeza?

— Tenho — confirmo. Aperto mais a colcha em volta de mim. — Só vem aqui e me abraça.

— Pode deixar, linda. Vejo você em um minuto.

— Espera! Jamie?

— O quê?

— Você vai me deixar um dia?

— Não.

— Promete?

— Sim.

— Tá bom. Tchau.

— Tchau. Te amo.

— Também te amo, Jamie.

Eu deixo o celular na escrivaninha e observo a chuva caindo fora da janela.

cinquenta e nove

NA ESCOLA, ANGIE ME DEIXA SENTIR A BARRIGA DELA. AINDA NÃO está muito grande, mas está dura como um tambor. Agora todo mundo na escola sabe que ela está grávida e todos os meus amigos sabem da separação dos meus pais. Um dia, no almoço, Alex me pergunta se isso significa que a minha mãe e a tia Angelina vão finalmente ficar juntas. Sasha dá um soco no ombro dele e o chama de idiota.

— Sério, cara? — repreende Jamie. — Você acabou mesmo de dizer isso?

— Todo mundo aqui estava pensando nisso também! — responde Alex. Ele esfrega o ombro que Sasha socou com uma mão.

— É, mas a gente não ia perguntar — retruca Noah.

— Noah! — rosna Brooke.

— Olha, gente, eu sei que vocês estavam pensando nisso. Eu não ligo. E não, elas não vão.

— Autumn, quer sentir a minha barriga de novo? — pergunta Angie. Ela sabe que isso me anima.

— Pode ser — respondo.

Não existem muitas outras coisas que conseguem me animar. Eu odeio o inverno. O dr. Singh aumentou a dose do remédio. No semestre passado, contei ao sr. Laughegan que estava começando a escrever um romance. Mas não estou com muita vontade de trabalhar nele e não quero decepcioná-lo.

— Talvez você devesse comprar uma daquelas lâmpadas de sol para ficar embaixo — sugere Jamie.

Ele está me levando para casa depois da escola. Está nevando, mas não uma neve que gruda, uma que derrete contra o para-brisa e desliza em finas correntes de água.

— Não é só por causa do clima, Jamie. Os meus pais estão se divorciando.

— É, mas você fica deprimida todo inverno, então talvez...

— Você cansou de cuidar de mim? — Eu me viro no banco para olhá-lo.

— Não. Pelo amor de Deus, Autumn. Eu só estava dando uma sugestão.

— Desculpa. Te amo.

— Também te amo.

Ele liga o limpador e nós ficamos quietos o resto do caminho.

Angie e Dave Mauricinho nos levam para visitar a casa deles, que fica no porão dos pais de Dave. Eles têm uma cama e uma mesa de jantar. Nós não podemos ficar muito tempo. Os pais dele disseram que estão dando um lugar para eles morarem, não para chamarem amigos. Na escola, os outros alunos alternam entre achar legal que ela tenha se casado e olhar para ela com desprezo. Angie parece ignorar as duas coisas, e toda vez que toca a barriga, ela sorri.

No final de março, Sasha termina com Alex. Ela diz que dessa vez é para valer e eu acredito. Mesmo assim, eles concordaram em ir juntos à formatura em abril, pelos velhos tempos. E então Brooke e Noah nos contam casualmente que não planejam continuar juntos quando forem para a faculdade. Eles não vão para o mesmo lugar e dizem que não querem estragar o que têm tentando fazer funcionar. Nenhum de nós, exceto Sasha e Jamie, vão para a mesma universidade.

Às vezes, quando estamos todos juntos, nós conversamos sobre como o ensino médio está quase acabando. E sobre como sempre seremos amigos.

Nós jantamos com a tia Angelina e com Finny quase toda noite agora. Depois, a minha mãe fica lá até tarde e não volta para casa até eu ter ido dormir. Odeio ficar em casa sozinha, então às vezes eu levo o dever de casa e faço na mesa da cozinha deles. Finny se junta a mim e fazemos o dever juntos, como antigamente, exceto que não conversamos tanto. Toda noite, Sylvie liga para ele e Finny leva o celular para outro cômodo por meia hora, então volta e o enfia no bolso antes de se sentar de novo. Eu ouvi falar na escola que ela não vai para a faculdade no outono. Vai passar o verão na Europa e então tirar um ano para se encontrar ou algo do tipo. Eu quero perguntar a Finny se eles planejam continuar juntos, mas não posso.

Eu deveria passar uma noite por semana com o meu pai, mas nem sempre dá certo. Quando dá, ele me leva a restaurantes na cidade e pergunta sobre a escola e sobre Jamie. Ele sempre gostou de Jamie. O apartamento dele tem vista para o rio e para o Arco. Tem um segundo quarto que ele diz que posso usar quando quiser. Não sei para que eu usaria.

Alguns pontos de verde começam a aparecer no início de abril. Ainda está frio, mas as coisas estão melhorando um pouco.

Mas só um pouco.

sessenta

— Você vai votar em Finn? — pergunta Sasha.

— Para quê? — digo.

Nós estamos no Exército da Salvação, examinando uma arara de velhos vestidos de noiva. É a ideia de Sasha para o vestido de formatura. A minha mãe vai comprar um para mim em uma loja de departamentos, ela diz que neste momento é disso que ela precisa: algo como me comprar um vestido de formatura. Eu não protestei tanto quanto teria feito no passado. Brooke também comprou um vestido em uma loja de departamento. Ela diz que tem vários pesadelos de lantejoula no shopping, mas não vai ser tão difícil achar algo legal.

Angie vai fazer um vestido com crepe azul. É difícil para ela encontrar roupas agora. A sogra dela lhe compra vestidos de gestante que parecem coisas que Sylvie usaria se um dia ela engordasse. No geral, Angie usa camisetas enormes de bandas que acabaram nos anos 1990.

Angie ergue um vestido vitoriano falso com gola alta para eu ver.

— Se você quer passar a mensagem de que Alex precisa manter as mãos longe, esse serve — comento. Então volto a olhar a arara.

— Bem, como eu estou prestes a ser a última virgem das nossas amigas, é melhor eu me vestir para isso — diz ela.

Eu levanto os olhos de novo. Sasha jogou o vestido por cima de um braço.

— Jamie te contou isso? — pergunto.

Ela faz que sim.

— Contou, por que você não?

Eu dou de ombros.

— Sei lá — respondo e, honestamente, não sei mesmo. — Não parece real, acho.

— Bem, você tem dois meses e uma semana até ser bem real.

— É, acho que sim. — Toco a renda amarelada do vestido mais próximo. — O que você estava falando de Finny?

— Ah, você vai votar nele para Rei do Baile?

Eu sinto uma careta tomar o meu rosto.

— Ele vai concorrer a Rei do Baile? — exclamo.

— Ele e Sylvie juntos. Achei que você sabia.

Eu não fico surpresa por não saber, no entanto. Quando Finny e eu conversamos, ele nunca menciona Sylvie. E, desde o Natal, ele só pergunta como eu estou e eu respondo bem e então nós assistimos à TV ou terminamos o dever de casa. Às vezes nós falamos sobre a escola ou sobre o tempo.

— Aposto que foi ideia de Sylvie — digo. — Não, espera, eu tenho certeza de que foi. Ele odeia ser o centro das atenções.

— Mas ele é tão popular — comenta Sasha. Eu dou de ombros.

— Não é culpa dele — explico. — É fácil gostar de Finn.

— Também acho — concorda Sasha. — E ele é muito gato.

Eu dou de ombros de novo. Sasha olha para o vestido que está segurando e exclama:

— A minha roupa vai ficar tão legal!

———————

A minha mãe e eu vamos fazer compras no primeiro dia que realmente tem cara de primavera. O rosto dela está mais magro e ela está sempre com olheiras, mas hoje parece animada.

Enquanto deslizamos pela escada rolante na direção das roupas de festa, ela pergunta:

— Tudo que é rosa está completamente proibido?

— Não se for tipo um rosa atrevido — concedo. — Mas se for um rosa fofo e feminino, sim. Talvez algum tom de rosa sarcástico, se não for agressivo demais.

— Vou manter isso em mente — diz ela.

Eu experimento todos os tipos de rosa, por ela. Eu visto azuis e verdes, porque o meu pai a deixou, e consideramos laranja e vermelhos, porque o mundo todo está aberto para nós agora. No espelho, vejo a garota que eu poderia ter sido se tivesse feito o teste de líder de torcida. Vejo como seria a minha aparência se eu fosse o tipo de garota que sabe dar um mortal e que tem mais amigos que livros favoritos. Cada vestido é uma outra garota que não sou eu.

E então tem um. Cetim bege, quase da cor da minha pele, com uma, apenas uma, camada de tule preto por cima da saia e do corpete. A parte de cima é um corset com uma fita preta que a minha mãe amarra atrás. Nós duas observamos a imagem no espelho.

— Ok — diz ela. — Então…

— Por favor.

— Ah, claro — responde.

Eu sorrio e então caio na risada. Tento levantar o cabelo com as mãos, mas ele cai por entre os dedos.

sessenta e um

— Qual é a do vestido de Sasha? — sussurra Jamie no meu ouvido.

Eu olho de esguelha para onde ela e Alex estão posando para uma foto. As meninas se arrumaram na minha casa e todos os pais vieram tirar fotos dos meninos nos buscando. Os pais estão com os olhos marejados, nós estamos animados e tentando parecer sérios. Não é descolado achar a formatura grandes coisas.

— É um vestido de casamento antigo — explico a ele.

O vestido, embora fosse uma boa ideia na teoria, não ficou tão bom quanto achamos que ficaria. Ela está bonita, mas parece que vai para uma festa de Halloween. Sasha acha que está incrível e eu não disse nada diferente disso a ela. Angie está linda e nós todos lhe dissemos isso em uma espécie de encanto. Com a gravidez macia forrada de azul e o cabelo loiro em cachos suaves, ela parece uma pintura renascentista da Madonna. Dave não consegue tirar os olhos ou as mãos dela.

— Eu gostei do seu vestido — comenta Jamie.

— Estou bonita?

— Claro que sim.

— Sorriam! — exclama a minha mãe.

Nós sorrimos e aproximamos os nossos rostos.

— Podemos ir? — grita Brooke.

Ela está vestindo o rosa sarcástico que eu tentei explicar para a minha mãe, com uma saia curta e rodada e luvas de renda preta. O cabelo dela está preso em um coque de bailarina. Noah está vestindo um smoking rosa combinando e gravata e camisa pretas.

Em seu smoking, Jamie está bonito como um playboy dos anos 1950, ele tem uma aparência elegante e sedutora e, se eu tivesse acabado de conhecê-lo, não iria confiar que ele não iria partir o meu coração.

— Mais uma foto com todo mundo junto — pede a mãe de Sasha.

Nós nos aproximamos e passamos os braços pela cintura uns dos outros.

— Ai — reclama Brooke. — Você pisou no meu pé.

— Sorriam! — pede a minha mãe.

Nós não vamos de limusine. Os alunos que alugaram limusines são pretensiosos e estão levando a formatura a sério demais. Eu vou no banco do passageiro do carro de Jamie com Sasha e Alex atrás. Estacionamos nos fundos do hotel e deslizamos por entre limusines e meninas com vestidos grandes o suficiente para abrigar uma família, até encontrarmos os outros na frente da porta.

— Ei, acho que tem comida lá dentro — diz Noah.

— Claro que tem — fala Sasha.

— Que tipo de comida? — pergunta Alex.

— O convite dizia que teria um buffet — explico.

— Eu estou morta de fome — diz Angie.

— Claro que está — provoca Dave.

— Ah, fica quieto. — Ele a beija com as mãos na cintura dela e eu desvio os olhos.

— Onde está a sua tiara? — pergunta Sylvie.

Todos nós nos viramos para olhá-la. Ela e Finny estão do nosso lado. Ao longe, vejo Alexis e Victoria saindo de uma limusine.

— Tiaras são para o dia a dia — explico. — Esta é uma noite especial.

— Ah — responde ela.

Os meninos desdenham. Finny olha para eles e então puxa a mão de Sylvie.

— Vamos entrar — sugere ele.

— Vejo você lá dentro — falo.

Finny faz que sim e eles vão embora.

— Bem, já que é uma noite especial, melhor irmos comer aquela comida especial — sugere Alex.

— Há mágica no ar. Posso sentir — fala Jamie.

— Cala a boca, gente — brigo. — Ela achou que vocês estavam rindo dela.

— Não é problema nosso — responde Sasha.

— Só para constar, a gente estava rindo era de você — explica Noah.

— Até eu achei engraçado — diz Dave Mauricinho.

Todo mundo ri e nós seguimos as pessoas para dentro. Há estrelas prateadas penduradas no teto e glitter azul e branco nas mesas.

Nós comemos cubinhos de queijo e fazemos piada das músicas. Os meninos tiram os paletós e os jogam por cima das cadeiras. Dançamos músicas lentas e trocamos de parceiros. Eu danço com Noah e Alex, Dave não sai do lado de Angie.

Vejo Finny duas vezes, uma quando Jamie e eu estamos deslizando ao som de uma canção de amor e de novo quando ele e Sylvie são coroados Rei e Rainha. O rosto dele está vermelho como uma maçã e eu rio enquanto aplaudo, então os nossos olhos se cruzam brevemente. Depois disso, ele some de novo e a noite segue.

Na última música lenta, estou com calor e cansada, e Jamie e eu nos movemos juntos, com o quadril e o rosto pressionados. Eu coloco o meu peso contra ele, só um pouco, e ele me abraça.

— Eu te amo — digo e, naquele momento, parece uma revelação. Eu queria poder explicar a ele que é de verdade nesse momento.

Os dedos dele me apertam.

— Eu nunca vou te machucar — diz ele, e me deixa apertá-lo mais.

Foi um dos nossos melhores momentos.

sessenta e dois

Jamie está me levando para casa depois da escola quando toco no assunto. É um dia lindo, o céu está claro e o vento sopra nas árvores. Eu quero abrir a janela, mas Jamie não gosta quando faço isso e eu teria que implorar. A minha mochila está no chão e seguro os joelhos junto ao peito. Nós saímos do estacionamento da escola.

— Eu estava pensando que deveríamos conversar sobre aquilo — digo.

— Sobre o quê?

— Sobre… — Não tinha me ocorrido que ele não saberia exatamente do que estou falando e agora me pego sem conseguir dizer. — Sobre o que concordamos que aconteceria depois da formatura.

— Ah — responde. Ele dirige em silêncio e encara a estrada. Ele não me dá nada.

— Eu ainda não estou tomando pílula — digo. — Posso começar.

— Não, você não precisa fazer isso.

— Bem, então você vai precisar comprar camisinhas e talvez praticar…

— Autumn, eu nem consigo pensar nisso agora. Estou tão estressado com as provas… e tudo mais. Só não vamos falar disso agora.

— Tá bom. — Eu fico orgulhosa por ele não ser tão focado em sexo a ponto de não conseguir pensar em outras coisas, diferente de outros meninos.

— Eu te amo — digo quando o beijo antes de sair do carro.

— Eu também — responde.

sessenta e três

DURANTE TODA A CERIMÔNIA, EU ENCARO O *MULLET* DESPENTEADO de Shawn O'Brian e penso: *Um dia isso vai ser a única coisa que eu vou lembrar da formatura.* Os adultos sobem no palco e fazem discursos cheios de conselhos. Tento pensar que conquistei alguma coisa, mas tudo que sinto é que vivi alguns anos da minha vida. Terminar o ensino médio foi só o que eu fiz enquanto isso.

— Autumn R. Davis — chama uma professora, e eu estou indo para a frente do palco para pegar o diploma.

Eu lembro que deveria sorrir. Adultos apertam a minha mão e me dão parabéns e eu fico surpresa por parecer tão sincero da parte deles. Um fotógrafo tira uma foto enquanto aperto a mão da sra. Black. Vejo manchas por um momento, e então estou voltando para minha cadeira, mas parece mais que estou vagando.

Depois disso, quando tiramos as becas e os professores nos liberaram para encontrarmos as nossas famílias, o hall está cheio demais para realmente acharmos quem quer que seja. Vejo Angie, Dave e a família dela e eu a abraço antes da multidão nos afastar. Vejo Brooke e Noah em um canto, de mãos dadas e falando baixo. Eu me pergunto se eles estão conversando sobre o plano de terminarem no outono, o que eu ainda não entendo.

Sinto o celular tocar no bolso.

— Mãe? — Preciso quase gritar para ouvir a mim mesma.

— Querida, estamos perto da vitrine. Consegue nos ver? — Ela está gritando também. Eu me viro e fico na ponta dos pés.

— Não.

Vejo Jamie, Sasha e Alex. Eles me veem e eu aceno. O grupo começa a vir na minha direção.

— Onde você está? Podemos mandar Finny buscar você.

— Não, eu acho vocês — respondo. Jamie para na minha frente, com Sasha ao lado dele e Alex atrás. — Chego aí em um segundo — falo e desligo.

— Ei — chama Jamie —, nós vamos comer. Quer vir? Eu te dou carona para casa.

— Eu preciso ir comer com a minha família — explico.

— Ah. Posso ir na sua casa amanhã, então? Precisamos conversar.

Eu sinto o rosto esquentar.

— É, eu sei — respondo. Inclino-me para a frente e Jamie me dá um beijo rápido.

— Eu vi Finn e a sua mãe para lá. — Sasha aponta.

— Obrigada.

Dou um abraço rápido nela e em Alex e abro caminho na direção que ela mostrou. Quando as Mães me veem, começam a acenar animadas e Finny as observa e ri. O meu pai está no Japão. Ele me ligou de manhã.

— Foto, foto — diz a minha mãe.

Finny e eu ficamos um do lado do outro e sorrimos. A multidão está começando a diminuir e as Mães tentam encontrar espaço suficiente para tirar uma foto nossa de corpo inteiro.

— Então, parabéns — diz Finny.

Nós ainda estamos olhando direto para as câmeras, sorrisos falsos no rosto.

— Pelo quê? — pergunto.

— Eu não sei muito bem. — Eu o ouço rindo ao meu lado.

— Eu também não. Parabéns por sobreviver, talvez?

— Talvez. Mas vai, não foi tão ruim assim, foi?

Eu levanto os olhos para ele.

— Não, acho que não — concordo.

Ele sorri e, com o canto do olho, vejo as câmeras das Mães dispararem. Essa foi a foto que elas colocaram no porta-retratos.

sessenta e quatro

JAMIE ME LIGA CEDO NA MANHÃ SEGUINTE. EU FICO SURPRESA, ELE nunca acorda antes das dez, se puder evitar.

— Ei, é cedo demais para eu ir aí?

— Não, já estou acordada há uma hora — respondo.

— Ah. Ok, legal. — A voz dele soa estranha e o meu estômago se revira.

Depois que desligamos, vou ao banheiro passar maquiagem. Eu me lembro da voz estranha dele e uma animação peculiar e nauseante vibra em mim.

Eu espero por ele na escada dos fundos. Ainda não está muito quente, mas o sol está forte a ponto de secar o orvalho da grama e aquecer os degraus. Ouço um carro chegando e me endireito, mas é só Finny. Ele me vê sentada ali.

— Oi — diz.

— Oi — respondo.

— Tá fazendo o quê?

— Esperando Jamie.

— Ah.

Nesse momento, o carro de Jamie surge na entrada. Ele sai com calma e olha para Finny.

— E aí, cara.

— E aí — responde Finny, antes de se virar e entrar em casa.

Jamie vai até mim e para na minha frente. Eu sorrio de leve para ele.

— Oi.

— Oi — diz ele, mas não sorri.

É nessa hora que eu tenho certeza do que está prestes a acontecer, e o meu peito dói como se ele tivesse me socado. Fecho a boca e engulo em seco.

Então, no final das contas, é isso. Quão fácil e óbvio parece agora. Quão tolo e banal, quão terrível e real. Eu quero rir de mim mesma e dele, mas só o que acontece é que os cantos da minha boca se contraem uma vez.

Eu deslizo para abrir espaço para ele no degrau.

— Por que não se senta? — chamo.

— Pensei em darmos uma volta — sugere ele.

— Aqui está bom — respondo.

Ele dá de ombros e desvia os olhos. Jamie não percebe que eu já sei. Ele se senta pesadamente, com quinze centímetros de espaço entre nós e olha para as mãos entre os joelhos. Eu desvio os olhos e foco o carro de Finny enquanto espero. A animação nauseante que eu havia sentido começa a recuar e eu me encho de um pavor frio.

— Autumn?

— Sim, Jamie.

— Eu não posso mais fazer isso.

— Isso o quê? — pergunto, só para ser cruel.

— O nosso relacionamento. — Eu vejo a cabeça dele se virar para mim para avaliar a minha reação, esperando ver um sinal de surpresa ali.

Tento manter o rosto sem expressão, mas consigo sentir os olhos queimando.

— Por quê?

Ele respira fundo.

— Não posso ser quem você precisa que eu seja — explica. O tom é de alguém que está recitando uma aula decorada, um catecismo. — Você precisa muito de mim, e é mais do que consigo aguentar. Você está sempre deprimida...

— Eu não estou sempre deprimida.

— Está, sim.

— Não, não estou.

— Você tem estado muito deprimida.

— Os meus pais estão se divorciando.

— Você sempre foi assim. Eu não aguento mais.

Os meus braços estão em volta da barriga e eu me inclino para a frente como se precisasse segurar os órgãos no lugar. O carro de Finny está embaçado.

— Há quanto tempo você está sentindo isso? — quero saber.

— Algumas semanas.

— Algumas semanas? Você quer jogar fora o que temos há quatro anos por algumas semanas? É idiota.

Jamie suspira e, pela primeira vez, não ouço pena na voz dele:

— Eu sabia que você iria dizer isso.

— Olha, todos os seus motivos são idiotas — retruco. — As pessoas que estão em um relacionamento precisam uma da outra como eu preciso de você. Eu sei que é cansativo ter que cuidar de mim, e sinto muito. Posso tentar pegar mais leve com você e podemos usar este verão para acertar as coisas. Acho que é só uma fase difícil. — Jamie balança a cabeça. Finalmente me viro e olho para ele, que está olhando para as mãos de novo. — Então é isso? Você não vai nem tentar? Depois desse tempo todo que passamos juntos?

— Eu não consigo mais, Autumn.

— Você disse que ia me amar para sempre. — Não vou deixá-lo se livrar fácil.

— E eu te amo, mas não do mesmo jeito — diz Jamie.

— Você ainda me ama — corrijo. — Você só não consegue sentir agora. Às vezes, isso também acontece comigo, daí eu só espero um pouco e sempre volta. Eu não termino com você. Só dou um tempo.

Jamie balança a cabeça de novo. Ele suspira. Eu espero.

— Tem outra coisa — começa ele.

As minhas veias se enchem de água gelada e sinto que estou olhando para Jamie de muito longe.

— O quê? — Eu me ouço perguntar e penso como é bobo perguntar uma coisa que já sei.

— Sasha e eu descobrimos que gostamos um do outro.

Finalmente, a risada que vinha se acumulando no meu peito borbulha para fora. Deixo a cabeça cair por entre os joelhos e os meus ombros sacodem.

— Descobriram? — exclamo. A risada começa a soar estranha para mim e engulo em seco em uma tentativa de controlá-la. Eu rio de novo e balanço a cabeça. — Descobriram? Esse deve ter sido um puta momento especial para vocês.

Jamie coloca a mão no meu ombro.

— Nós dois ainda te amamos muito — explica ele —, e estamos muito preocupados com você. Sasha quer muito falar com você...

Eu afasto a mão dele.

— Não, não, não — protesto. — Só pare. Me dá um minuto.

Respiro fundo algumas vezes. Jamie me observa respeitosamente, toda a aura dele irradiando compreensão. Eu me endireito de novo e respiro fundo uma última vez.

— Certo — começo. Jamie se inclina para a frente esperando. — Você dormiu com ela?

Ele recua como se eu o tivesse beliscado e não diz nada. Eu pisco.

— Sério? — questiono. — Quando?

— Nós não planejamos nada disso, e estamos nos sentindo péssimos com o jeito como tudo aconteceu e...

— Eu quero saber quando! — exijo.

O rosto dele endurece como quando ele disse que sabia o que eu iria falar.

— Alguns dias antes do baile de formatura. Depois que ela foi comigo comprar as flores para você. Foi um acidente. Nós nos sentimos péssimos por causa disso e juramos que não iria acontecer de novo. Mas, semana passada, nós dois admitimos que não podemos mais fingir. Gostamos um do outro, mas não queríamos estragar a sua formatura.

— E vocês querem uma medalha? — pergunto.

Eu reviro todas as memórias das seis semanas desde o baile. É só nas últimas duas que consigo notar alguma coisa de diferente. Achei que todos nós estávamos estressados com o fim da escola. Eu acreditei que Jamie iria me querer para sempre. Eu nunca pensei que ficaria livre do amor dele por mim.

— Nós sentimos muito por termos machucado você, Autumn — continua Jamie. — Mas ainda gostamos muito de você e…

— Quer ouvir uma coisa engraçada? Eu sempre achei que você me amava mais do que eu amava você. Sempre imaginei que, se um dia terminássemos, eu seria a pessoa a fazer isso.

— Por muito tempo eu também pensei assim — diz ele.

Por um momento, a minha confissão e o fato de ele concordar com ela me dão um pequeno sentimento de camaradagem. Juntos, nós estamos examinando o nosso relacionamento e vendo a mesma coisa. Então a sensação passa e fico sozinha. Uma calma estranha toma conta de mim. Eu me concentro no carro de Finny de novo.

— Você pode ir embora agora — digo, com a voz controlada e baixa. Estou pronta para ir para o meu quarto e acabar com isso.

— O quê? — pergunta Jamie.

— É melhor você ir. Não temos mais nada para conversar. Vocês dois são uns babacas e é isso.

— Eu sei que você está com raiva e que tem esse direito, mas nós não planejamos nada disso…

— Eu realmente não quero ouvir mais nada, ok? Vamos só terminar.

— Tá bom. — Jamie se levanta. O rosto dele está duro de novo. No último degrau, ele se vira e olha para mim. — Sasha quer que você saiba que ela sente muito. Ela quer conversar com você, mas vai esperar você ligar para ela.

— Eu não vou ligar. Pode avisar para ela. — Eu me levanto e ando na direção da porta.

— Esperamos de verdade que um dia possamos ser amigos de novo. Nós nos preocupamos muito com você. Acho que você deveria...

Eu abro a porta e me viro para ele.

— Jamie, como é você que está terminado comigo, acho que tenho direito à última palavra. E quero que você saiba que eu nunca, jamais, vou ser sua amiga de novo.

Bato a porta, vou para o meu quarto e choro onde ninguém consegue me ouvir.

sessenta e cinco

No terceiro dia após o término, a minha mãe se senta na beira da cama. Já é meio da tarde, mas continuo de pijama. Já estou com ele há dois dias. Estou usando óculos e o meu cabelo está oleoso. Sei que passar a maior parte do dia na cama não favorece o meu argumento de que só preciso ser deixada em paz, mas não consigo reunir forças para fazer qualquer outra coisa. Enquanto durmo, eu me sinto anestesiada, e anestesiada é bom. Anestesiada não dói.

— Autumn — chama a minha mãe.

— Eu já sei o que você vai dizer, então podemos pular?

— Por que você não liga para uma das suas amigas? — pergunta a minha mãe. — Por que Sasha não passou aqui?

— A Sasha que dormiu com Jamie logo antes do baile de formatura? — Eu sinto o meu corpo se contrair. Enrolo-me em uma bola e puxo os cobertores por cima da cabeça.

— Sinto muito — diz minha mãe. Eu não respondo nada, embora ela espere. Ela pigarreia. — E Brooke?

— A prima de Jamie? Tenho certeza de que ela quer ouvir sobre o babaca que ele é.

— Angie…

— Vai entrar em trabalho de parto daqui a pouco, mãe.

Ela fica quieta e imóvel e eu espero que ela desista e vá embora.

— Eu não acho que... um dos meninos? — sugere.

— Mãe! Só vai embora, por favor?

Eu sinto o colchão se mover e a escuto atravessando o quarto. Ela encosta a porta ao sair. Fecho os olhos e tento dormir de novo.

Quando abro os olhos de novo, já é fim de tarde e a minha mãe está parada na porta.

— Você precisa se levantar — diz ela.

— Não.

— Finny está vindo.

— O quê? — Eu me sento como se uma onda de eletricidade tivesse passado por mim. A minha mãe vai até o armário e parece pegar algo aleatoriamente, uma regata azul. — Por que ele está vindo?

Ela coloca a regata na cama ao meu lado e vai até a cômoda.

— Ele vem ver você. Você tem algum sutiã tomara que caia limpo? — Ela abre a gaveta de cima da cômoda.

— Eu nem tomei banho! E não quero ver Finny! — protesto.

A minha mãe me ignora e abre outra gaveta.

— Calça jeans ou saia? Você não raspou as pernas, não é? Aqui. — Ela tenta me passar uma calça jeans, mas eu a afasto.

— Ele vai chegar em dez minutos, é melhor você correr. — Ela se vira e sai.

— Mãe! — grito para as costas dela.

Ela me ignora. Eu salto da cama e corro para o banheiro.

Eu o escuto das escadas. Estou vestida, mas o meu cabelo ainda está molhado e não estou usando maquiagem. Pego um elástico e faço um rabo de cavalo apressado. Ele bate à porta e eu olho para o quarto. Comi aqui nos últimos três dias e percebo que, enquanto eu estava tomando banho, a minha mãe entrou e limpou todas as embalagens vazias e os pratos sujos. Eu me sento na cama. Ela está arrumada.

— Entra — falo.

A porta abre um pouco e o rosto de Finny espia por ela e me vê. Então, ele abre o resto e fica parado na entrada.

— Ei — diz ele. Percebo que já está corando de leve.

— Oi — respondo. Ele me olha como quem espera que eu faça alguma coisa. — Você vai entrar ou ficar na porta como um vampiro?

— Eu vou entrar — diz ele.

Finny cruza o quarto, puxa a cadeira da escrivaninha e se senta de frente para mim com um cotovelo na mesa. Eu puxo os joelhos para o peito e me encosto na cabeceira.

— Desculpa por elas terem forçado você a isso — digo.

— Quem?

— As Mães.

Ele nega com a cabeça.

— Elas não me forçaram, foi ideia minha.

Finny está olhando para baixo e não se move. Ele só fica ali sentado comigo. Eu olho para os ombros e as mãos dele. O cabelo está ainda mais dourado por causa do sol do verão. Algo se mexe dentro de mim e eu abafo. Prefiro não sentir nada.

— Mas elas estão bem preocupadas — comenta Finny.

— Eu sei.

Ele ergue a cabeça e olha para mim.

— Elas estão falando de chamar aquele médico de novo.

Eu me endireito e deixo os pés caírem pro chão.

— Singh? — pergunto, e Finny faz que sim. — Ah, Deus, ele é a última pessoa que eu quero ver.

— Por quê? Qual o problema dele?

— Sei lá. — Eu balanço a cabeça. — Ele anota tudo o que eu digo no arquivo dele. E, toda vez que vou lá, ele me faz subir na balança.

Finny franze a testa.

— Por quê?

— Ele acha que sou anoréxica — explico. Os cantos da boca de Finny se curvam para cima. — Não é engraçado — reclamo. Finny ri e balança a cabeça.

— É meio engraçado — retruca.

Eu não consigo não sorrir um pouco quando ele me olha assim.

— Tá bom, talvez um pouco engraçado. Mas não quero conversar sobre Jamie com ele. — Quando eu falo o nome do meu ex-namorado, uma faca fura as minhas entranhas e o meu sorriso some.

— Eu vou cuidar disso — garante Finny.

— Você vai convencê-las a não ligar para ele?

— Com uma condição.

— Qual?

Finny se levanta.

— Vamos tomar um sorvete.

Eu suspiro e puxo os joelhos para o peito de novo.

— Finny, eu realmente não quero sair hoje — respondo.

Finny me pega pelos braços e me puxa para cima.

— Ei! — protesto.

— Onde estão os seus sapatos? — Ele vê uns chinelos no canto e me arrasta. — Coloque isso.

— Não combina com a minha roupa — reclamo. — E eu não estou usando uma tiara.

— O que isso tem a ver? Vamos.

Eu enfio os pés nos sapatos e Finny me leva para baixo, ainda segurando o meu braço. As Mães estão na cozinha bebendo chá gelado. Os rostos delas se iluminam quando nos veem.

— Nós vamos tomar sorvete — explica Finny.

— Estou sendo sequestrada — reclamo.

— Bom trabalho, Phineas — diz a minha mãe.

— Divirtam-se, crianças — acrescenta a tia Angelina.

Finny não me solta até chegarmos ao carro dele. Ele aperta o botão da trava automática e abre a porta para mim. Eu suspiro e me sento. Essa é só a terceira vez que entro no carrinho vermelho, o veículo tem cheiro de couro e de Finny. Ele contorna o carro e desliza para o meu lado. Sem dizer nada, dá a partida e liga o rádio. Estamos indo em direção ao Train Stop, aonde um monte de gente da escola vai.

— Eu preciso entrar? — pergunto quando Finny para no estacionamento, que está quase lotado. Reconheço a maior parte dos carros.

— Por quê? — pergunta.

— Não quero ver todo mundo da escola. — Finny coloca o carro na vaga e desliga o motor. Então se vira para mim.

— Você não quer ser vista comigo?

— O quê? Não! — exclamo. Fico tão surpresa que gaguejo as palavras. — Eu... eu não quero ter que responder nenhuma pergunta sobre Jamie.

— Ah, desculpa.

Ele sai do carro. Observo as costas dele cruzando o estacionamento e tento entender por que pensou que eu não iria querer ser vista com ele. Finny volta alguns minutos depois com duas casquinhas. Ele bate na janela com um dedo, eu abro a porta e ele me passa os dois sorvetes.

— Aqui — diz.

— Obrigada.

Finny lembrou que menta com chocolate é o meu favorito. Ele comprou baunilha, como sempre. Eu zoava ele por isso. Saímos do estacionamento e seguimos na direção oposta à de casa, então eu pergunto:

— Para onde estamos indo?

— Para o parque. Quanto mais tempo ficarmos fora, melhor elas vão se sentir.

Quando saímos do carro, passo a casquinha para ele e caminhamos por uma trilha que circula o lago. Comemos em silêncio por alguns minutos. Eu tento comer com cuidado para não ficar com nada verde grudado no rosto.

— Então — falo depois de um tempo —, o que Sylvie está fazendo hoje?

— Ela já foi para a Europa. Acho que ela está em Londres agora.

— Ah, eu tinha esquecido. Quando ela volta?

— Agosto.

— Uau. — Finny não fala nada. Eu olho para ele e vejo que está olhando para a frente. — Vocês vão continuar juntos no outono?

— Acho que sim — diz ele.

— Vocês não conversaram sobre isso?

— Não.

Nós caminhamos em silêncio por um tempo. Eu como o final do sorvete e saio da trilha para jogar o guardanapo fora. Nós ficamos parados ao lado da lata de lixo enquanto Finny termina o dele e joga fora os papéis também.

— Sasha e Jamie vão para Rochester — conto.

A trilha se aproxima do lago e sai da sombra das árvores.

— Hum...

— Então acho que eles vão continuar juntos.

— Talvez eles tenham terminado até lá — sugere Finny.

— Ah, duvido.

— Bem, eles se merecem.

— Tudo bem que essa não foi a maneira mais saudável de começar um relacionamento — reflito. — Não vejo como isso pode ser bom para eles.

— Não, não pode ser — concorda Finny.

— E você sabe o que Jamie me disse? Ele disse que eu "precisava demais dele". — Faço aspas no ar com os dedos.

— O que isso quer dizer? — Finny faz uma careta.

— Sei lá. Mas você entende o que eu quero dizer? Que tipo de relacionamento eles vão construir se ele tem essa atitude?

Finny para, pega um cascalho e o atira no lago. A pedrinha pula quatro vezes, então mergulha na água. Eu me sento na sombra e o vejo procurar outra pedra achatada.

— Você está melhor sem eles. Sabe disso, né? — pergunta ele.

— Eu sei — respondo. Abraço a barriga com os braços. — Mas não consigo não desejar que as coisas voltem a ser como eram.

Finny olha para mim e depois se volta para o lago. A pedra salta só uma vez e cai. Ele se abaixa de novo e examina o cascalho.

— Você acha isso idiota? — pergunto.

— Não.

— Eu acho — conto. — Me sinto besta. Eu deveria ficar feliz que acabou. Deveria estar aliviada.

— Deveria mesmo. — Ele atira a pedra e ela quica várias vezes na água. — Mas eu não acho que você é besta.

— Tiveram tantas vezes que eu quis terminar com Jamie, mas não terminei porque pensei: "Ele me ama tanto. Não posso fazer isso com ele". Isso não é besta?

— Não — opina Finny.

— Achei que se eu terminasse com ele, ninguém mais ia me amar daquele jeito.

— Bom, essa parte é besta — diz ele, antes de se virar de costas para o lago e se sentar ao meu lado na grama.

Ele apoia os cotovelos nos joelhos e olha para mim.

— Você vai começar um discurso sobre como eu vou encontrar o amor outra vez? — pergunto.

— Não — responde ele. — Eu ia perguntar... — Finny cora e olha de volta para o lago. — Ele não dormiu com você antes de...

— Não, ele não é uma pessoa tão ruim assim.

Finny dá de ombros.

Nós observamos o lago mais um pouco. O sol está começando a se pôr e a transformar a água com cores quentes. Uma brisa começa e bagunçar o meu rabo de cavalo. Eu me abraço de novo. Pergunto-me se Jamie e Sasha estão juntos neste momento, e o que eles estão fazendo. Se estão falando de mim, com pena de mim. Eu coço o braço e pergunto:

— Acha que passamos tempo suficiente fora?

— Provavelmente.

— Estou sendo comida pelos insetos.

— Ok.

Finny se levanta e me oferece a mão. Ele me ajuda a levantar e eu finjo limpar a calça jeans só para me livrar da sensação da mão dele na minha.

Ele abre as janelas do carro no caminho para casa. Eu ponho a mão para fora e sinto o ar passando por entre os dedos. Solto o rabo de cavalo e o cabelo voa em volta do meu rosto. Não me sinto mais anestesiada, e isso não é bom. Sinto dor no estômago e um peso familiar no peito. Nós ficamos em silêncio até ele estacionar o carro e desligar o motor.

— O que você vai fazer amanhã? — pergunta Finny. Eu dou de ombros. — Deixa eu levar você para tomar café e então você pode passar o resto do dia deitada na cama ou o que quiser.

— Tá bom.

— Vejo você amanhã, então.

Nós abrimos as portas e saímos do carro. Entramos em nossas respectivas casas e vou direto para cima. Choro até dormir de novo, mas não só por causa de Jamie desta vez.

sessenta e seis

Quando desço, a minha mãe está na mesa bebendo café e lendo jornal. Ela ergue uma sobrancelha para mim, mas não comenta nada. Eu passei maquiagem hoje e o meu cabelo está limpo e seco. Escolhi uma tiara e quase a coloquei, mas então deixei para lá.

Vou até a geladeira e me sirvo um copo de suco de maçã.

— Obrigada — digo a ela, ainda de costas.

— Pelo quê?

— Por não ter dito nada.

— De nada.

Eu me sento na frente dela e pego os quadrinhos.

— O que você vai fazer hoje? — pergunta ela, depois dá outro gole no café e não tira os olhos do jornal.

— Finny e eu vamos tomar café. — A minha mãe levanta o olhar e sorri. — Tente não parecer tão animada — falo.

— Desculpa. — Ela volta os olhos para o jornal.

Finny me mandou mensagem uma hora atrás perguntando que horas eu queria sair. A mensagem me acordou. Pensei por um momento horrível que seria Jamie, e então me lembrei de tudo. Se eu tivesse planos com qualquer pessoa que não Finny, não teria conseguido sair da cama.

Ouço a batida dele na porta de trás e ergo os olhos. Ele abre a porta e entra na cozinha.

— Oi.

— Bom dia, Finny — responde a minha mãe.

— Só um segundo — peço, então termino o suco e me levanto.

— Que horas você volta? — pergunta a minha mãe.

— Sei lá, é só um café.

— Ligue se for chegar depois da meia-noite.

— Muito engraçado, mãe.

Finny abre a porta para mim e nós saímos.

— A minha mãe estava em êxtase também — confessa.

Ele não ri de mim quando peço um hambúrguer com batata frita de café da manhã. A garçonete não faz uma cara estranha também, e eu anoto isso como prova de que não sou a única. Finny pede bacon, ovos e batatas, igual a uma pessoa normal.

— A sua mãe já contou para você que não temos mais hora para voltar para casa? — diz Finny depois da garçonete levar os cardápios embora.

— Não. Tem certeza de que vale para nós dois?

— Foi o que ela disse. E ela disse a mesma coisa sobre telefonar se for chegar depois da meia-noite.

— Hum...

O celular de Finny toca. Ele o tira do bolso, olha e fecha a cara.

— Desculpa — diz para mim, e então atende o celular. — Ei. — Pego um giz de cera da jarra na mesa e começo a desenhar na toalha de papel. — Ainda está com *jet lag*? — pergunta ele. Eu desenho uma flor e então um coração. Risco o coração. — É, eu vou tomar café agora. Sério? Isso é legal.

Ele escuta por bom longo tempo. Desenho uma casa com o sol no céu e dois bonequinhos de palitos brincando com uma bola vermelha no quintal. Então os transformo em uma menina loira e um menino moreno. Dou um cachorro para eles. Eu sempre quis um cachorro.

— Uhum. Sim. Estou com saudade também.

Os meus olhos estão colados na mesa. Eu não vou olhar para cima. A garçonete chega com a comida e cobre o desenho. Enquanto Finny ouve o telefone, belisco as batatas fritas e coloco ketchup em espiral.

— Tá bom. Divirta-se. E, Sylvie? — Embora eu soubesse que era ela, o nome me desperta e eu olho para ele. Ele devolve e olhar e então desvia. — Hum… Só se cuide, ok? Não faça nada… você sabe. — Ele para e escuta. — Eu sei, eu sei. Também te amo. Tchau. — Ele coloca o celular de volta no bolso. Olho para a comida de novo. — Desculpa.

— Tudo bem — falo.

— Com a diferença de fuso e ela indo de um lado para o outro, ela não consegue ligar muito. Eu não podia pedir para ligar depois.

— Não, sério, tudo bem. Como ela tá?

— Bem. Muito animada.

— Que legal — digo.

Finalmente pego o hambúrguer e dou uma mordida.

— Então… o bebê da Angie já nasceu?

Eu mastigo devagar e o observo cortando os ovos.

— Não. Na verdade, não falei com ela desde a formatura. Eu sei que deveria ligar para ela, mas… — Dou de ombros e mordo meu hambúrguer de novo.

— Eu aposto que ela entende — garante ele.

Nós comemos em silêncio por alguns minutos. Finny come todos os ovos, então todas as batatas e, quando não sobra mais nada, ele começa a atacar o bacon.

— Jamie disse que ele esperava que pudéssemos ser amigos — conto. Finny olha para mim.

— Amiga dele e de Sasha?

— Sim — confirmo.

— Ele é surreal. — Finny balança a cabeça.

— É errado eu querer que todo mundo fique do meu lado contra eles? — pergunto.

— Não, mas você não deveria esperar isso deles. Pode não ser assim.

— Eu sei — concordo.

Finny quebra o bacon no meio e me oferece um pedaço. Eu nego com a cabeça.

— Eu estou do seu lado — diz ele, enquanto limpa as mãos no guardanapo.

— Você não conta — respondo.

— Obrigado.

— Você entendeu o que eu quis dizer.

— Entendi.

Ele dirige com as janelas abertas de novo, dessa vez porque eu pedi. Já é quase meio-dia, e o resto do dia se abre em branco. Eu suspiro e olho pela janela.

— Você vai voltar a ficar deitada na cama? — pergunta Finny.

Eu dou de ombros quando ele encosta.

— Bem, o que você vai fazer? — pergunto.

— Sei lá.

Ele estaciona o carro e não fala mais nada. Passo os dedos pelo cabelo várias vezes e olho para a frente. Sinto um nó subindo pela garganta e tento engoli-lo de novo.

— Ei, Finny? — sussurro.

— O quê?

— Estou com medo de acabar ligando para ele.

— Por quê? — Com o canto do olho, eu o vejo se virar para mim.

— Só para gritar com ele.

Finny balança a cabeça.

— Não é uma boa ideia.

— Eu sei. Mas estou acostumada a poder ligar para ele. Estou acostumada a dizer para ele que estou com raiva ou triste ou o que for. — Engulo em seco e inspiro. — É como se eu precisasse dele para me ajudar a superá-lo.

— Você não precisa dele — garante Finny. Eu não digo nada. A minha visão está ficando embaçada e estou concentrada em não chorar na frente dele. — Autumn? Ei...

— O quê?

— Por que você não fica no meu quarto hoje? Eu só ia jogar videogame. Você pode ler ou qualquer coisa. Eu não vou deixar você ligar para ele.

— Tá bom — respondo.

— O quê?

— Tá bom — digo mais alto.

— Certo. Vamos, então.

Ele contorna o carro e abre a porta para mim, e eu o acompanho.

sessenta e sete

NÓS FAZEMOS ISSO TODOS OS DIAS DURANTE OS CINCO DIAS SEGUINtes. Saímos para um café da manhã tardio e então eu me aninho na cama de Finny e leio enquanto ele joga videogame ao meu lado. À noite, as Mães jantam com a gente. Depois disso, vemos um filme e então eu peço licença e subo.

Quando finalmente escurece, eu apago as luzes do quarto e espio a janela de Finny. Ele joga videogame ou fica na internet. Às onze horas, toda noite, o celular dele toca. Deve ser Sylvie. Eles conversam por meia hora ou um pouco mais, e depois ele desliga e sai do quarto. Ele volta de samba-canção e vai para cama, lê um pouco o livro que eu vi na mesinha de cabeceira dele, um thriller best-seller, e então apaga a luz.

Observar Finny me impede de pensar em Jamie. De alguma forma, acho que Finny não iria se importar se soubesse. Se eu estou pensando no que ele conversa com Sylvie, então não estou pensando no que Jamie conversa com Sasha. Observo Finny coçando o braço ou bocejando, e a minha mente não está em lugar nenhum além desse momento, com ele. Estou protegida de me machucar.

Na sexta manhã, Finny parece nervoso quando entra pela porta dos fundos para me buscar.

— Oi! — cumprimento.

— Oi — responde. A boca dele está apertada e as mãos estão enfiadas nos bolsos.

Eu fecho a porta atrás de mim e Finny caminha comigo até o carro. Eu o espero estar sentado no lugar ao meu lado para perguntar:

— Qual é o problema?

Ele dá a partida e a ré.

— Jack ligou ontem à noite...

— Ah! — exclamo.

Eu tinha me perguntado quem tinha ligado antes do horário habitual das ligações noturnas. Finny me olha estranho e continua:

— O pessoal está combinando de se encontrar hoje. A gente não se vê desde a formatura.

— Ah — exclamo de novo, de uma forma diferente.

— Você vai ficar bem sozinha?

— Vou! Quer dizer, eu não quero que você se sinta obrigado a ser a minha babá ou coisa assim.

— Não me sinto — diz Finny. Ele tira os olhos da rua para me olhar de novo.

— Você deveria ir se divertir com os seus amigos. Já faz uma semana e eu estou melhor.

— Mesmo?

— Não totalmente melhor, mas, sim, melhor.

— Que bom — comenta Finny.

Ele dirige em silêncio por um tempo e então a conversa volta ao normal, como nas outras manhãs. Nós rimos das Mães e falamos sobre o filme que vimos na noite passada.

Depois do café, Finny me deixa em casa e eu me viro para acenar da varanda enquanto ele vai embora. A casa está vazia, os meus pais e os advogados estão se encontrando no centro hoje. Vou para o quarto e me deito na cama, então olho pela janela e observo o vento nas árvores. Cochilo depois de um tempo. Quando abro os olhos de novo, já é o início da tarde e o quarto está quente. As cigarras estão cantando e o vento ainda sopra nas árvores. Eu me alongo, me viro e os meus olhos caem no notebook.

Faz muito tempo que não escrevo. Eu comecei algo antes do Natal, mas acabou perdido na lama do inverno e na animação da primavera, e agora não consigo lembrar se o que escrevi era bom.

Atravesso o quarto, os pés descalços sentindo a madeira aquecida, e me sento.

É bom, mas apago pedaços grandes e troco parágrafos de lugar. Eu tenho uma nova perspectiva, uma nova estrutura para a história. Estou pronta para escrever algo honesto. Logo o único som que existe é o do teclado, até que isso também some e tudo que consigo ouvir são as vozes na minha cabeça.

Depois que a minha mãe chega em casa, ela pede pizza e nós comemos com a tia Angelina. Finny ainda não voltou. Assim que terminamos de comer, eu saio e elas não protestam. Sei que a minha mãe quer conversar sobre o meu pai com a tia Angelina.

Escrevo mais um pouco e não percebo o sol se movendo pelas tábuas, a luz começando a sumir. Quando saio do transe, está escuro lá fora e eu escuto o carro esportivo na porta. As luzes do quarto já estão apagadas. Eu fecho o notebook para que o quarto fique totalmente escuro e me deito na cama, de frente para a janela.

Finny entra no quarto e olha em volta como se esperasse alguma coisa. Ele cruza o cômodo e olha pela janela, e, por um momento, acho que consegue me ver. Então se vira e se senta na cama. Ele pega o celular e o leva ao ouvido.

O meu celular toca. Olho para ele vibrando na mesinha e então pela janela, para Finny esticado na cama.

— Alô?

— Ei — diz ele.

— Oi.

— O que você está fazendo?

— Nada — respondo, então completo para parecer plausível: — Só lendo.

— Como foi o seu dia?

— Ok. E o seu?

— Foi ok.

Ficamos em silêncio, mas não é um silêncio desconfortável. É como se estivéssemos sentados juntos em silêncio, no mesmo quarto. Eu o vejo se espreguiçar e o escuto bocejar.

— Pena que a gente não tinha celulares — comento. — Aí não precisaríamos dos copos e do barbante.

— É... Pera, você tá no seu quarto?

— Sim — digo, e então me lembro que deveria estar lendo e que o meu quarto está escuro. — Acabei de entrar.

— Você consegue me ver? — Ele acena.

Eu rio.

— Oi — diz ele.

— Oi — respondo.

sessenta e oito

MAIS TARDE NAQUELA NOITE, HORAS DEPOIS DE FINNY E EU TERMOS desligado e ido para cama, o meu celular toca de novo. Levanto a cabeça e vejo o aparelho brilhando na mesinha de cabeceira. É uma mensagem de texto de Dave Mauricinho:

Guinevere Angela 3h46 3,2 kg horário de visita amanhã 13h-18h

Eu sorrio e deito a cabeça de volta no travesseiro. Imagino Angie cansada, feliz e chorando. Antes de adormecer, o celular apita novamente. Vejo o nome de Jamie e o meu coração afunda.

O bebê de Angie nasceu. É uma menina. Podemos visitar amanhã depois de 13h. Quer carona?

Eu jogo o celular para o outro lado do quarto e o escuto bater na parede. Deve ter quebrado. Eu não me importo. Tenho um sono agitado.

Quando Finny bate à porta dos fundos, estou sentada na cozinha esperando por ele, lendo um livro e comendo picolé. Quando levanto o olhar, ele entra.

— Ei — diz. — Você parece...

— Furiosa?

— Hum, não. — Finny me olha desconfiado. — Eu ia dizer cansada.

— Bem, isso também — falo. Fecho o livro e o atiro na mesa. — Jamie me mandou uma mensagem ontem à noite.

— Dizendo o quê?

Eu suspiro e coloco o palito de picolé na mesa.

— Dave Mauricinho mandou uma mensagem para todo mundo.

— Quem? — Finny se senta na cadeira à minha frente.

— Dave Mauricinho, o namora... quer dizer, marido de Angie. A mensagem dizia que Angie tinha dado à luz, que é uma menina, que a neném pesa sei lá quanto, que podemos visitar no horário tal... essas coisas. E aí, nem cinco minutos depois, Jamie me manda uma mensagem dizendo... — Eu pigarreio e tento imitar a voz de Jamie. — "O bebê de Angie nasceu. É uma menina. Podemos visitar amanhã. Quer carona?"

— Ele achou que Dan Mauricinho não iria mandar mensagem para você? — pergunta Finny.

— Pois é! — exclamo. — É Dave Mauricinho, mas é! E isso é a cara de Jamie! Ele achar que está sendo muito generoso de me avisar e oferecer carona. Presumindo que eu preciso dele para essas coisas.

— Bom, sendo sincero, você precisa mesmo de uma carona.

— Não, não preciso — corrijo. — Eu tenho você.

Finny sorri.

— Eu gosto de como você simplesmente tem certeza de que eu vou levar você.

— Mas você vai, não vai?

— Claro que vou. Mas esse não é o ponto.

Ele ainda está sorrindo. Eu não estou mais com raiva.

———————

Nós nos perdemos no caminho para o hospital e só chegamos às 13h30. É estranho estar em um lugar como esses sem um adulto. Então eu me lembro de que sou uma adulta agora, mas ainda tenho a sensação de que as enfermeiras estão nos encarando. Finny está perfeitamente à vontade, como se caminhasse por maternidades o tempo todo.

Quando chegamos à porta do quarto de Angie, sei que Jamie está lá dentro, quase como se conseguisse sentir o cheiro dele. Eu paro e olho para Finny. Ele me olha de um jeito que consigo ler porque o conheço, mas para o resto do mundo é apenas um sorriso suave. Vai ficar tudo bem.

Angie está sentada na cama e os outros estão em volta dela como se estivéssemos de novo nos Degraus para o Nada. Sinto um nó na garganta.

— Ei, você veio — diz Jamie.

— Autumn! — grita Angie.

Ela sorri e estende os braços para mim, mas faz uma careta com o movimento. Eu esqueço tudo por um momento e corro até ela.

— Desculpa o atraso — digo, abraçando-a. — A gente se perdeu.

— Você trouxe Finn! — exclama. — Oi, Finn.

— Oi — cumprimenta Finny. Ele está parado na porta, parecendo tão deslocado quanto eu quando estávamos descendo o corredor.

— Cadê a sua tiara? — pergunta Brooke.

Eu dou de ombros.

— Acho que cansei de tiaras.

— Sério? — pergunta Sasha.

— Quer segurá-la? — oferece Angie.

— Quero — respondo.

Eu olho em volta do quarto, evitando Jamie e Sasha, que estão sentados juntos no canto, e finalmente noto que Dave Mauricinho está com um pequeno embrulho nos braços, tão pequeno que eu não tinha visto antes. Ele cruza o cômodo e o estende para mim.

— Uau — digo, quando o pequeno peso é transferido para mim. — Uau.

Ela é tão pequena, com o rosto todo amassado e os olhos fechados como se estivesse tentando bloquear o mundo.

— Uau — falo de novo. Essa é uma pessoa que não existia antes. — Finny — digo, a voz ainda baixa e a mente girando —, vem ver.

Eu o sinto vindo por trás de mim e olhando por cima do meu ombro. Por um momento, nós ficamos em silêncio.

— As unhazinhas dela — diz ele.

— Eu sei! — concorda Angie.

Percebo que gosto de segurar Guinevere. Posso olhar para ela e esquecer que Jamie e Sasha estão sentados juntos como se isso fosse certo.

— Então, onde vocês se perderam? — pergunta Jamie.

Eu tento não fazer uma careta para a bebê.

— Nós perdemos a saída da I-70 e nos perdemos fazendo a volta — explica Finny.

— É, a gente se perdeu um pouco também — conta Jamie. — Mas saímos cedo.

— Paramos para almoçar antes — diz Finny.

— Eu queria ter almoçado, estou com fome — reclama Brooke.

— Vamos sair todo mundo mais tarde? — sugere Alex.

— Vamos — concorda Jamie.

— E vocês dois? — pergunta Sasha. Eu levo um segundo para entender que ela está falando com Finny e eu.

— Ah, não, já temos planos — respondo.

O que eu quero dizer é "de jeito nenhum", mas, por algum motivo, não consigo fazer isso. Eu me sento na cama, de costas para ela.

— O que vocês vão fazer? — pergunta Angie.

Ela dá uma piscadela para mim que Jamie e Sasha não conseguem ver. Eu sinto o rosto queimar e olho para Finny.

— Vamos ao cinema — diz ele, embora não tenhamos combinado nada. A autoconfiança dele está de volta. Ele se senta ao meu lado na cama.

— Que filme? — quer saber Sasha.

— Finny, segura ela — falo.

— Ah, não. — Ele hesita. Eu rio, e ele levanta as mãos se defendendo.

— Vamos lá — insisto e a empurro na direção dele.

Eu o forço a pegá-la e, quando ela está nos braços dele, ele me olha como se eu devesse explicar qual o próximo passo. Eu rio de novo e me inclino para ela.

— Olha essa carinha enrugada! — exclamo.

Percebo que a minha cabeça está quase no ombro dele e que eu não consigo me fazer sair dali. Finny olha para o bebê. Por um momento, parece que nós três somos os únicos no quarto.

— Existe algo mais sexy que um cara segurando um bebê? — pergunta Angie, e nem isso me traz de volta à realidade.

— Não — concordo e tenho um arrepio.

Eu me afasto um centímetro de Finny e consigo efetivamente sentir a perda do calor dele.

— Certo, minha vez. Parem de torturar o pobre coitado — diz Brooke.

Ela dá a volta no quarto e pega o bebê de Finny. Eu evito olhar para ele.

Durante a hora seguinte, nós conversamos sobre coisas normais e assistimos à TV. Eu não olho para Finny e tomo cuidado para não encostar nele quando movo o peso na cama. Jamie é o que mais fala, orquestrando a conversa para exibir o seu charme e o seu humor. É como sempre foi, mas a sensação para mim é diferente agora. Jamie e Sasha não ficam de mãos dadas ou se beijam, mas ficam sentados juntos.

Durante a música de abertura da série seguinte, Guinevere começa a chorar.

— Ela está com fome — diz Angie, com certa autoridade que me intriga. Ela conhece a filha há menos de um dia.

— É melhor irmos — comento.

Finny e eu nos levantamos juntos. Angie olha para nós, mas seu olhar está distraído.

— Obrigada por virem — fala e olha para o bebê de novo.

Eu ando rapidamente na direção da porta e me despeço:

— Tchau, gente.

— Tchau — repete Finny.

— É melhor a gente ir também — escuto Jamie dizer, mas não olho para trás ou ando mais devagar.

Finny e eu andamos lado a lado. Os outros estão todos vindo atrás da gente; Jamie, Sasha, Alex, Brooke e Noah. Eles estão conversando sobre o que vão fazer agora. Nós caminhamos como se não nos conhecêssemos. Finny aperta o botão do elevador e as portas se abrem imediatamente. Nós entramos e Finny aperta o botão do primeiro andar enquanto os outros viram a esquina. Eu olho para eles e eles olham para mim. As portas se fecham. Finny se vira para mim e pergunta:

— Você está bem?

— Sim — respondo.

— Você quer mesmo ir ver um filme?

— Quero — digo. — Podemos ver o que você quiser. Obrigada por vir.

— Não foi nada.

Finny sorri para mim e eu finalmente noto que eu nunca, nunca mesmo, me senti assim com Jamie, nem nos melhores momentos.

sessenta e nove

Nós estamos na cama dele. Eu estou aninhada perto da cabeceira com o notebook apoiado nos joelhos. Finny está esticado de bruços, matando um chefão no videogame.

Terminei um capítulo e a minha cabeça está leve. Eu assisto ao personagem dele jogando bombas em um dragão. Acabou de passar do meio-dia, mas não estou com fome. Temos ficado fora até tarde e dormido até depois da hora do café. Passamos a maior parte do tempo dirigindo por aí com as janelas abertas. Vamos a drive-thrus depois da meia-noite e vagamos pelos corredores de supermercados abertos 24 horas. Noite passada nos sentamos no capô do carro vermelho dele e comemos balas fluorescentes cheias de açúcar e sabor artificial. Finny deixou o rádio ligado e nós nos deitamos sobre o para-brisa, mas as luzes estavam brilhantes demais para vermos as estrelas.

Eu fecho o notebook e Finny deve ter ouvido o clique, porque ele pergunta:

— Terminou?

Outra bomba explode na tela e o controle vibra.

— Por enquanto — digo.

Coloco o computador de lado e estico os braços acima da cabeça. Eu o vejo ganhar a luta e salvar o jogo.

— Então, quando eu vou poder ler? — pergunta Finny.

— Nunca — respondo sem pensar. — Desculpa.

— Por que não? — Ele soa surpreso. Não está olhando para mim, já está jogando de novo.

— Porque é particular, e ainda não está muito bom.

— Posso ler quando estiver bom?

Eu dou de ombros, embora ele não consiga ver.

— Provavelmente não.

— Por que você está escrevendo se ninguém vai poder ler?

— Eu não disse que ninguém poderia ler.

Finny olha para mim por cima do ombro.

— Então sou só eu? — pergunta ele.

Na tela, o personagem dele corre em círculos e bate em uma árvore sem parar.

— Não — respondo. Eu deslizo para a frente na cama e me deito de barriga para baixo ao lado dele. — É… é que eu conheço você. E, se você ler, você pode pensar: "Ah, esse personagem é essa pessoa" ou "Ela está falando daquela vez aqui", mas não é bem assim.

— E se eu prometer não interpretar? Nenhuma análise. Eu juro pela minha mãe.

— Eu vou contar para ela que você disse isso.

— Ahhh, por favor?

Eu dou de ombros e reviro os olhos.

— Talvez.

— Rá! — Finny se vira e olha de volta para a TV. Ele ergue o controle e começa a apertar botões. — Isso quer dizer sim.

— Não mesmo!

— Quer, sim.

— Não quer, não! — Eu dou um soco no ombro dele e ele ri.

— Então, o que você quer fazer agora? — pergunta ele.

Eu dou de ombros, mas estou sorrindo.

— Isso — respondo.

setenta

FINNY ATENDE O CELULAR DEPOIS DE UM TOQUE.

— Alô?

— Oi, estou em casa.

— Você ainda está do lado de fora?

— Sim — respondo.

— Fica aí, vou descer em um minuto.

Quando ele sai pela porta dos fundos, eu estou sentada no capô do carro dele. É quase meia-noite. Os grilos estão cantando e o ar ainda está quente.

— Então, como foi? — pergunta.

— Foi ok, acho que ela estava ali para representar o grupo.

Eu acabei de voltar de um filme com Brooke. Durante o trajeto de meia hora para casa, ela me contou que todos entendiam que eu estava brava com Jamie e com Sasha, mas que todo mundo ainda queria ser meu amigo e que eu ainda era parte do grupo.

— Ela disse que ninguém quer tomar partido — conto.

— Eu imaginei que seria mais ou menos assim. Está com fome?

— Sim.

No caminho para o drive-thru 24 horas, eu tiro as sandálias e coloco os pés para fora da janela. Finny não liga.

— Você está se sentindo melhor? — pergunta ele.

Eu dou de ombros.

— Um pouco. Quer dizer, é bom que eu ainda possa ser amiga do resto, mas... — Eu dou de ombros de novo e suspiro. — Sei lá, como podemos ser um grupo depois disso? E todos vamos para faculdades diferentes... — A minha voz se perde.

Os minutos passam em silêncio. Nós encostamos em frente às luzes brilhantes do restaurante fast-food.

— É tão fácil assim para você abrir mão dos seus amigos? — pergunta Finny.

— Não — respondo. Eu ponho os pés para dentro e apoio o rosto no joelho. — Eu realmente achei que seríamos amigos para sempre — respondo.

— Você está falando da gente ou deles? — indaga Finny. Ele está olhando pela janela.

— Posso anotar seu pedido? — grasna a funcionária para nós.

— Só um minuto — diz Finny, e se vira para mim: — Você já sabe o que vai querer?

O meu coração ainda está acelerado por causa da outra pergunta dele. Nós não conversamos sobre sermos amigos de novo. As Mães estão no céu, mas elas são espertas demais para falar alguma coisa. Logo antes de Brooke ir embora, ela perguntou se eu estava com Finny. Eu disse que ele ainda estava com Sylvie e saí do carro.

— Só um número 1. Com Coca-Cola — falo.

Ele faz o nosso pedido e paga. Depois que o carro vai até a próxima cabine e nós estamos esperando a comida, eu respondo:

— Deles, naquela hora. Mas eu achei isso de você também.

Finny não me responde. Ele me passa a sacola com os lanches e manobra o carro. Quando estamos de volta na estrada, ele fala:

— Sylvie está na Itália agora.

— Ah, é?

— Ela passou a semana toda em museus.

— Eu não consigo imaginar Sylvie em um museu — comento.

Finny olha para mim. Ele se volta para a estrada e franze a testa.

— Sabe, você não a acharia tão ruim se desse uma chance.

— Quem disse que eu a acho ruim? — respondo. — Eu só não vejo ela como uma pessoa que vai a museus.

— Vindo de você, isso é ruim — esclarece ele. — E você não a conhece de verdade.

— Ok. Então eu não a conheço de verdade — concordo. — Ela não me conhece de verdade também e Deus sabe o que ela acha de mim.

— No geral ela só tem medo de você — diz Finny.

— Medo de mim?

— Você a intimida.

— Que seja.

— É sério — insiste ele.

— Ok. Eu acredito — aceito.

Nós ficamos o resto do caminho sentados em silêncio. Depois que Finny encosta na porta de casa, ele desliga o motor e nós olhamos para a frente.

— Você está bravo comigo?

— Não, não estou — responde ele.

Eu não consigo pensar em mais nada para dizer, pelo menos não em nada que eu deveria dizer, então fico quieta. Pego a comida e entrego a de Finny para ele.

— Obrigado.

O perfil dele é bonito sob a luz do painel. Eu quero muito me inclinar e apoiar a cabeça no ombro dele. Quando éramos crianças, eu poderia ter feito isso.

— Eu não odeio Sylvie — digo, enfim. — Eu não a conheço, você está certo. Mas isso significa que eu não sei se ela gosta de museus. — Finny dá de ombros, mas não de um jeito indiferente. — Eu aposto que, se ela me conhecesse, ela iria ver a boba que eu sou e não teria medo de mim — ofereço. — Ela já sabe que eu levei um fora de Jamie?

— Eu contei para ela — diz ele. Então olha para mim. — Mas eu não dei nenhum detalhe — acrescenta, rápido.

— Ela sabe da gente? — pergunto.

Finny balança a cabeça em negativa e olha pela janela de novo.

— O que você vai contar para ela quando ela voltar? — pergunto de novo.

— Não sei — diz ele, e então: — Você não é boba.

Eu como o hambúrguer antes que fique frio. Finny come todas as batatas primeiro e só depois começa o hambúrguer. Eu deixo metade do meu e o embrulho de volta no alumínio antes de jogar na sacola. Aninhada no meu lugar, de frente para Finny, eu o vejo comer à meia-luz. O rádio está tocando baixo. Seria meio romântico se nós estivéssemos juntos.

— Então, o que vamos fazer amanhã? — pergunta ele.

setenta e um

NÓS ESTAMOS SENTADOS JUNTOS NA BEIRA DO LAGO. O CÉU ESTÁ escurecendo lentamente e os fogos logo vão começar. A minha mãe e a tia Angelina estão ali perto, mas não estão sentadas com a gente. Elas têm nos deixado sozinhos recentemente; eu finjo não saber por que, e Finny parece nem notar.

— Eles deveriam começar logo, já está escuro suficiente — reclamo.

— Vai começar já, já — diz ele, e então ouço um estalo e o céu se ilumina.

Eu me inclino para trás de um jeito que eu possa observá-lo e fingir que estou olhando para o céu. O queixo dele está inclinado para o alto, um sorriso puxando os cantos da boca levemente para cima. Ele levanta a mão e afasta uma mecha de cabelo dos olhos.

Em momentos assim, eu fico impressionada pelas palavras não saírem a toda de mim. Eu consigo senti-las na boca, como três pequenas pedras. Consigo senti-las ali quando engulo e quando respiro.

As sobrancelhas de Finny se erguem de leve e eu me pergunto o que aconteceu no céu que o surpreendeu, mas não consigo desviar os olhos.

É possível que os últimos seis anos tenham sido reais e não um sonho como parecem agora? Acho que, se eu me concentrasse, poderia fazer essas memórias desaparecerem. Poderia fechar os olhos e acreditar que nunca estivemos separados. Poderia inventar um novo passado para me lembrar.

Eu me vejo sentada nas arquibancadas do jogo de futebol de Finny. Ele olha para mim e eu aceno. Nós temos quinze anos.

— Autumn? — Abro os olhos e ele está me encarando. — Algum problema?

— Não, só cansada.

— Quer ir embora?

— Não, não. — Sorrio para ele. — Não precisa se preocupar.

Eu afasto os olhos dele e foco o céu.

setenta e dois

Quando o carro de Finny para, estou sentada nos degraus da frente esperando. Eles chegaram cedo. Finny buzina e eu me levanto. É noite e está quente. Eu corro pelo longo caminho no gramado até ele.

Quando chego lá, Jack está saindo do banco da frente e passando para o de trás.

— Ah não, eu posso me sentar atrás — digo.

— Não, damas na frente — protesta ele.

Esse é o maior diálogo que já tivemos. Eu me sento e fecho a porta.

— Jack gosta de fingir que é um cavalheiro, mas não se engane — avisa Finny.

— Finny, como eu vou causar uma boa impressão na sua amiga se você fala de mim desse jeito?

— Eu não disse que vocês precisavam gostar um do outro — retruca.

O que ele disse, pelo menos para mim, é que ficava incomodado pelos dois melhores amigos mal se conhecerem. Ele só queria que fôssemos ver um filme juntos, só um. Eu estava pronta para protestar, mas, quando ele me chamou de melhor amiga, eu fiquei satisfeita demais. Não sei se foi difícil convencer Jack.

— Vamos nos dar bem só para irritar ele — decido.

Jack ri. Talvez dê tudo certo.

Eu não quero ver o filme de espião nem a comédia de humor grosseiro, então os meninos me convencem a aceitar o filme de terror. Nos primeiros quinze minutos, a menina abre a porta do armário e um manequim cai para fora. Eu grito e cubro os olhos. Os meninos riem, mas Finny também me pergunta se eu vou ficar bem. Faço que sim e me afundo na cadeira.

Uma hora depois, estamos chegando no clímax da história. A menina abre outra porta e vê o namorado pendurado nas vigas. Ela grita e a câmera se aproxima do rosto dele. Eu estremeço e viro a cabeça para o lado. A minha testa encosta no ombro de Finny. Mais gritos e eu me encolho de novo.

— Tudo bem? — sussurra Finny.

Eu faço que sim e a minha testa encosta nele novamente. Ele se afasta de mim. Morta de vergonha, eu levanto a cabeça e olho de volta para a tela.

Então eu sinto Finny passar o braço pelos meus ombros.

Mais ou menos. Na verdade, é mais no encosto da cadeira e meio que me tocando, mas só de leve. Porém, os dedos dele definitivamente estão no meu ombro e, na próxima parte assustadora, ele me aperta de leve.

— Eu estou bem — sussurro. Jack olha para a gente.

Depois, quando Finny está dando a partida no carro, Jack propõe:

— Ei, querem ficar bêbados?

— Sim — respondo.

Finny dá de ombros e diz:

— Se vocês quiserem…

— Mas onde vamos conseguir bebida? — pergunto.

— O meu irmão trabalha na loja de bebidas na rua Rock — explica Jack.

— Sério? — Eu olho para Finny. — É lá que vocês sempre compram?

— É — confirma Jack.

Finny dá de ombros de novo.

Nós nos sentamos no carro estacionado com as janelas abertas e ficamos bêbados atrás das nossas casas. Os meninos compraram um litro de Coca-Cola, jogaram um terço fora e encheram o resto de uísque. Eles estão sentados na frente, passando a garrafa um para o outro. Eu estou deitada no banco de trás com um engradado de alguma coisa rosa com flores tropicais na lata. Finny escolheu para mim. Ele disse que eu ia gostar. Eu me pergunto se é isso que Sylvie bebe.

— Você vai ter que dormir na minha casa hoje. Eu não vou poder levar você para casa — diz Finny para Jack, que dá um longo gole e passa a garrafa.

— Com certeza não.

Eu dou uma risadinha e observo Finny dando um longo gole também. Ele seca a boca com o dorso da mão e, de alguma forma, torna esse gesto masculino e elegante.

— Então, Autumn... — começa Jack. Ele se vira para me olhar. — Por que você terminou com Jamie? Todo mundo achava que vocês iriam se casar e tal.

— É, eu também. Mas ele me traiu com Sasha, então isso não vai rolar.

— Sério? — exclama Jack. Ele faz uma careta e ergue as mãos. — Ela nem é... hum...

— Tão bonita quanto eu? É, eu sei.

Jack dá uma gargalhada.

— Nossa, você é modesta.

— Mas é verdade.

— É, mas você não deveria saber disso.

— Por quê? — Eu me sento e me inclino para a frente com a cabeça entre eles. — Por que eu deveria fingir que não sei que sou bonita quando todo mundo me diz isso o tempo todo?

— Você só não deveria saber.

— Enquanto vocês dois discutem, eu vou ao banheiro — fala Finny. Ele sai e fecha a porta. Jack o observa se afastar.

— Quer dizer, não é como se eu achasse que sou uma pessoa melhor por isso ou coisa assim — explico. — Nem é mérito meu. É só a minha aparência. — Ouço a porta de tela se fechar atrás de Finny.

— Escuta — interrompe Jack. Ele olha para mim de novo. — Você me garante, de verdade, que não está só ferrando com a cabeça dele?

— O quê? — pergunto.

— É sério. Finny é meu amigo, sabe?

— Eu não sei do que você está falando.

— Eu estava lá no ensino fundamental — explica Jack.

— Ok, eu também — digo.

Jack suspira.

— Se você não está levando isso a sério, então não ferre com a cabeça dele. Ele e Sylvie nem sempre são bons juntos, mas é melhor do que ele ficar obcecado por você de novo.

— Ele... o quê?

Eu sinto como se Jack tivesse me dado um soco. Eu engulo, embora a minha boca esteja subitamente seca. Finny não tinha me beijado só porque ele queria saber como seria beijar uma garota, ele gostava mesmo de mim. Embora estejamos sozinhos, eu baixo a voz.

— Ele disse alguma coisa para você?

— Não. Ele diz que vocês são só amigos. Mas ele disse isso da última vez e ainda assim levou um século para superar você — conta Jack.

Eu baixo os olhos, com medo de chorar de decepção. Por um momento, o meu coração saltou até a boca.

— Eu não queria chatear você nem nada — diz Jack.

— Não, só não é assim comigo e com Finny. — Eu engulo de novo e respiro.

Jack pega a garrafa outra vez.

— Isso é estranho — comenta.

— O quê?

— Você o chama de Finny, igual à mãe dele.

Eu sorrio de leve.

— Bom, eu o conheço há quase tanto tempo quanto ela.

— Eu sei.

— E é assim que todo mundo o chamava. Mas as Mães às vezes o chamam de Phineas e eu só o chamo assim quando estou brava.

Ouço a porta dos fundos se abrir e nós dois nos viramos para ver. Finny desce os degraus. Ele está trazendo um saco de pretzels.

— Não fala nada com ele, ok? — pede Jack.

— Claro que não. Não é assim com a gente de qualquer forma.

setenta e três

Nós pegamos no sono na cama dele de novo. Mas estou acordada agora. A luz da tarde entra pela janela e cai sobre nós. No chão ao lado da cama está a caixa vazia da pizza do almoço. O videogame está pausado. O meu livro está na mesinha de cabeceira.

Na noite passada, por volta das três da manhã, nós medimos a nossa pressão em uma daquelas máquinas de enfiar o braço que ficam no supermercado. A de Finny estava perfeita e a minha só um pouco alta. Nós comemoramos com meio quilo de balas de goma e o que tinha sobrado do uísque.

Amanhã eu vou almoçar com o meu pai, então não podemos ficar acordados até tarde hoje. Pergunto-me se Finny vai ficar acordado até tarde sem mim ou se vai dormir como eu.

Eu me espreguiço e me viro de lado lentamente para não esbarrar nele. Ele está deitado de costas, com as mãos atrás da cabeça. A boca está um pouco aberta, mas ele não parece idiota, só relaxado e confortável.

Nós estávamos observando as sombras da árvore do lado de fora da janela e conversando sobre o divórcio dos meus pais, e também sobre como deveríamos ir ao museu alguma hora ou pelo menos até o zoológico. Nesse ponto, a minha memória fica confusa e eu devo ter pegado no sono. Não sei se foi antes ou depois dele. Talvez tenhamos adormecido juntos.

É bom olhar o rosto dele.

De tão perto, consigo ver que ele não é exatamente perfeito. Tem uma pequena espinha na lateral do nariz e uma cicatriz de catapora na bochecha. Nós pegamos catapora ao mesmo tempo. Passamos uma semana de cama juntos, assistindo a filmes e comendo nachos do mesmo prato. Finny era melhor em não se coçar. Ele melhorou dois dias antes de mim, mas as Mães o deixaram ficar comigo mesmo assim.

O desejo de tocar a cicatriz é mais insuportável do que qualquer coceira que já senti.

— Desculpa, nós ficávamos até doentes juntos e eu estraguei tudo — sussurro.

Se ele estivesse acordado, diria que não tem problema, e estaria sendo sincero. Mas tem problema. Jack disse que ele levou séculos para me superar, mas isso ainda significa que ele superou.

— Eu te amo — digo para ele, tão baixo que nem eu consigo ouvir.

Fecho os olhos e escuto a respiração de Finny. Volto para a história na minha cabeça, sobre como poderia ter sido. Estou na parte em que ele está me ensinando a dirigir quando o ouço inspirar profundamente, quase um engasgo. Eu ainda me lembro desse som, é o som que ele faz quando acorda, como se estivesse saindo de baixo d'água. Mantenho os olhos fechados. Ele se vira de lado, lentamente, do mesmo jeito que eu me virei. Espero que ele coloque a mão no meu ombro ou diga o meu nome, mas ele não faz isso. Eu espero um pouco mais e então decido que ele voltou a dormir e abro os olhos.

— Oi — diz ele.

— Oi.

— Eu acho que essas madrugadas estão começando a cobrar o preço.

— É.

Nós não falamos mais nada, não nos movemos e não desviamos o olhar.

Eu queria que isso significasse alguma coisa. Queria poder acreditar que ele está imóvel e me olhando pelo mesmo motivo que eu, que ele está pensando nas mesmas coisas que eu.

— O que foi? — pergunta Finny.

— Nada — respondo.

— Tem certeza? — insiste, depois diz: — Autumn...

E então o celular dele toca. Ele fica tenso e se senta. Quando pega o celular, fecha a cara e atende:

— Oi, não são tipo quatro da manhã para você? — Eu vejo o rosto dele se fechar ainda mais e então ele se vira de costas para mim. — Só vai mais devagar, Syl... não, tudo bem. Respira fundo. — Ele fica em silêncio por um minuto e então olha para mim por cima do ombro e sai do quarto. — O que você tomou? — pergunta ele, e então fecha a porta e não consigo escutar mais nada.

Eu deito a cabeça de volta na cama e fecho os olhos.

Quando Finny volta, é para me avisar que as Mães estão nos chamando para jantar. Ele não me olha nos olhos. Depois que comemos, eu volto para casa. A janela dele já está escura.

setenta e quatro

— Se você quiser, eu posso reservar um tempo da minha agenda no trabalho e ir com vocês na mudança para o dormitório — diz o meu pai.

Nós estamos sentados do lado de fora de um restaurante do centro que ele escolheu. O meu pai tem um novo carro vermelho que me lembra o de Finny, mas o dele nem tem banco de trás.

— É um dia importante — continua —, e se você quiser que eu esteja lá, eu vou estar.

— Então se eu não quiser que você venha, você não vem? — pergunto.

— O que eu estou dizendo é que, se você quiser que eu vá, eu vou.

A nossa entrada chega e o meu pai ignora a garçonete quando ela coloca os pratos. Ele nem ergue o olhar.

— Obrigada — digo a ela, que me ignora também e vai embora.

— Você não precisa decidir agora, mas quanto mais perto da data, mais difícil vai ser. — Ele mergulha o ravioli frito no molho de tomate. — Não que eu não vá fazer isso de todo modo. — Ele dá uma mordida e mastiga.

— Se eu quiser — digo. Ele faz que sim. — E só se eu quiser. Se você quiser ir, mas eu não quiser que você vá, você não vai.

O meu pai limpa as mãos no guardanapo e suspira.

— Querida, se você não me quiser lá...

— E se eu não quiser a mamãe lá? Posso apenas dizer a ela para não ir e ela não vai?

— Escuta, querida, a sua mãe precisa ir. Essa parte não é opcional.

— Por quê? Por que você é opcional e ela, não?

— Você está dizendo que quer se mudar sem nenhum dos seus pais lá? — pergunta ele.

— Não — tento explicar —, não é isso que estou dizendo, eu estou dizendo que... deixa para lá.

Nós olhamos de volta para a comida. Está calor demais para ser um clima perfeito.

— A sua mãe me contou sobre Jamie — diz ele depois de um tempo.

Levo um susto ao ouvir o nome do meu ex-namorado.

— Ah, sim. Não é tão importante.

— É por isso que você está chateada?

— O quê? Eu não estou chateada.

— Você não está chateada?

— Não, estou bem.

Quando chego em casa, não ligo para Finny. Eu quero ligar, mas não ligo. Na escrivaninha, escrevo algumas frases, então deleto e fecho o notebook. Tento cochilar, mas não estou cansada. Fecho os olhos mesmo assim. O sol entra pelas minhas pálpebras e tudo que vejo é vermelho. Eu vou esperar Finny me ligar primeiro. A tarde passa.

setenta e cinco

Um dia passa, depois outro. Eu escrevo um pouco e leio muito. Finny não janta com a gente, a mãe dele diz que ele saiu com Jack.

No terceiro dia, eu o vejo encostar o carro vermelho na entrada. Ele hesita antes de fechar a porta, fica olhando as chaves na mão por um bom tempo. Não se mexe até a tia Angelina sair na varanda e chamar o nome dele. Então bate a porta do carro, olha para ela e sorri.

No quarto dia, a minha mãe me pergunta se Finny e eu brigamos de novo.

— O que você quer dizer com de novo? — pergunto.

— Bom, eu só quis dizer que vocês estavam passando um tempão juntos e de repente…

— O que você quer dizer com de novo? Quem disse que nós brigamos da primeira vez? Às vezes, as pessoas só param de sair juntas e isso não significa nada.

— Ok, Autumn.

Ela me deixa subir para o quarto.

Sasha me liga. Eu não atendo.

Acordo de manhã cedo e não consigo dormir. Encaro a janela dele até o sol estar alto e então durmo de novo.

No sexto dia, eu ligo para ele. Finny não atende. Deixo o celular na mesinha de cabeceira e fico em posição fetal. Ele deve ter visto nos meus olhos.

Eu consegui estragar tudo de novo.

O celular toca. Eu o pego. Olho para ele. O aparelho toca de novo.

— Finny? — digo, em vez de só dizer um "alô" distante como eu tinha planejado.

— Ei — responde ele.

— Oi.

Nós ficamos em silêncio por um tempo. Eu consigo ouvir a respiração dele. Ele pigarreia.

— Eu vou terminar com Sylvie quando ela voltar para casa.

— Ah — falo.

— É. Vai... vai ser difícil.

Eu puxo os joelhos para o queixo. Não posso começar a chorar.

— Quer vir ver um filme? — sugere ele.

— Tá bom — respondo.

— Mesmo?

— Claro.

— Agora?

— Com certeza.

Depois do filme, nós saímos para comer pizza. E não falamos mais de Sylvie.

setenta e seis

— Você se lembra do quarto ano, quando lemos *A teia de Charlotte* na escola e você chorou? — pergunta Finny.

— Sim. Você se lembra de quando aquela bola de beisebol acertou a sua cabeça?

— Sim. Você chorou daquela vez também?

— Não — digo.

Nós estamos sentados no carro dele. É tarde da noite de novo, mas ainda não estamos prontos para entrar. Apesar do motor estar desligado, a luz do painel está acesa. Eu mal consigo ver o rosto dele. Estou aninhada no meu lugar e estou muito cansada, mas não quero que ele perceba.

— Mas você ficou assustada. Você disse que achou que eu tinha morrido.

— Foi assustador. Você parecia uma boneca de pano.

— Você se lembra do Natal que nevou e depois a neve congelou?

— Nós fomos até o riacho.

— Sim.

Eu apoio o rosto no joelho. As janelas estão começando a embaçar, mas não parece que estamos aqui juntos há tanto tempo.

— Você se lembra de quando deu um soco em Donnie Banks? — pergunto.

— Claro que lembro.

— Ele disse que eu era esquisita.

— Você não era esquisita. Você era a única menina legal da escola.

— Como você sabe? Você nunca falava com as outras meninas.

— Eu não precisava. Você se lembra do Dia dos Namorados que a minha mãe saiu com aquele cara careca?

— Qual deles?

— Aquele que tinha uma aparência meio estranha.

— Não lembro.

Finny se vira para me olhar. Eu me esforço para identificar a expressão no rosto dele.

— Lembra sim, nós tramamos para jogar um balde de água pela janela quando eles voltassem...

— Mas a babá nos fez dormir em quartos separados! Eu me lembro disso, mas não do cara.

— Eu me lembro. Ele tinha uma aparência estranha.

— Ou talvez você só se lembre de achar que ele era estranho. Talvez se você o visse hoje, não acharia isso. A memória não é objetiva.

— Mas você e eu sempre nos lembramos das coisas do mesmo jeito.

— Mas isso é porque sempre pensávamos do mesmo jeito naquela época. Eu aposto que não nos lembraríamos... — Eu paro quando me dou conta do que estou prestes a dizer.

— O quê? — pergunta Finny.

Dou de ombros como se não fosse nada.

— Provavelmente não vamos nos lembrar do fim do fundamental do mesmo jeito, nem do ensino médio.

— Ah. Talvez.

Ficamos em silêncio, então eu me pergunto por que fui dizer isso e se ele vai falar que é melhor entrarmos agora.

— Você era a favorita do sr. Laughegan — comenta Finny.

— É, eu era. Mas todos os outros professores gostavam mais de você.

— Não é verdade.

— É sim! — protesto. Eu levanto a cabeça dos joelhos e endireito a postura. — Todo mundo sempre gosta de você. Era a mesma coisa no fundamental.

Finny dá de ombros.

— Não sei no início, mas ninguém gostava de mim no final.

— Isso não é verdade.

— É sim. Eu era meio nerd e você era tipo a Rainha.

— Não — digo. — Alexis era a Rainha. Eu era só uma assistente.

Finny balança a cabeça em negativa.

— Do que você está falando? — exclamo. — Ela era a líder da Panelinha. — Eu não consigo ter certeza por causa do escuro, mas acho que Finny revira os olhos.

— Mas era de você que todos os caras gostavam — conta.

— Ah.

— É, era... estranho. Ouvir eles falando de você assim, quero dizer.

— Ah — repito.

As janelas estão completamente embaçadas agora. Eu só consigo distinguir o brilho dos postes entrando, poderia ser qualquer rua dos Estados Unidos lá fora.

— Então, por que você parou de andar com elas? — quer saber Finny.

— Com quem? — pergunto. Estou pensando em como ele tropeçou nas palavras quando disse que era estranho ouvir os caras falando de mim.

— Com as meninas. Por que você e Sasha deixaram o grupo?

— Nós não deixamos o grupo — explico. — Elas nos expulsaram.

— Não é isso que elas dizem — conta Finny. Eu olho para ele e queria conseguir ver melhor o rosto dele. — Elas me contaram que, depois que entraram na equipe de líderes de torcida, vocês começaram a falar sobre como ser líder de torcida no ensino médio era um estereótipo e que vocês queriam fazer parte de algo mais importante. E então pararam de atender as ligações delas.

— Não foi assim que aconteceu. Elas pararam de ser nossas amigas.

— Mas parece uma coisa que você diria — insiste Finny.

— É — concordo —, mas foram elas que acharam que eram boas demais para a gente.

— É o que elas falam de você.

— Mas não é verdade!

— A memória não é objetiva, certo?

— Acho que sim — concordo, e, pela primeira vez, me pergunto o que mais pode parecer diferente do ponto de vista de Finny.

setenta e sete

Estamos no carro dele de novo, mas as circunstâncias são diferentes. É uma da manhã e um carro de polícia acabou de nos parar. É a segunda vez nessa semana, mas Finny nunca fez nada de errado. Eles só nos param porque somos dois adolescentes em um carro esportivo vermelho.

— Você já parou para pensar se esse carro dá mais problema do que vale a pena? — pergunto a Finny quando ele entra de novo depois do policial ter revistado o porta-malas dele.

Ele dá de ombros. Atrás de nós, o carro da polícia vai embora. Finny desliga o pisca-alerta e olha por cima do ombro enquanto volta para a rua.

— A sua mãe diz que o seguro é bem caro — comento.

— É, mas eu gosto dele.

— É fofo — concordo.

— Não chame o meu carro de fofo — protesta ele.

Eu rio.

— Finny tem um carro fofo. É muito fofo.

— Cala a boca, ou eu paro de levar você para todo lugar.

— Você não faria isso.

— Faria, sim.

— Você iria ficar com saudade de mim.

— Não se você continuar chamando o meu carro de fofo. — Eu rio de novo. — Eu devia te ensinar a dirigir — comenta Finny.

Eu fecho a cara.

— O quê? Não! — respondo.

— Ah, vamos, você não pode ficar o resto da vida sem saber dirigir.

— Espere e verás.

— Pegue o volante.

— Não.

— Autumn, pegue o volante.

Eu não sei se ele notou que não consigo dizer "não" quando ele fala o meu nome assim, mas funciona. Eu me inclino para perto dele, pego o volante e o carro imediatamente começa a dançar para a direita.

— Uau! — diz Finny. Eu começo a tirar as mãos, mas ele coloca as dele em cima das minhas, pressiona de leve e nos posiciona corretamente. — Agora, sim — fala. O meu coração está disparado e eu me sinto como se estivesse despencando. — Você precisa fazer uns ajustes enquanto dirige, senão acaba indo para o lado.

— Ah — respondo, a voz falhando. Eu engulo em seco.

— Você está indo bem — diz ele. — Eu assumo o controle se começarmos a desviar demais.

Finny me ajuda a virar em uma esquina e então em outra. Nós circulamos por várias quadras e então ele nos leva de volta para a rua principal.

— Quer ir para a estrada?

— Não — respondo.

— Que pena. — As mãos dele apertam as minhas quando ele me força a nos colocar na rampa de acesso.

— Ah, meu Deus! — exclamo. Finny tira a minha mão direita do volante e a coloca no câmbio. — Ah, meu Deus! — digo de novo.

— Está tudo bem. — Ele me tranquiliza. — Eu estou aqui.

Então Finny aperta a minha mão de novo e nós mudamos de marcha. As minhas palmas estão suadas, mas as dele estão quentes e firmes. A estrada está quase vazia e se estende infinita diante de nós.

setenta e oito

SOU PEGA DE SURPRESA NA PRÓXIMA VEZ QUE SYLVIE LIGA QUANDO estou com Finny. De alguma forma, eu tinha me esquecido dela. De alguma forma, eu tinha me esquecido de que o mundo é maior que nós dois.

Nós estamos vendo um filme no meu sofá. Eu pauso quando ele diz "alô", e é assim que eu sei que é ela, pela forma como ele atende. Ele também diz "uhum" cinco vezes e "que legal" duas. Ele diz "nada demais" uma vez e olha para mim. Eu olho de volta para ele, e continuo olhando depois que ele se vira de costas para mim de novo.

— Tá bom, vou lembrar — diz Finny, antes de desligar o telefone. Então ele se vira para mim: — Pode dar play.

— Era Sylvie?

— Era.

— Hum. — Eu não sei o que quero dizer com isso, mas Finny me responde mesmo assim.

— Eu não posso terminar com ela por telefone.

— Eu não disse que era para você fazer isso — falo.

— Bem, você só… deixa para lá.

— O quê?

— Nada — insiste Finny.

— Eu estava pensando em como é estranho que você vai terminar com ela, mas ela ainda te liga... quer dizer, faz sentido, porque ela não sabe, mas é estranho.

— Acho que sim.

Eu olho para o controle remoto na minha mão, mas não aperto play.

— Você nunca me contou — falo.

— O quê? — A voz baixa dele acompanha a minha.

— Por que vai terminar com ela.

Finny não diz algo nem dá de ombros. Não olha para mim. Ele não se mexeu desde que me disse para apertar play. Eu espero.

— Não é com ela que eu quero estar — diz ele. — Ela não é... só isso.

— Certo — falo e concordo com a cabeça, como se ele tivesse dito muito mais. Finny olha para mim.

— Você sente saudade de Jamie? — A pergunta me assusta. Eu consigo ver que Finny está estudando a reação no meu rosto.

— Não sei — respondo, porque quero ser sincera com ele. — Eu não quero dizer que sim, porque não quero voltar com ele; mas também não posso dizer que não, porque eu ainda me preocupo com ele. Ele ainda é Jamie.

— Você o ama?

Eu nego com a cabeça.

— Eu não estou apaixonada por ele.

Ficamos em silêncio de novo e penso que é um alívio e, ao mesmo tempo, muito estranho dizer que não estou apaixonada por Jamie.

— Por que você está sorrindo? — pergunta Finny.

— Eu não amo Jamie — respondo e rio, porque é engraçado dizer isso.

— Que bom que você está feliz — declara Finny.

— Eu estou. Na verdade, eu ando muito feliz.

O olhar de Finny suaviza e estamos encarando um ao outro.

Foi mais um momento em que um de nós poderia ter dito alguma coisa, poderia ter nos dado tempo, mas nenhum de nós disse. Nós olhamos um para o outro até eu não aguentar mais.

— Vamos terminar isso e ir comer alguma coisa — sugiro.

Nós inventamos uma nova refeição, que acontece depois da meia-noite e antes do amanhecer, e raramente a pulamos. É mais tempo que podemos passar juntos sem dizer o que precisamos.

— Boa ideia — diz Finny, mas não é.

Sylvie logo vai voltar para casa.

setenta e nove

FINNY E EU ESTAMOS PARADOS NA ENTRADA ENQUANTO O CARRO vai embora. Eu aceno e ele só me olha. O divórcio dos meus pais foi finalizado hoje. Por coincidência, as Mães vão passar o fim de semana em uma vinícola. Elas nos deixaram cem dólares para dois dias. Jack vem mais tarde. Nós vamos pedir pizza e beber álcool no jantar e, provavelmente, passar a noite toda acordados.

— Vai ser divertido — falo.

— É — diz Finny, e seu jeito de falar me lembra da forma como ele dizia "é" para Sylvie no ponto de ônibus enquanto ela tagarelava sem parar. Eu sempre suspeitei, ou só queria acreditar, que ele estava entediado com ela.

— Está tudo bem? — pergunto.

— É — responde Finny. Eu olho para ele, que ainda está olhando fixo para a entrada de carros.

— Eu acho que vou para casa escrever — digo.

Então ele olha para mim.

— Ah, tá bom.

— Me manda mensagem quando Jack chegar ou quando você quiser que eu venha.

— Tá bom — repete.

Eu me viro e vou embora, e escuto ele entrando também. Olho por cima do ombro. Ele fecha a porta. Eu me viro rapidamente.

Uma hora depois eu recebo uma mensagem. Tiro o fone e pego o celular na escrivaninha.

Finny: Quando eu vou poder ler?

Eu: Nunca

Finny: Que tal amanhã?

Eu: Talvez

Algumas horas depois, recebo outra mensagem. Estou deitada na cama encarando o teto.

Finny: Jack vai chegar em meia hora.

Eu: OK

Finny: Por que você não vem agora? Estou entediado.

Eu sorrio e passo as pernas pelo lado da cama.

Quando Jack bate à porta da frente, Finny e eu estamos dentro de uma cabana que construímos com almofadas, cadeiras e colchas. Nós a fizemos grande o suficiente para nós três podermos nos esticar dentro, e deixamos um lado aberto para vermos filmes. Finny leva Jack para a sala. Ele está carregando uma garrafa de rum e dois litros de Coca-Cola.

— Oi, Jack. — Eu enfio minha cabeça para fora e aceno.

— O que é isso? — pergunta ele.

— É a nossa caverna — explico.

Jack olha para Finny e comenta:

— Uau, cara.

— Vem — chama Finny. — Eu não confio em você como barman. — Ele puxa o braço de Jack e ele o segue para a cozinha.

— Do que você está falando? Eu sou um ótimo barman.

Alguns minutos depois, Jack se agacha na abertura da caverna. Ele me passa uma bebida e diz:

— Tá, vamos ver como isso aqui funciona.

— Você vai amar — garanto.

Eu abro espaço e ele desliza para o meu lado, se sentando de pernas cruzadas e abaixando a cabeça para caber.

— Ok — diz Jack. Ele olha em volta da caverna. O chão está forrado com mais colchas e travesseiros, então a parte de dentro parece uma cama enorme. — Nada mal.

— Finny e eu fazíamos isso o tempo todo. Sempre que um de nós dormia na casa do outro. Era tradição, e como eu provavelmente vou dormir aqui hoje, pareceu apropriado.

Eu dou um gole na bebida e faço careta, está forte demais. Jack ri e balança a cabeça.

— Isso é esquisito — diz ele.

— O quê? Eu ter feito careta?

— Os pais de vocês deixarem vocês dormirem juntos.

— Não é assim! — protesto. — Já disse para você, nunca foi assim com a gente.

— Ei! — chama Finny. Eu olho para cima. Ele está se abaixando para espiar dentro. — A pizza vai chegar em uma hora.

— Legal — diz Jack.

Ele abre espaço e Finny entra. Ele se deita ao meu lado, com cinco centímetros entre nós. Eu fico feliz de ele ter me ouvido, caso esteja suspeitando de alguma coisa. Enquanto ele não souber, eu vou poder mantê-lo perto de mim.

Finny e Jack brindam e dão longos goles.

— Eu também — protesto.

Finny ergue o copo, encosto o meu no dele e dou outro gole. Estremeço depois de beber e lambo os lábios.

— Fraca. Precisamos ensinar você a beber — diz Jack.

— A bebida está forte demais — reclamo.

Jack ri. Olho para Finny em busca de apoio, mas ele me dá um sorriso torto.

— Desculpa, eu estou com Jack nessa.

O meu coração bate mais rápido e dou outro gole.

Ainda estou bêbada na primeira vez que acordo. Finny está dormindo ao meu lado, deitado de costas com um braço por cima dos olhos. Eu me aproximo dele, devagar. Fico deitada de barriga para baixo com a testa pressionada contra a axila dele, quase no ombro. Eu me enrolo. Toco as costelas dele com os dedos.

Quando acordo da segunda vez, os meninos não estão comigo na caverna. Sei que Finny não está lá antes mesmo de abrir os olhos. Estou com frio e com dor de cabeça.

— Como você perdeu esse jogo? — escuto Jack dizer em algum lugar do quarto.

Abro os olhos. A luz fora da cabana está forte, deve ser quase meio-dia.

— Autumn e eu estávamos no shopping — responde Finny. A voz dele me faz querer fechar os olhos.

— Você nunca perde os Strikers na TV — retruca Jack.

Finny não responde. Eu imagino que ele dá de ombros. Há uma pausa e então Finny diz:

— Eu vou terminar com Sylvie quando ela voltar amanhã.

Eu fico tensa e o meu estômago se revira. Coloco uma mão na barriga. Eu não sabia que ela iria chegar de viagem amanhã. Finny nunca me disse a data e eu não perguntei.

— Imaginei — diz Jack. Há outra pausa. Sinto as minhas glândulas salivares doerem e a garganta apertar. — E depois? — pergunta, a voz mais baixa.

— Ai, meu Deus! — exclamo, enquanto saio da cabana.

Finny ou Jack talvez tenha dito algo para mim, mas não tenho certeza. Passo voando por eles e entro no banheiro.

Ainda estou vomitando quando Finny bate à porta.

— Vai embora — mando.

— Tudo bem?

— Sim. Vai embora.

— Tá bom.

Quando acabo, enxaguo a boca e me olho no espelho. Estou horrível. Passo os dedos pelo cabelo.

Saio do banheiro e encontro os meninos na cozinha fazendo torrada. Eu me jogo na cadeira e levo os joelhos até o peito.

— Melhor? — pergunta Jack.

— Mais ou menos — respondo.

Eles continuam a conversa sem mim. Não estão falando de Sylvie e eu não estou prestando atenção de qualquer forma. Depois de um minuto, Finny me passa um pedaço de torrada com manteiga e eu o como em silêncio. O meu estômago protesta, mas consigo segurar.

Mais tarde, terminamos o filme que havíamos começado a assistir na noite anterior e então Jack vai embora. Eu digo a Finny que vou para casa tomar banho. Ele assente e não pergunta quando vou voltar.

Em casa, eu me enfio no chuveiro quente com os braços em volta da barriga. Quero que Finny termine com Sylvie. E não quero vê-lo se apaixonando por outra menina.

Quero que ele se apaixone por mim. Como em uma montagem de filme que não consigo pausar, cenas do verão voam pela minha mente, momentos em que pensei que talvez, só talvez...

— Pare, pare, pare. — Fecho os olhos com força. — Não é real — digo.

A vontade de escrever isso me toma e eu saio do chuveiro, pingando e tremendo.

De roupão, sento-me no computador e escrevo por um bom tempo. De início eu não entendo o que está acontecendo. Acho que vou escrever algumas páginas e voltar para a casa de Finny. Conforme a tarde caminha, a minha mente começa a ficar lenta, mas continuo. Entendo que quero terminar essa história de uma vez. Não posso mais fazer isso comigo mesma.

Eu me levanto duas vezes, uma para pegar um copo d'água e outra para ir ao banheiro. Nas duas vezes, corro de volta para escrever o que estava pensando.

Às vezes, as mãos voam pelo teclado, em outras, eu encaro a tela por um longo e silencioso momento. Por volta da hora do jantar, Finny me manda mensagem. Eu respondo com uma palavra: *Escrevendo*.

Chegou o fim do dia, mas ainda está claro lá fora. Estou digitando a última frase, aquela que está na minha cabeça há tanto tempo. Estou tremendo. Eu clico em salvar e encaro a tela.

É isso. A história toda.

Eu ainda estou de roupão. O meu cabelo já secou. Eu me sinto anestesiada, como depois que Jamie terminou comigo.

Não sei quanto tempo se passou, está começando a escurecer, mas ainda não totalmente, quando Finny bate à porta do meu quarto. Eu sei que é ele, imaginei que fosse vir em algum momento. A porta range quando ele abre. Estou sentada na ponta da cama, ainda de roupão.

— Autumn?

— Oi — respondo.

— Eu vim ver como você está.

— Terminei o romance — conto e começo a chorar.

Eu não o vejo cruzar o quarto, mas o sinto me puxando para um abraço. Nunca chorei assim na frente dele, pelo menos não desde que éramos crianças. Eu apoio a cabeça no ombro dele e soluço, mas não dura muito tempo, porque eu o estou tocando e ele está me abraçando. Finny espera até eu ficar quieta para dizer alguma coisa.

— Você quer me contar o que está acontecendo? — pergunta ele, ainda sem me soltar.

Eu fungo e explico:

— É como se eles estivessem mortos.

— Como se quem estivesse morto?

— Izzy e Aden, os meus protagonistas. — As lágrimas começam de novo.

Sinto Finny expirar. Ele ri uma vez pelo nariz e diz:

— Achei que fosse um problema de verdade.

Antes que eu possa perceber a minha reação, me afasto dele com raiva.

— É um problema de verdade! — falo. — Não dá para ver que estou chateada? — Finny ri de novo. O braço direito dele ainda está em volta dos meus ombros. — Pare de rir de mim — exijo.

— Desculpa — diz, mas ele ainda está sorrindo. — É só que é óbvio que você está chateada e eu achei que era um problema *sério*, tipo Jamie ter ligado para você.

— Quem se importa se Jamie me ligou? — A minha voz está alta e frágil. — Quem se importa com *Jamie*? — Finny sorri. Eu começo a chorar de novo. Ele me puxa para outro abraço. — Você não entende — digo, aninhada em seu peito.

— Eu sei. — A voz dele é reconfortante; eu fecho os olhos. — Mas estou ansioso para ler.

— Você não pode ler — digo.

— Por que não?

Eu não consigo responder a essa pergunta. Finny não diz mais nada. Ele me abraça mesmo depois que paro de fungar. Está escuro lá fora e eu entendo que quero acabar com aquilo. Não posso mais fazer isso comigo mesma.

— Tá bom. Você pode ler depois do jantar.

oitenta

ERA UMA VEZ UM MENINO E UMA MENINA CHAMADOS ADEN E IZZY. Eles eram vizinhos e melhores amigos. Aden era inteligente e bonito, e Izzy era esquisita e engraçada. Ninguém mais os entendia como eles entendiam um ao outro.

Aden e Izzy crescem. Izzy não abandona Aden e Aden não tem medo de esperar para beijá-la até ter certeza de que ela está pronta para ser beijada. Eles entram no ensino médio e são mais que melhores amigos. Quando eles trocam de roupa à noite em seus respectivos quartos, deixam as cortinas abertas para o outro ver. Aden joga futebol, mas Izzy não faz nada além de observá-lo da arquibancada. Os dois vão a alguns bailes da escola, mas no geral só querem ficar juntos. Eles não têm outros amigos e não querem mais ninguém, porque continuam sendo melhores amigos. Eles roubam vodca do pai de Izzy, descem para o riacho onde brincavam e ficam bêbados. Aden aprende a dirigir e ensina Izzy.

Uma noite, Aden e Izzy transam e é maravilhoso e assustador. Então Izzy fica grávida, mas antes de qualquer pessoa descobrir, o bebê deles morre e é muito, muito assustador, mas também meio bonito, como coisas tristes às vezes são.

As pessoas dizem que eles deveriam fazer outros amigos ou namorar outras pessoas, mas Izzy e Aden nunca escutam, porque sabem que é para ser só os dois, e não importa se mais ninguém entende.

Então, no último ano do ensino médio, Izzy recebe uma bolsa para estudar Escrita Criativa em uma universidade muito longe do lugar para onde Aden vai. Izzy quer muito aceitar e diz a Aden que precisa ir. Eles choram bastante e então decidem que não querem arruinar o amor perfeito que têm, tentando esticá-lo a essa distância. Eles acham que vão conseguir se lembrar para sempre um do outro como são agora, e nunca precisarão ter brigas pelo telefone ou ficar pensando no que o outro está fazendo em determinada noite. Quando Izzy partir, vai ter que ser o fim, então eles tentam aproveitar ao máximo os últimos meses.

Chega o dia em que Izzy deveria ir embora e eles vão se despedir no aeroporto. Aden abraça Izzy pela última vez, mas, quando chega a hora, nenhum dos dois consegue soltar. Eles continuam se abraçando e o alto-falante começa a anunciar o embarque do voo de Izzy, mas eles não se movem. Até que os dois enfim admitem que preferem arruinar o amor perfeito tentando fazê-lo funcionar, porque serem infelizes juntos é melhor que serem infelizes separados.

E, então, Izzy e Aden finalmente conseguem se soltar.

E essa é a última linha do meu romance.

oitenta e um

FINNY ESTÁ SENTADO NO SOFÁ DA SALA ENQUANTO LÊ A TELA DO MEU computador. Eu começo a ler um livro, e o único barulho na sala é o clique do teclado quando ele passa para a próxima página. Toda vez que ouço isso, olho para o rosto dele, mas a expressão não me diz nada, absolutamente nada.

Por volta das onze, eu ligo a televisão e assisto a um filme antigo. Finny não comenta. Logo antes do filme terminar, ele se levanta. Eu o escuto beber um copo d'água na cozinha. Ele volta para o sofá sem me olhar. O filme termina e outro começa; e Finny ainda está lendo.

Mas, agora, as sobrancelhas dele estão franzidas.

Eu fico acordada por mais uma hora, mas os meus olhos estão pesados e a minha cabeça está doendo de novo. Desligo a TV e Finny não se move. Eu me levanto e me espreguiço, e ele não faz nada. Passo por ele, saio da sala e subo.

No quarto de Finny, me enfio embaixo das cobertas e deito a cabeça no travesseiro. Fecho os olhos e respiro fundo. Eu achei que iria me sentir inquieta e com vontade de roer as unhas, mas tudo que quero fazer é dormir. O ato de dar isso a ele me exauriu.

Eu tenho um sono profundo e com sonhos.

Acordo tão rápido ou tão lentamente que não me lembro de acordar. Apenas fico subitamente alerta.

Finny está parado ao lado da cama, a silhueta escura na luz fraca. As mãos dele estão moles ao lado do corpo. Eu não consigo ver o rosto dele, mas tenho certeza de que ele está olhando para mim. Ele chama o meu nome e, de alguma forma, eu sei que ele o está dizendo pela segunda vez.

— O quê? — respondo.

Eu me sento. O meu cabelo cai para a frente e eu o tiro do rosto e esfrego os olhos.

— Por que você teve que me deixar assim? — pergunta Finny.

— Eu estava cansada. Você estava lendo.

— Não — explica. Há um leve tremor na voz dele. — Depois que fizemos treze anos. Por que você teve que me deixar *assim?* — A pergunta paira no ar entre nós, da forma como sempre esteve.

— Eu não deixei você — digo, finalmente. Falta convicção nas minhas palavras, até eu consigo ouvir. — A gente só foi para lados diferentes.

Finny balança a cabeça.

— Não foi assim, Autumn.

— Foi sem querer. Me desculpa.

— Eu já sei por que você fez isso, eu só queria entender por que você foi tão cruel.

A minha respiração acelera.

— Ok, eu fui idiota e egoísta naquele outono, e eu sinto muito. Mas tudo teria voltado ao normal se você não tivesse me beijado do nada sem nem perguntar. Você tem ideia do quanto você me assustou naquela noite?

— Eu assustei você?

— Eu não estava pronta — protesto, enquanto seco os olhos com uma mão. — E eu não sabia o que pensar.

Finny se senta na cama, mas não me olha. Eu passo os braços em volta da minha cintura com força e espero, mas ele não diz nada. Tiro as cobertas do colo e engatinho na direção dele. Eu me inclino para a frente, tento encontrar os olhos dele e digo:

— Me desculpa, eu me odeio por ter machucado você.

— Me desculpa também.

— Pelo quê?

— Me desculpa por ter te beijado.

— Não fale isso, não peça desculpas por isso.

Finny me surpreende; ele gargalha e balança a cabeça.

— Eu nunca sei o que fazer para deixar você feliz, não é?

— Você me faz mais feliz do que qualquer outra pessoa já fez — falo, mas ele ainda não olha para mim.

— Faço? — pergunta ele.

Eu assinto com a cabeça.

— Todos os dias — sussurro.

O meu coração está acelerado e os meus dedos se fecham em punhos trêmulos. Nós dois ficamos em silêncio por algum tempo. Eu escuto um pássaro solitário cantando lá fora. Deve estar prestes a amanhecer. Eu queria conseguir ver Finny melhor. Ele ainda não está olhando para mim.

— E se eu beijasse você agora? — pergunta.

De início, eu não consigo responder, tudo dentro de mim paralisa. Digo a mim mesma para respirar.

— Isso me deixaria feliz — respondo.

Não acontece de forma suave. Primeiro, Finny muda de posição para ficar de frente para mim e então eu me endireito. Paramos assim, e eu preciso dizer a mim mesma para levantar o rosto na direção dele. Ele me toca devagar, como se achasse que a qualquer segundo eu fosse mandá-lo parar, e então coloca a mão na minha nuca. Eu sinto todo o corpo relaxar com o toque dele e talvez ele sinta o mesmo, porque acontece muito rápido depois disso. Finny me puxa e os nossos narizes esbarram. Eu viro o rosto de lado e ele aperta a boca contra a minha.

Beijar Finny é quente, e me dá a sensação de que o meu corpo está sendo acariciado por uma pluma. Ele coloca a mão no meu quadril e eu quero fazer alguma coisa com as minhas mãos também. Coloco uma no ombro dele e a outra no joelho. Os dedos de Finny se apertam no meu cabelo.

— Ai — digo e me afasto da mão dele mesmo sem querer, mesmo que eu queira fingir que não dói.

— Desculpa. — Os nossos narizes ainda estão se tocando, mas Finny não está mais me beijando, e começa a afastar as mãos.

— Não, não pare — mando, puxando o ombro dele. — Deite comigo. — Eu me inclino de volta sobre os travesseiros.

— Ah, Deus — exclama Finny e sobe em cima de mim.

Nós nos beijamos rápido no início, como se estivéssemos tentando compensar o tempo perdido, e então o beijo se torna longo e lento, como se estivéssemos nos desafiando para ver quem consegue durar mais. As minhas mãos estão nas costas dele, tentando trazê-lo mais para perto, as dele estão dos dois lados do meu rosto, tentando me manter ali.

Eu não sei por quanto tempo nos beijamos assim, a única coisa que noto além dele são os sons que me escuto fazendo de vez em quando; pequenos suspiros e gemidos que nunca fiz beijando mais ninguém.

Nunca me senti assim antes.

É tão natural.

É tão certo.

Finny.

Finalmente entendo o que estava faltando todos esses anos.

Depois de um tempo, ele desliza a mão lentamente, muito lentamente, pelo meu ombro e pelas minhas costelas. Então pega o meu seio com suavidade.

Meu Finny.

Os meus olhos estão molhados de novo e eu sinto uma lágrima caindo, então outra e mais uma, até eu perceber que jamais haverá um momento tão perfeito quanto esse pelo resto da minha vida.

— Finny?

Ele para de me beijar devagar e então ergue a cabeça mais rápido para me olhar.

— Sim?

— Eu quero… — começo, e então me dou conta de que não sei como dizer isso e as palavras se perdem.

— Você quer que eu pare? — pergunta ele.

— Não! — A ideia me enche de pânico e eu respondo rápido. — Eu quero o contrário disso. — Há um momento de silêncio. Eu prendo a respiração.

— Você quer que eu continue? — diz ele.

— Sim.

Finny pisca para mim e tropeça nas palavras seguintes.

— Eu... eu não tenho... — começa a dizer.

— Eu não ligo — respondo. E eu não ligo mesmo. Tudo que eu quero é não perder esse momento com ele.

— Autumn, não...

— Por favor, Finny. — Eu me levanto e beijo o pescoço dele, logo abaixo da orelha. Ele inspira com força e o corpo estremece. — Por favor, Finny — sussurro entre beijos. — Por favor. Por favor. Por favor.

As nossas bocas finalmente se encontram de novo. Depois de um momento, ele coloca as mãos por baixo da minha camiseta, no sutiã. Eu abaixo as mãos e tento tirar a camiseta sem afastar os lábios dos dele até que seja necessário. Se pararmos de nos beijar, vamos ter que conversar sobre o que estamos fazendo. Ele me ajuda e me beija enquanto arqueio as costas para abrir o sutiã.

Eu abaixo as mãos e tento abrir o botão da calça jeans dele, mas não consigo. Ele para de me beijar e afasta as minhas mãos. Acho que vou morrer até perceber que ele mesmo está abrindo.

Não existe um jeito de duas pessoas em uma cama tirarem as calças jeans sem ser desconfortável e embaraçoso. Mas pode ser perfeito e maravilhoso também.

Finny se senta e puxa a camisa por cima da cabeça. Eu consigo ver ele por inteiro agora e, pela primeira vez, estou com medo. Ele olha para mim e diz:

— Ah, Autumn.

Eu tento tirar a minha calcinha sem parecer tonta, mas provavelmente não consigo. Quando ela passa dos joelhos, ele a puxa para baixo, a desprende dos meus tornozelos e a joga no chão. Finny está olhando para mim de novo. Sinto que fui jogada no ar, e se eu não me agarrar nele a tempo, vou cair. Estendo os braços para Finny.

— Posso dizer que te amo primeiro? — pergunta.

Eu começo a cair, muito, muito lentamente.

— Sim — respondo.

Ele se inclina por cima de mim. Uma de suas mãos afasta as minhas coxas e a outra fica ao lado da minha cabeça.

— Eu te amo — sussurra Finny no meu ouvido. Eu o sinto me tocando lá, primeiro com a mão e depois com outra coisa. — Ah, Deus, eu te amo. — Ele empurra só um pouco para dentro de mim, como um aviso. Enfio o rosto no ombro dele. — Ah, Deus, Autumn — sussurra.

Eu mordo a boca e não grito. Ele se move lentamente no início e eu sei que é por mim. Consigo sentir ele se segurando. Dói, mas não como eu imaginei. Não é uma dor generalizada, é contida e exata, como ser partida ao meio. Eu quase consigo ouvir.

— Tudo bem, Finny. — Eu o tranquilizo. — Estou bem.

Então, ele geme pela primeira vez e se move mais rápido. Eu fecho os olhos e encosto o rosto no dele. Penso em quando ficávamos deitados neste quarto, desenhando nas costas um do outro. Eu penso nas vezes em que nos sentávamos no sofá e assistíamos à TV. Finny geme e os meus braços se apertam em volta dele. Eu penso nas mãos dele sobre as minhas no volante. Penso em nós dois iluminando a janela um do outro com as lanternas à noite.

Não demora muito antes de eu senti-lo enrijecer de repente. Ele grita uma vez e estremece. Lágrimas queimam os meus olhos de novo. Finny solta um longo suspiro e começa a se afastar. Eu reclamo apenas quando o sinto saindo de mim.

— Autumn? — diz ele, e olha para o meu rosto.

— Eu também te amo. Eu esqueci de dizer isso. — As lágrimas transbordam agora e Finny começa a beijar as minhas pálpebras e a minha testa sem parar.

— Tudo bem. Não chore. — As palavras dele estão corridas e se misturam com os beijos. Ele beija as minhas bochechas e lágrimas. — Não chore. Está tudo bem.

— Me abraça? — peço.

Ele sai de cima de mim e abre os braços. Eu seco os olhos e deito a cabeça no ombro dele. Ele me envolve com os braços e me puxa mais para perto.

— Assim?

— É — respondo.

Ficamos em silêncio enquanto a respiração volta ao normal. Eu observo a luz ficar mais forte no quarto. Mais pássaros estão cantando agora, um coral inteiro.

— Eu não consigo acreditar que isso acabou de acontecer — exclama Finny.

Eu quase rio, mas de alguma forma consigo segurar. Uma sensação estranha está começando a me preencher agora.

— Era verdade quando você disse que me amava? — pergunto.

— Claro que sim.

— Você não estava só dizendo isso porque é o que o cara precisa dizer?

Ele não responde e o meu estômago se revira. Finny me solta e se apoia em um cotovelo. Prendo a respiração.

— Por favor, Autumn. — Ele faz um som que não é bem uma risada. — Eu sei que você sabe que sou apaixonado por você desde sempre. Não precisa fingir.

— O quê?! — exclamo.

Ele revira os olhos e diz:

— Tudo bem, eu sempre soube que você sabia.

Eu também me apoio em um cotovelo, puxando o lençol para me cobrir, e olho de volta para ele. Nós franzimos as sobrancelhas um para o outro. Tento entender o que ele está dizendo.

— O que você quer dizer com "desde sempre"? — pergunto.

— Você sabe. Desde sempre. Desde que tínhamos, o quê? Onze anos? — explica.

— No quinto ano? Quando você deu um soco em Donnie Banks?

— É, você lembra do que Donnie Banks disse.

— Ele me chamou de aberração.

— Ele falou "a sua namorada é uma aberração" — diz Finny. — E ele sabia que você não queria ser a minha namorada. E que eu queria namorar você.

— Você gostava de mim desse jeito naquela época?

Finny parece finalmente entender o que estou dizendo. Ele se senta na cama.

— Mas não foi por isso que você parou de andar comigo? Por ter se cansado desse lance de eu querer ser mais do que só amigos?

— Não, eu não fazia ideia de que você queria algo assim.

— Mas depois que eu beijei você, você soube — insiste ele.

— Não. Eu não sabia por que você tinha me beijado e acabei pirando. Achei que talvez você só quisesse saber como era beijar alguém.

Finny me olha de novo. A boca dele está levemente aberta; as sobrancelhas, franzidas.

— Mas isso não faz sentido — conclui. — Se você não sabia, por que me deixou?

Agora é a minha vez de desviar os olhos dele.

— Era muito bom não ser mais a menina esquisita. Eu gostava de ser popular. A gente *meio* que foi para lados diferentes naquele ano mesmo. Eu não estou dizendo que não foi culpa minha. Só quero que você entenda que eu não planejei isso.

— Você realmente não sabia? — insiste Finny.

— Não — repito. — Eu realmente não sabia.

Finny se joga de volta na cama. Ele olha para o teto e diz:

— Esse tempo todo eu sempre fiquei morrendo de medo de você conseguir perceber que eu ainda… você sabe.

— Ainda o quê?

— Ainda queria você.

— Sério? — pergunto. Ele não me responde, apenas olha para o teto com uma expressão que mostra que está tão confuso quanto eu. — E Sylvie? — A minha voz tem uma nota de acusação, mas não consigo evitar.

Finny me surpreende ao dar uma risada amarga.

— O único motivo para eu ter começado a andar com líderes de torcida depois do treino de futebol foi porque eu achei que elas ainda eram suas amigas. Achei que finalmente eu teria uma chance com você, que talvez eu ficasse popular o suficiente para você me ver do jeito que eu queria. Então, quando o primeiro dia de aula chegou, você nem me deu oi no ponto de ônibus. E eu descobri que você não só não era mais amiga delas, como as odiava. E então você começou a sair com Jamie, e Alexis ficava me perguntando por que eu estava enrolando Sylvie, e eu nem sabia do que ela estava falando... — A voz de Finny se perde e ele fica em silêncio de novo. Estou chocada demais para falar qualquer coisa. Ele ainda está olhando para o teto e eu começo a sentir frio sem ter os braços dele em volta dos ombros. — Não quero que você pense que eu nunca gostei de Sylvie, porque eu gostei. Ela realmente não é como você imagina. E ela precisava que eu cuidasse dela quando você não precisava mais. Eu a amava, mas de um jeito diferente de como sempre te amei.

— Ah, Finny — falo, baixinho, sem conseguir encontrar as palavras certas.

Depois de um momento, ele vira o rosto na minha direção, mas não me olha nos olhos.

— Você disse... você disse que me amava também. — Ele está corando e eu sinto que vou desmaiar.

— Sim, eu amo. — A minha voz é pouco mais que um sussurro e não consigo esconder o tremor.

— Desde quando? — A voz dele acompanha a minha.

— Sei lá. Talvez desde sempre também, mas eu não admiti isso até dois anos atrás.

Finny me encara e eu caio de volta na cama. Ele passa os braços em volta de mim e eu me aninho nele. Finny me abraça com tanta força que quase dói, e então eu sinto o corpo inteiro dele relaxar. Fecho os olhos e suspiro. É tão estranho; é uma revelação tão grande, esse sentimento de pele contra pele por todo o corpo. Eu levanto uma mão para tentar encontrar o coração dele. Ele coloca a outra mão em cima da minha e acaricia os nós dos meus dedos com o polegar.

— Então... — começa Finny, mas não continua.

— O quê? — pergunto.

— É você e eu agora, certo?

— Phineas Smith, você está me pedindo em namoro? — Eu não consigo segurar uma risadinha.

— Bom, estou. — Ele se mexe embaixo de mim. — Isso é estranho?

— Só porque parece que já somos tão mais que isso.

Ele relaxa de novo.

— É, eu sei. Mas vai ter que servir por enquanto.

— Você ainda precisa terminar com Sylvie — digo, baixinho.

— Eu sei. Eu vou. Amanhã.

— Você quer dizer hoje — corrijo. Ele olha para a janela.

— Ah. Certo. — Ele me aperta de novo. — Acho melhor dormirmos um pouco.

— É. Também acho.

Fecho os olhos e ficamos em silêncio. O quarto está imóvel e silencioso. Do lado de fora, o sol nasceu em um dia quente de agosto.

oitenta e dois

EU ACORDO MUITAS VEZES. NÓS NOS MEXEMOS E MUDAMOS DE posição juntos, Finny me acaricia e eu me aperto contra ele. Ele me toca nas mãos, no pescoço, no rosto. Eu sonho, acordo, olho para ele, durmo.

O celular de Finny toca. Ele fica tenso e se senta. Fico imóvel e confusa por um momento, e então me levanto de uma vez. Parece ser início da tarde. Finny está em pé no meio do quarto, pegando a calça jeans do chão e revirando os bolsos. Eu cruzo os braços por cima dos seios enquanto o observo. Ele pega o celular, olha para a tela e aperta um botão. O toque para. Ainda segurando as calças, Finny se vira e me olha. Eu olho de volta para ele.

— Ei — diz ele.

— Era ela?

— Isso importa? — Finny coloca o celular na mesinha de cabeceira.

— Sim.

— Era — responde.

Eu desvio o olhar para as cobertas no meu colo. Escuto a calça dele cair no chão e a cama estala quando ele se senta. O cobertor se mexe assim que Finny se deita ao meu lado.

— Vem cá. — Ele me puxa para o lado dele e me abraça como na noite passada.

Eu penso em Sylvie em algum aeroporto, animada para ver o namorado de novo. Penso em como eu ri quando Jamie me contou que ele e Sasha tinham descoberto que gostavam um do outro. Percebo como essa história deve ser diferente do ponto de vista deles.

— Você se sente culpado? — pergunto.

Ele não me responde logo, mas então diz:

— Sim. Mas também sinto que fui fiel a algo maior.

O celular dele apita. Uma mensagem de texto.

— É melhor você ver quem é — falo.

— Não quero.

— Podem ser as Mães, e se nós não respondermos elas vão achar que morremos e vão voltar mais cedo.

Finny se senta e olha o celular. Ele está de costas para mim enquanto digita uma resposta. Quando se vira de volta, não diz nada. Então se deita de lado outra vez e eu me aninho perto dele de forma a olharmos um para o outro.

— Era ela de novo — falo.

— Eu disse que não vou no aeroporto. Vou passar lá depois que ela jantar com os pais.

— Ah, quando?

— Ainda temos algumas horas. Pode voltar a dormir.

— Não estou cansada.

— Nem eu. — Ele acaricia o meu cabelo. Fecho os olhos, mas não pego no sono. Os dedos dele são leves na minha cabeça e eu tenho um arrepio. — Você se arrepende? — pergunta ele, depois de um tempo.

Eu abro os olhos de novo. Ele parece preocupado.

— Não, mas… — Abaixo o rosto para não olhar para ele. — Queria que tivesse sido a sua primeira vez também — explico.

Ele para de acariciar o meu cabelo e deixa a mão cair na cama entre nós. Quando fala, é de forma lenta e hesitante:

— Na primeira vez... estávamos tão bêbados que nenhum de nós dois se lembra de nada. E então acabou que... — Ele para e franze a testa. — Ela não conseguia fazer se não estivesse bêbada. E se ela estivesse bêbada, parecia errado para mim. Não acontecia e, quando rolava, não era bom. Então, quer dizer, de certa forma foi uma primeira vez para mim.

— Como assim ela não conseguia se não estivesse bêbada?

Finny desvia os olhos e balbucia:

— Alguém a machucou uma vez.

— Ah — respondo.

Nós ficamos em silêncio por um momento. Eu cubro a mão dele com a minha. Ele vira a palma para cima e os nossos dedos se entrelaçam. Os nossos olhares se encontram de novo.

— Eu não queria que você passasse por isso — conta Finny. — É por isso que eu fiz você prometer não fazer quando estivesse bêbada. Mas, na verdade, a ideia de você um dia transar com alguém me deixava louco. Você lembra que me disse que ia fazer depois da formatura? Lembra que, no dia depois da festa, você estava sentada na varanda e me falou que estava esperando por Jamie?

— Lembro.

— Eu subi e dei um soco na parede. Eu nunca tinha feito isso antes. Doeu.

— Você achou...

— Sim — confirma Finny. Ele ainda está sustentando o meu olhar, mas a expressão dele muda para uma mistura de emoções que não consigo distinguir muito bem. — Então, depois que eu descobri que vocês tinham terminado, foi difícil ver você tão arrasada por causa dele, quando eu estava tão feliz que queria pegar você no colo e girar no ar.

— Você ficou triste daquela vez que Sylvie terminou com você — comento. — Eu fiquei com tanta raiva dela por ter machucado você, que pensei em empurrá-la na frente do ônibus da escola.

— Eu fiquei mesmo — diz Finny. Não consigo evitar a pontada de ciúme que me perfura no estômago. — Mas foi culpa minha. Eu disse para todo mundo que não gostava de quando eles faziam comentários sobre você, e Sylvie ficou com ciúme. Ela me perguntou se eu gostava de você e eu disse para ela deixar para lá e fiquei tentando mudar de assunto. Ela percebeu.

— Por que você voltou com ela? — Eu faço a pergunta mesmo sem ter certeza se quero saber a resposta.

Ele para por apenas um segundo antes de responder.

— Você amou Jamie esse tempo todo também, não foi?

— Sim.

— Então por que você não entende? Eu queria... eu tentei amar só ela. No mês passado, quando eu disse que iria terminar com Sylvie, não foi porque eu achei que tinha uma chance de ser mais que seu amigo. Foi porque amar você quando nós dois estávamos afastados era uma coisa, mas não seria justo com ela se eu estivesse apaixonado pela minha melhor amiga.

Eu me sento e puxo os cobertores comigo para que ele não consiga ver o meu corpo. Não consigo olhar para Finny. Tudo que ele disse me deixou tão triste e tão feliz e, mais do que tudo, estou muito assustada.

— Autumn?

Ouço a cama estalar quando ele se senta também, mas abaixo a cabeça e me recuso a olhar para ele.

— E se você vir Sylvie e perceber que a noite passada foi um erro? — pergunto.

— Isso não vai acontecer.

— Pode acontecer.

— Não vai.

— Se você a ama...

— Mas se eu tenho a chance de ficar com você... Deus, Autumn, eu busquei você em todas as outras garotas a minha vida inteira — declara ele. — Você é engraçada, inteligente e esquisita. Eu nunca sei o que vai sair da sua boca ou o que você vai fazer. Eu amo isso. Você. Eu amo você.

Eu levanto um pouco a cabeça. Ele está me encarando com uma expressão que eu nunca vi. Eu observo os olhos dele estudarem o meu rosto.

— E você é tão linda — diz ele. Eu abaixo a cabeça de novo e tento esconder o rosto. As minhas bochechas estão quentes. Finny ri. — Agora, eu *sei* que disso você já sabia.

— É diferente quando você diz.

Ele ri de novo.

— Como?

— Não sei.

— Você é tão linda. — Finny coloca uma mão embaixo do meu queixo, me vira para si e me olha nos olhos. — Noite passada foi a melhor coisa que já aconteceu comigo e eu nunca pensaria que foi um erro a não ser que você diga que foi.

— Eu nunca diria isso.

Finny encosta a testa na minha.

— Então vai ficar tudo bem. Estamos juntos agora. Certo?

— Claro.

Mais uma vez, Finny ri de mim. Eu afasto o rosto e olho para ele.

— Eu nunca achei que isso iria acontecer, de verdade — diz ele. — E aí você diz "claro" como se fosse a coisa mais natural do mundo.

— Não é essa a sensação?

Ele ri de novo, baixo dessa vez, e o tom é diferente.

— Como chegamos até aqui? — pergunta.

Eu não sei o que responder. Então só olho para ele, que sorri para mim e me puxa, e eu me sento no colo dele, os seus braços ao meu redor; e é a coisa mais natural do mundo.

335

oitenta e três

FINNY PRECISA SAIR EM ALGUNS MINUTOS. ELE ESTÁ NO BANHO E eu estou no quarto dele, vestida e esperando. Eu fiz a cama e tentei cobrir a mancha de sangue, e agora estou sentada bem em cima dela com os joelhos junto ao peito. O céu está nublado e, embora ainda seja o início da noite, já está escuro lá fora.

Eu o ouço desligar o chuveiro. Apoio o queixo nos joelhos. Leva uma eternidade até eu ouvi-lo no corredor. Finny chega vestido e esfregando o cabelo molhado com uma toalha. Ele me olha e diz:

— Vai ficar tudo bem.

— Você não pode esperar até amanhã?

— Eu quero acabar logo com isso, quero que seja só nós dois.

Ele solta a toalha no chão, pega um boné de beisebol na cômoda e cobre o cabelo molhado, então tira e passa os dedos pelo cabelo. Ele se vira de volta na minha direção.

— Me acompanha até a porta? — pede.

Faço que sim e ele estende a mão para mim. Eu o sigo até o carro dele e então ficamos ali, olhando um para o outro.

— Eu prometo que vou voltar assim que possível. Mas pode demorar um tempo.

— Por favor, não vá — peço.

Ele coloca as mãos nos meus ombros e me puxa contra o peito.

— Eu preciso fazer isso — explica. — Você sabe disso, Autumn.

Eu não consigo responder porque sei que ele está certo. Ele apoia o rosto no topo da minha cabeça.

— Nós vamos combinar o seguinte: quando as Mães chegarem, você vai para a cama cedo e, quando eu voltar, entro escondido pela porta dos fundos da sua casa e vou até o seu quarto. E aí eu te abraço a noite toda — sugere Finny. A voz dele é suave e leve, como se estivéssemos montando o tipo de plano maligno que fazíamos quando éramos criança.

Eu levanto a cabeça para olhar para ele e digo:

— Tá bom.

Ele sorri e se abaixa para me beijar. Ele me beija uma vez e, então, me inclino para mais um. Nós nos beijamos por um bom tempo depois disso. Eu me apoio no carro dele e ele se aperta contra mim. Nós dois estamos respirando mais forte. Talvez ele nunca saia daqui se a gente continuar se beijando.

Uma porta de carro bate. Nós dois levantamos os olhos, mas não nos separamos. As Mães estão na outra entrada, tirando caixas de vinho do porta-malas. Elas estão claramente evitando olhar para a gente.

— Você acha que elas viram? — pergunto.

— Com certeza.

— Ah, Deus!

— Acho que a minha mãe tem uma garrafa de champanhe especial escondida exatamente para essa ocasião. — Finny brinca.

— Ah, Deus! — digo de novo. Ele olha para mim e sorri.

— Eu volto para ajudar você a se livrar delas.

— Tá bom.

Dessa vez, resisto ao impulso de pedir a ele para não ir. O sorriso de Finny some lentamente e ele respira fundo. Solto o pescoço dele com relutância. Ele me beija rapidamente e dá um passo para trás, então se vira para abrir a porta do carro e eu dou um passo para trás também. Ele olha para mim e, pouco antes de entrar, sorri outra vez.

— Depois disso, as coisas vão ser como sempre deveriam ter sido — diz, e então entra e fecha a porta.

Ele dá a partida sem olhar para mim de novo. Eu fico parada no quintal e observo o carro dele até sumir.

Começa a chover.

oitenta e quatro

Tarde da noite, escuto passos no corredor. Eu me viro e olho para a porta. Ela abre devagar.

— Finny? — chamo.

Silêncio.

— Ah, Autumn — diz a minha mãe.

oitenta e cinco

No dia 8 de agosto, Phineas Smith morreu e eu consigo imaginar cada detalhe dessa noite. Consigo ver o rosto e a curva dos dedos dele em volta do volante. Consigo ouvir a respiração dele e sentir a batida do seu coração.

Eu sei no que ele estava pensando quando fez aquela curva rápido demais.

Eu sei sobre o que eles estavam discutindo antes do carro vermelho perder o controle.

Eu sei que o rosto de Sylvie já estava coberto de lágrimas quando ela bateu contra o vidro.

Seria errado dizer que Sylvie matou Phineas. Ela foi o instrumento da morte dele, mas não a causa. Se ele estivesse comigo, Finny ainda estaria vivo. Se ele estivesse comigo, tudo teria sido diferente. Mas quem era o culpado por ele não estar?

Vejo Finny sentado no carro vermelho, perfeito e intocado. A chuva cai pelo buraco no para-brisa, mas ele não sente. Ele não sente nada. Ele não pensa em nada. Ele está vivo.

Fique. Sussurro para ele. *Fique no carro. Fique nesse momento. Fique comigo.*

Mas é óbvio que ele nunca fica.

De repente, como se tivesse levado um soco, ele volta a si. Finny sente o assento de couro morno por baixo da calça jeans e os dedos agarram o volante com tanta força que os nós estão brancos. Ele vê o vidro brilhando ao redor e o buraco enorme à frente. E, através daquele buraco, onde antes ficava o para-brisa, ele a vê. Por meio da escuridão e da chuva, ele vê Sylvie deitada na estrada, imóvel e silenciosa.

Fique, sussurro.

De forma igualmente súbita, as mãos dele soltam o volante e ele está tirando o cinto de segurança que salvou a vida dele, abrindo a porta e correndo pela estrada em direção a ela.

Eu vejo a poça d'água ao lado da cabeça dela, embora ele não veja. Vejo o cabo de energia preto e brilhante que a tempestade derrubou mergulhado na água. Finny não vê; ele só vê Sylvie, para onde ele acha que está indo.

Sylvie está deitada do outro lado da poça, segura e imóvel, apenas servindo ao propósito dela.

Ele se ajoelha ao lado dela e chama o seu nome. Ela não se move. Ele é tomado por um medo e um pânico iguais apenas aos meus enquanto observo esse momento. Para se firmar, ele apoia a mão esquerda ao lado da cabeça dela.

A morte dele acontece da forma mais repentina que eu poderia descrever para você, ou que consigo imaginar.

oitenta e seis

Já estamos no final de setembro. Sem que precisássemos conversar sobre isso, todos nós sabíamos que eu não ia para a faculdade este ano. Eu fico no quarto a maior parte dos dias e digo às Mães que estou lendo. A tia Angelina ainda dorme aqui toda noite, mas a minha mãe não precisa mais implorar para ela comer. O meu pai me leva para almoçar uma vez por semana, ele acha que está me distraindo quando fala sobre me levar com ele na próxima viagem ao exterior.

Eu fui ao dr. Singh de novo. Ele me fez várias perguntas e eu contei várias mentiras. Ele aumentou a dose da minha medicação e me dispensou.

Não tomo os remédios há um mês.

Hoje é o dia que marca a metade do período entre os nossos aniversários e as folhas começaram a mudar. Eu fico deitada na cama e olho para a janela de Finny. Este mês de setembro foi tão quente e seco que algumas folhas já ficaram marrom e morreram e, nesse cenário, o começo do outono parece cobre opaco em vez de ouro. Consigo ver algumas das rosas ainda florindo no jardim da minha mãe. Marrom nas bordas e brilhantes nas outras cores, elas abrem e desabrocham, as pétalas virando para baixo, morrendo bem quando as suas vidas começam.

Elas duraram mais do que deveriam, e noto que eu também.

No final, a minha decisão se resume a uma coisa: acho que Finny me perdoaria. Sei que não é o que ele iria querer para mim, mas ele me perdoaria. Se eu continuar tentando sobreviver sem Finny, existem caminhos que posso seguir que ele acharia muito piores que esse.

A tarde se torna noite e então madrugada. Eu espero até não conseguir mais ouvir as Mães conversando antes de dormir. Piso nos degraus com cuidado, evitando cada rangido que consigo lembrar. Na cozinha, deixo um bilhete na mesa. Levei mais tempo para escrever do que achei que levaria. Finalmente tive que aceitar que não conseguiria dizer todas as coisas que queria. Vou até a tábua de carnes da minha mãe. Esse é o único momento em que paro, e é apenas para considerar se eu deveria pegar a faca maior, já que foi com ela que imaginei, ou se eu deveria ser prática e escolher a faca mais eficiente. Mas, se eu for pega com esse bilhete, vou ter que contar um monte de mentiras durante dias, ou talvez semanas, até elas me deixarem em paz por tempo suficiente para tentar de novo. Então decido que, se estou determinada o suficiente, não vai importar qual faca estou usando, e decido pegar a maior.

Enquanto saio escondida pela porta dos fundos, paro por um momento para olhar os quintais nos quais brincamos juntos, para a árvore na qual nunca construímos a nossa casa da árvore. Mas logo me apresso pelo gramado até o quintal dele e passo pelo ponto onde ele me beijou pela primeira vez.

A tia Angelina está sempre perdendo as coisas, então ela mantém uma chave extra embaixo do vaso de flores vazio na varanda da frente. Depois que eu destranco a porta, coloco a chave de volta no lugar para que ela não note que eu a usei e não se sinta culpada. É o mínimo que posso fazer. Sei que não é justo com ela, mas a tentação de ficar perto dele uma última vez é grande demais para resistir.

A casa está silenciosa, vazia e escura. Os degraus rangem quando subo, mas não tem ninguém para ouvir e eu gosto do som, me lembrando de como corríamos juntos escada acima.

A porta do quarto de Finny está fechada. Eu sabia que estaria. Ninguém entrou lá desde que nós dois saímos de mãos dadas.

Colo o recado que escrevi na porta com fita adesiva.

Por favor, não tentem arrombar a porta. É tarde demais para vocês fazerem qualquer coisa. Chamem a polícia e deixem eles cuidarem disso.

Então, entro no quarto dele e tranco a porta.

oitenta e sete

Nos livros, as pessoas sempre acordam no hospital e não conseguem se lembrar de como foram parar ali, até que tudo volta lentamente para elas.

Eu abro os olhos e penso: *Merda*.

—

Eu me sento de pernas cruzadas no meio da cama, vestindo uma camisola azul que pinica. O cobertor do hospital é deprimente de tão pequeno e fino, mais parecido com uma toalha de praia. Estou com um acesso intravenoso em uma mão e os meus pulsos estão tão bem enfaixados que penso na pessoa que fez o curativo. Analiso as bandagens enquanto a enfermeira mede a minha pressão e me pergunta se eu sei que dia é hoje.

— E você se lembra por que está aqui, meu bem? — pergunta a enfermeira. Eu não gosto da voz dela. — Autumn?

— Eu me lembro — respondo. Eu me lembro de bem mais do que gostaria, já que planejo fazer tudo de novo.

Ela faz mais perguntas. Resmungo algumas respostas. É melhor eu não perguntar sobre a pessoa que fez o curativo, porque isso seria esquisito e eu preciso sair daqui o mais rápido possível. Finny me perdoaria. Não,

Finny vai me perdoar quando eu explicar para ele depois. Toco a gaze de algodão com um dedo.

— Quando foi a sua última menstruação, meu bem?

Pela primeira vez em semanas, tudo dentro de mim fica imóvel e silencioso.

— Em que dia você menstruou pela última vez, Autumn?

Olho para o rosto dela pela primeira vez. É mais jovem do que eu pensava.

— Eu não lembro — digo.

Ela franze a testa.

oitenta e oito

FINNY NÃO APROVARIA EU TENTAR DE NOVO SE ESTIVER GRÁVIDA. Eu poderia discutir o quanto quisesse, mas ele não iria ceder. Finny não aguentava deixar minhocas morrerem na calçada; eu jamais poderia convencê-lo de que essa é a melhor alternativa.

Consigo ver a expressão no rosto dele. O rosto fechado em desaprovação. Tento explicar, mas ele só arqueia as sobrancelhas para mim.

As pessoas conseguem dar um jeito nas coisas. A tia Angelina conseguiu.

Nós poderíamos morar com as Mães de início, elas ficariam felizes de nos ter com elas. Eu poderia ser garçonete, economizar dinheiro e ir fazendo as matérias da faculdade aos poucos. Ainda poderia escrever à noite, talvez não todo dia, mas ainda assim.

Só porque algo parece impossível, não significa que você não deveria tentar.

É claro que não seria como tê-lo de volta. Não de verdade. Mas seria melhor do que não ter nada dele. Eu me lembro dele no hospital, segurando a bebê de Angie no colo, a forma como ele olhou maravilhado para aquele rostinho.

E Finny dá um sorriso convencido para mim porque sabe que ganhou.

oitenta e nove

— É A POLÍTICA DO HOSPITAL, MEU BEM — DIZ A ENFERMEIRA.

Eu pisco para ela.

— O quê?

— O teste.

— Ah. Ok.

— Agora, vou sair do quarto só por um minuto. A ala é trancada. Você vai se comportar e esperar aqui?

— Vou. Eu espero.

Ela me deixa. Eu passo os braços pela barriga e aperto até os pulsos doerem. Fecho os olhos. Eu vou esperar. E vou ficar bem.

E, pela primeira vez em anos, sinto que as coisas vão acabar da forma como deveriam ser.

agradecimentos

AO MEU MARIDO, ROBERT, QUE SEGUROU A MINHA MÃO LITERAL E figurativamente enquanto eu lutava para conquistar este sonho. Amor, nós conseguimos.

Aos meus pais, Gary e Susan Nowlin, que me criaram para amar a mim mesma e para amar os livros. Mãe, obrigada por me dar uma paixão pela beleza em todas as suas formas. Pai, obrigada por ser o exato oposto do pai de Autumn.

À minha irmã mais velha, Elizabeth Nowlin, que é incrível. Obrigada por me fortalecer.

Aos meus sogros, Jay e Tina Rosener, que são as duas pessoas mais amorosas e generosas que já conheci. Pessoal, eu não poderia ter feito isso sem o apoio de vocês.

À minha agente, Ali McDonald, que tornou esse sonho realidade. Obrigada. Muito, muito obrigada.

E obrigada, Deus, por essas e todas as muitas bênçãos que você me deu.

Este livro foi impresso pela Lisgráfica, em 2023,
para a HarperCollins Brasil. O papel do miolo é
pólen natural 70g/m^2, e o da capa é cartão 250g/m^2.